A LISTA

FREDERICK FORSYTH

A LISTA

Tradução de
Marcelo Schild

EDITORA RECORD
RIO DE JANEIRO • SÃO PAULO
2014

CIP-BRASIL. CATALOGAÇÃO-NA-FONTE
SINDICATO NACIONAL DOS EDITORES DE LIVROS, RJ

Forsyth, Frederick, 1938-
F839L   A lista / Frederick Forsyth; tradução de Marcelo Schild.
– 1. ed. – Rio de Janeiro: Record, 2014.

Tradução de: The Kill List
ISBN 978-85-01-10237-9

1. Ficção inglesa. I. Schild, Marcelo. II. Título.

13-08043   CDD: 823
                                                                      CDU: 821.111-3

Título original em inglês:
The Kill List

Copyright © Frederick Forsyth 2013

Publicado originalmente na Grã-Bretanha em 2013 por Bantam Press, um selo da Transworld Publishers.

Texto revisado segundo o novo Acordo Ortográfico da Língua Portuguesa.

Todos os direitos reservados. Proibida a reprodução, no todo ou em parte, através de quaisquer meios. Os direitos morais do autor foram assegurados.

Editoração eletrônica: Abreu's System

Direitos exclusivos de publicação em língua portuguesa somente para o Brasil adquiridos pela
EDITORA RECORD LTDA.
Rua Argentina, 171 – Rio de Janeiro, RJ – 20921-380 – Tel.: 2585-2000, que se reserva a propriedade literária desta tradução.

Impresso no Brasil

ISBN 978-85-01-10237-9

Seja um leitor preferencial Record.
Cadastre-se e receba informações sobre nossos lançamentos e nossas promoções.

Atendimento e venda direta ao leitor:
mdireto@record.com.br ou (21) 2585-2002.

Para o Corpo dos Fuzileiros Navais
dos Estados Unidos, uma unidade
muito grande, e para os Pathfinders
ingleses, uma unidade muito pequena.
Para os primeiros, *Semper Fi*, e para
os segundos, antes vocês do que eu.

AGRADECIMENTOS

A todos aqueles que me ajudaram com as informações contidas neste livro, meus sinceros agradecimentos. Como costuma ocorrer, alguns em parte iriam preferir não ser revelados. Mas, para aqueles que vivem na luz e para aqueles que trabalham nas sombras, vocês sabem quem são e têm minha gratidão.

PARTE UM	**Destacamento**	15
PARTE DOIS	**Vingança**	87
PARTE TRÊS	**Acordo**	257

PERSONAGENS

O PREGADOR	Terrorista
O RASTREADOR	Caçador
RAPOSA CINZENTA	Diretor da TOSA
KENDRICK, Roger	Pseudônimo Ariel, gênio da informática
SAMIR, Ibrahim	Pseudônimo o Troll, gênio da informática
JAVAD	Informante da CIA no ISI do Paquistão
BENNY	Chefe da divisão do Chifre da África da Mossad, Tel Aviv
OPALA	Agente da Mossad baseado em Kismayo
DARDARI, Mustafá	Proprietário da Masala Pickles
HERBERT, Adrian	SIS
FIRTH, Laurence	MI5
ANDERSSON, Harry	Magnata marítimo sueco
EKLUND, Stig	Capitão do *Malmö*
CARLSSON, Ove	Cadete do *Malmö*
AL AFRIT	Chefe de clã somali e lorde pirata
EVANS, Gareth	Negociador
ABDI, Ali	Negociador
BULSTRODE, Emily	Senhora do chá
JAMMA	Secretário particular do Pregador
DAVID, PETE, BARRY, DAI, CURLY e TIM	Os Pathfinders

PREFÁCIO

No coração obscuro e sigiloso de Washington, existe uma lista curta e extremamente secreta. Ela contém o nome de terroristas considerados tão perigosos para os Estados Unidos e seus cidadãos e interesses que foram condenados à morte sem nenhuma tentativa de se efetuar a prisão, o julgamento ou qualquer processo legal. É chamada de "lista da morte".

Toda manhã de terça-feira, no Salão Oval, a lista da morte é analisada para eventuais alterações pelo presidente e outros seis homens; nunca mais, nunca menos. Entre eles estão o diretor da CIA e o general de quatro estrelas no comando do maior e mais perigoso exército privado do mundo — o J-Soc —, que não deveria existir.

Em uma manhã fria na primavera de 2014, um novo terrorista foi acrescentado à lista. Ele era tão esquivo que seu nome verdadeiro sequer era conhecido, e a enorme máquina americana de combate ao terrorismo não tinha uma fotografia de seu rosto. Assim como Anwar al Awlaki, o fanático americano-iemenita que pregava sermões de ódio na internet, anteriormente presente na lista da morte e eliminado por um míssil lançado por um *drone* no norte do Iêmen em 2011, a nova adição também pregava on-line. Tão poderosos eram seus sermões que jovens muçulmanos na diáspora se convertiam ao islã ultrarradical e cometiam assassinatos em seu nome.

Como Awlaki, a nova adição também pregava em um inglês impecável. Sem um nome, era conhecido apenas como o Pregador.

A missão foi designada ao J-Soc, cujo oficial no comando encaminhou para a TOSA, um grupo tão obscuro que 98 por cento dos oficiais americanos em serviço jamais tinham ouvido falar a respeito.

Na verdade, a TOSA é um pequeno departamento baseado no norte da Virgínia, cuja missão é caçar os terroristas que tentam se esconder da justiça distributiva americana.

Naquela tarde, o diretor da TOSA, conhecido por todas as comunicações oficiais como Raposa Cinzenta, entrou no escritório de seu caçador sênior e colocou uma folha de papel sobre a mesa. Nela havia as seguintes palavras:

O Pregador. Identificar. Localizar. Eliminar.

Abaixo da mensagem, estava a assinatura do comandante em chefe — o presidente. Aquilo tornava o papel uma ordem executiva presidencial, uma EXORD.

O homem que olhava para a ordem era um enigmático tenente-coronel dos Fuzileiros Navais dos Estados Unidos de 45 anos, que também, dentro e fora do prédio, era conhecido somente por um código. Ele era chamado de O RASTREADOR.

PARTE UM
Destacamento

CAPÍTULO UM

Caso perguntassem a ele, Jerry Dermott teria posto a mão sobre o coração e jurado que jamais havia ferido conscientemente alguém em toda a vida e não merecia morrer. Mas aquilo não o salvaria.

Eram meados de março e em Boise, Idaho, o inverno rancorosamente perdia sua força. Mas havia neve nos altos picos em torno da capital do estado e o vento que advinha deles ainda era cruel. Aqueles que caminhavam nas ruas estavam envoltos em casacos quentes, enquanto o congressista deixava o prédio do legislativo no número 700 da West Jefferson Street.

Ele emergiu da grandiosa entrada do Capitólio e desceu os degraus da escada de arenito em direção à rua, onde seu carro estava estacionado de prontidão. Fez um gesto cordial de cabeça para o policial nos degraus ao lado do pórtico e notou que Joe, seu fiel motorista de muitos anos, contornava a limusine para abrir a porta traseira. Jerry Dermott não reparou na figura agasalhada que se levantou de um banco mais abaixo na calçada e começou a se mover.

A figura trajava um longo e escuro sobretudo desabotoado na frente, porém mantido fechado pelas mãos no interior. Havia uma espécie de solidéu surrado na cabeça, e a única coisa estranha, se alguém estivesse olhando, o que não era o caso, era que sob o casaco não havia pernas vestindo jeans, e sim uma espécie de vestido branco. Posteriormente, seria estabelecido que a vestimenta era uma *dishdasha* árabe.

Jerry Dermott já estava quase diante da porta aberta do carro quando uma voz chamou:

— Congressista.

Ele se virou ao ouvi-la. A última coisa que viu foi um rosto moreno olhando para ele, os olhos vagos, como se estivessem fixos em algum lugar distante. O sobretudo foi aberto e os canos serrados da espingarda se ergueram de onde pendiam no interior do casaco.

A polícia estabeleceria, mais tarde, que os dois canos foram disparados simultaneamente e que os cartuchos estavam carregados com munição de caça de alto calibre, e não com os pequenos grânulos para aves. A distância foi aproximadamente de 3 metros.

Devido ao curto comprimento dos canos serrados, a amplitude do tiro foi grande. Algumas balas de aço passaram direto por ambos os lados do congressista e outras atingiram Joe, fazendo-o girar e cambalear para trás. Ele tinha uma arma sob o casaco, mas suas mãos subiram ao rosto e jamais a usou.

O policial nos degraus viu tudo, sacou o revólver e desceu correndo. O agressor ergueu as mãos, a direita segurando a espingarda, e gritou algo. O policial não tinha como saber se o segundo cano havia sido utilizado, então disparou três vezes. A 7 metros e proficiente com sua arma, dificilmente erraria.

Os três tiros atingiram o homem no meio do peito e o lançaram para trás, onde atingiu o bagageiro da limusine, foi impulsionado de volta, caiu para a frente e morreu com o rosto na sarjeta. Figuras surgiram na entrada do pórtico, viram os dois corpos caídos, o motorista olhando para as mãos ensanguentadas, o policial de pé sobre o agressor, a arma firme nas mãos, apontada para baixo. Correram de volta para o interior a fim de chamar reforços.

Dois corpos foram removidos para o necrotério da cidade e Joe foi levado ao hospital para retirar os três grãos de chumbo alojados no rosto. O congressista estava morto, seu peito penetrado por mais de vinte balas de aço que perfuraram o coração e os pulmões. O mesmo tinha acontecido com o agressor.

Este último, deitado nu na mesa do necrotério, não oferecia nenhuma pista quanto a sua identidade. Não havia documentos pessoais e, curiosamente, nenhum pelo no corpo exceto a barba. Mas o rosto estampado nos jornais da noite forneceu dois informantes: o reitor de uma faculdade nos limites da cidade identificou um estudante com pais na Jordânia, e a senhoria de um albergue reconheceu um de seus inquilinos.

Detetives que reviraram o quarto do homem morto encontraram muitos livros em árabe e um laptop, cujos dados foram extraídos no laboratório técnico da polícia. Isso revelou algo que ninguém no quartel-general de Boise jamais tinha visto antes. O disco rígido continha uma série de palestras, ou sermões, administradas por uma figura mascarada, olhando para a tela com olhos ardentes e pregando em inglês fluente.

A mensagem era brutal e simples. O verdadeiro fiel deveria submeter a própria conversão pessoal da heresia até a verdade muçulmana. Ele deveria, dentro dos limites da própria alma, sem confiar ou acreditar em quem quer que fosse, converter-se ao jihad e se tornar um verdadeiro e leal soldado de Alá. Em seguida, precisaria procurar alguma pessoa notável a serviço do Grande Satã e enviá-la ao inferno, então morrer como um *shahid*, um mártir, e subir para viver eternamente no paraíso de Alá. Havia vinte sermões dessa espécie, todos com a mesma mensagem.

A polícia encaminhou as evidências para o escritório do FBI, em Boise, que encaminhou o arquivo inteiro para o Edifício J. Edgar Hoover, em Washington, D.C. No quartel-general nacional do FBI, não houve surpresa. Eles já tinham ouvido falar do Pregador.

1968

A Sra. Lucy Carson entrou em trabalho de parto no dia 8 de novembro e foi levada diretamente para a ala da maternidade do hospital da Marinha em Camp Pendleton, Califórnia, onde ela e o marido estavam baseados. Dois dias depois, seu primeiro e, como acabou acontecendo, único filho nasceu.

Ele foi batizado Christopher em homenagem ao avô paterno, mas, como aquele oficial sênior dos Fuzileiros Navais dos Estados Unidos sempre havia sido chamado de Chris, para evitar confusão, o bebê foi apelidado de Kit, numa referência acidental ao velho guarda da fronteira.

A data do nascimento também foi fortuita: 10 de novembro, a data de nascimento do Corpo dos Fuzileiros Navais dos Estados Unidos, em 1775.

O capitão Alvin Carson estava no Vietnã, onde os combates eram ferozes e assim permaneceriam por mais cinco anos. Porém, sua empreitada estava próxima do fim, então foi permitido que voltasse a casa no Natal para se reunir à esposa e às duas filhas pequenas e segurar seu primeiro filho no colo.

Retornou ao Vietnã após o ano-novo, finalmente de volta à ampla base dos Fuzileiros Navais de Pendleton em 1970. Seu novo destacamento não foi destacado, pois ele permaneceu em Pendleton por três anos, vendo o filho crescer de um bebê a uma criança de quatro anos e meio.

Lá, longe daquelas florestas mortais, o casal pôde levar a habitual vida "na base" entre os alojamentos para casais, o escritório do capitão Carson, o clube social, o mercado/correio e a igreja. E ele pôde ensinar o filho a nadar na bacia de navios Del Mar. Às vezes, ele se recordava daqueles anos em Pendleton como um mar de rosas.

Em 1973, o capitão Carson foi transferido com a família para outro destacamento, em Quantico, nos arredores de Washington, D.C. Na época, Quantico era apenas uma enorme extensão de terra deserta, infestada de mosquitos e carrapatos, onde um garotinho podia perseguir esquilos e guaxinins nas florestas.

A família Carson ainda estava na base quando Henry Kissinger e o norte-vietnamita Le Duc Tho se encontraram nos arredores de Paris e selaram os acordos que formalizaram o fim da década de massacres chamada de Guerra do Vietnã.

O agora major Carson retornou para a terceira empreitada no Vietnã, um local ainda fervilhando de ameaças, enquanto o exército norte-vietnamita estava prestes a quebrar os Acordos de Paris invadindo o sul. Mas ele foi repatriado antecipadamente, pouco antes da fuga às pressas do teto da embaixada para o último avião a decolar do aeroporto.

Durante esses anos, seu filho, Kit, passou pelos estágios normais de um garotinho americano — Liga Infantil de beisebol, lobinhos e escola. No verão de 1976, o major Carson e a família foram transferidos para uma terceira e enorme base dos Fuzileiros Navais — Camp Lejeune, na Carolina do Norte.

Como segundo homem no comando de seu batalhão, o major Carson trabalhava no oitavo quartel-general dos Fuzileiros Navais na rua "C" e morava com a esposa e os três filhos na área de alojamentos para oficiais casados. Jamais foi mencionado o que o garoto gostaria de ser quando crescesse. Ele nasceu no coração de duas famílias: os Carsons e os Fuzileiros. Apenas se supunha que ele fosse seguir os passos do avô e do pai e entrar na escola de oficiais e vestir o uniforme.

Entre 1978 e 1981, o major Carson foi designado a um destacamento mais do que adiado no mar em Norfolk, a grande base da Marinha e dos Fuzileiros Navais dos Estados Unidos no lado sul da baía de Chesapeake, no norte da Virgínia. A família ficou na base, o major foi para o mar como oficial dos Fuzileiros no USS *Nimitz*, o orgulho da frota de porta-aviões. Foi deste ponto de vista que ele testemunhou o fiasco da Operação Garra de Águia, também conhecida como Desert One, a tentativa desesperada de resgatar os diplomatas americanos mantidos como reféns em Teerã por "estudantes" fascinados pelo aiatolá Khomeini.

O major Carson estava com binóculos de longo alcance na asa do passadiço do *Nimitz* e viu quando os oito enormes helicópteros Sea Stallion rugiram ao partir rumo à costa para apoiar os boinas-verdes e os Rangers que fariam o resgate e trariam os diplomatas libertos de volta à segurança da costa.

Também observou a maioria deles retornar com avarias. Primeiro os dois que quebraram sobre a costa iraniana, porque não tinham filtros de areia e se depararam com uma tempestade. Em seguida, os outros transportando os feridos, após um dos helicópteros ter se chocado contra um Hercules, gerando uma bola de fogo. Ele ficou amargurado com essa lembrança e o planejamento tolo que a causara até o fim de seus dias.

Do verão de 1981 a 1984, Alvin Carson, agora tenente-coronel, foi destacado com a família para Londres como adido dos Fuzileiros Navais dos Estados Unidos na embaixada em Grosvenor Square. Kit estava matriculado na Escola Americana em St. John's Wood. Mais tarde, o garoto se lembraria com carinho dos três anos passados em Londres. Era a época de Margaret Thatcher e Ronald Reagan e a parceria notável entre os dois.

As Falklands foram invadidas e libertadas. Uma semana antes de os paramilitares ingleses entrarem em Port Stanley, Ronald Reagan fez uma visita de Estado a Londres. Charlie Price foi nomeado embaixador e se tornou o americano mais popular na cidade. Houve festas e bailes. Em um alinhamento na embaixada, a família Carson foi apresentada à rainha Elizabeth. Kit Carson, então com 14 anos, apaixonou-se por uma garota pela primeira vez. E seu pai completou a marca de vinte anos nos Fuzileiros Navais.

O coronel Carson foi promovido ao comando do Segundo Batalhão do Terceiro Regimento dos Fuzileiros Navais como tenente-coronel, e sua família foi transferida para a baía de Kanehoe, nas ilhas do Havaí, um clima muito diferente do de Londres. Para o garoto adolescente, aquele foi um período de surfe, snorkel, mergulhos, pescaria e de assumir um interesse mais ativo por garotas.

Aos 16 anos, ele se tornava um atleta formidável, e suas notas escolares demonstravam que também possuía um cérebro muito veloz. Quando, um ano depois, seu pai foi promovido a G3 e mandado de volta aos Estados Unidos, Kit Carson era um Eagle Scout e calouro na Corporação de Treinamento de

Oficiais da Reserva. A premissa feita anos antes estava se concretizando; ele estava num percurso irrefreável e determinado a seguir o pai nas fileiras dos oficiais dos Fuzileiros Navais dos Estados Unidos.

De volta aos Estados Unidos, um diploma universitário clamava por ele. Kit foi enviado à universidade de William and Mary, em Williamsburg, Virgínia, onde residiu como aluno interno durante quatro anos, formando-se em história e química. E houve três longas férias de verão, as quais foram dedicadas às escolas de paraquedismo e de mergulho e à Escola de Aspirantes, em Quantico.

Ele se formou na primavera de 1989, aos 20 anos, e simultaneamente obteve sua primeira divisa no ombro como segundo-tenente dos Fuzileiros. Seu pai, agora general de uma estrela, e sua mãe, ambos explodindo de orgulho, compareceram à cerimônia.

O primeiro destacamento dele foi para a Escola Básica até o Natal, depois a Escola de Oficiais da Infantaria até março de 1990, saindo como graduado com honra. Em seguida, Kit foi para a escola de Rangers em Fort Benning, Georgia, e com a divisa obtida foi enviado para Twentynine Palms, Califórnia.

Lá, estudou no Centro de Combate em Ar/Terra, conhecido como "Os Cepos", e foi destacado para o Primeiro Batalhão do Sétimo Regimento, na mesma base. Então, em 2 de agosto de 1990, um homem chamado Saddam Hussein invadiu o Kuwait. Os fuzileiros navais americanos voltaram para a guerra, e o tenente Kit Carson foi com eles.

1990

Quando foi tomada a decisão de que a invasão de Saddam Hussein ao Kuwait não seria tolerada, uma grande coalizão foi formada e estabelecida ao longo da fronteira no deserto entre o Iraque e a Arábia Saudita, do leste até a fronteira com a Jordânia no oeste.

Os fuzileiros navais dos Estados Unidos chegaram na forma da Força Expedicionária dos Fuzileiros Navais sob o comando do general Walter Bloomer, o que englobava a primeira divisão de Fuzileiros Navais sob o comando do general Mike Myatt. Muito abaixo na escala hierárquica estava o segundo-tenente Kit Carson. A divisão foi enviada para o extremo leste da linha de coalizão, com apenas as águas azuis do golfo à direita.

O primeiro mês, o espantosamente quente agosto, foi um período de atividade constante. Toda a divisão com suas blindagens e artilharias precisou ser desembarcada e posicionada ao longo do setor a ser coberto. Uma armada de navios de transporte chegou ao até então tranquilo porto petrolífero de al Jubail para descarregar os apetrechos necessários para equipar, alojar e suprir uma divisão inteira dos Estados Unidos. Foi somente em setembro que Kit Carson fez sua entrevista de designação, realizada com um ácido major veterano, provavelmente preterido naquele posto e nada feliz com isso.

O major Dolan leu lentamente a ficha do novo oficial. Por fim, os olhos dele captaram algo incomum.

— Você passou algum tempo em Londres quando criança?

— Sim, senhor.

— Miseráveis estranhos. — O major Dolan concluiu o exame da ficha e fechou a pasta. — Estacionada próxima ao nosso oeste está a Sétima Brigada Blindada Inglesa. Eles se autodenominam Ratos do Deserto. Como eu disse, estranhos. Chamam os próprios soldados de ratos.

— Na verdade, é um gerbo, senhor.

— Um o quê?

— Um gerbo. Um animal do deserto, como um suricato. Eles ganharam o apelido combatendo Rommel no deserto líbio na Segunda Guerra Mundial. Ele era a Raposa do Deserto. O gerbo é menor, mas esquivo.

O major Dolan não estava nada impressionado.

— Não banque o espertinho comigo, tenente. De algum modo, precisamos conviver com esses ratos do deserto. Estou propondo ao general Myatt enviar você até eles como um de nossos oficiais de ligação. Dispensado.

As forças de coalizão tiveram que passar mais cinco sufocantes meses naquele deserto, enquanto, em conjunto com as forças aliadas, atingiam a "degradação" de cinquenta por cento do exército iraquiano que o general comandante Norman Schwarzkopf exigia antes de atacar. Durante parte desse período, depois de se apresentar ao general inglês Patrick Cordingley, comandando a Sétima Blindada, Kit Carson fez a ligação entre as duas forças.

Poucos soldados americanos foram capazes de estabelecer interesse ou empatia pela cultura árabe nativa dos sauditas. Carson, com sua curiosidade natural, era uma exceção. Nas fileiras inglesas, ele encontrou dois oficiais com um conhecimento superficial de árabe e, com eles, memorizou um punhado de frases. Em visitas a al Jubail, ouviu as cinco chamadas diárias para as orações e observou as figuras vestidas com túnicas se prostrarem repetidas vezes, testas no chão, para completar o ritual.

Ele fazia questão de cumprimentar os sauditas que tinha a oportunidade de conhecer com o formal *Salaam aleikum* (que a paz esteja sobre você), e aprendeu a retribuir com a resposta *Aleikum as-Salaam* (e sobre você esteja a paz). Notava o choque de surpresa com o fato de que algum estrangeiro se desse ao trabalho e a amabilidade que se seguia.

Depois de três meses, a brigada inglesa foi ampliada para uma divisão e o general Schwarzkopf moveu os britânicos mais para o leste, para desgosto do general Myatt. Quando as forças terrestres finalmente se moveram, a guerra foi curta, intensa e brutal. As blindagens iraquianas foram destroçadas por tanques Challenger II ingleses e Abrams americanos. A dominação aérea era total, como havia sido há meses.

A infantaria de Saddam fora pulverizada pelos bombardeios maciços em suas trincheiras por bombardeiros B-52s e se rendeu em massa. A ofensiva para os Fuzileiros Navais dos Estados Unidos foi um ataque no Kuwait, onde comemoraram, e uma última investida contra a fronteira iraquiana, onde autoridades superiores ordenaram que eles deveriam parar. A guerra em solo durou apenas cinco dias.

O tenente Kit Carson deve ter feito algo certo. Ao retornar no verão de 1991, ele recebeu a honra de ser transferido para o Pelotão 81mm como o melhor tenente do batalhão. Claramente destinado a coisas superiores, ele fez pela primeira vez na vida, mas não pela última, algo fora do convencional. Ele se inscreveu e obteve uma bolsa de estudos Olmsted. Quando perguntado pelo motivo, ele respondeu que queria ser enviado para o Instituto Linguístico de Defesa, localizado no presídio de Monterey, Califórnia. Pressionado, admitiu que desejava dominar a língua árabe. Foi uma decisão que, mais tarde, mudaria toda a sua vida.

Seus superiores, relativamente intrigados, aprovaram a solicitação. Com a bolsa Olmsted debaixo do braço, Kit Carson passou o primeiro ano em Monterey, e para o segundo e terceiro anos recebeu uma residência na Universidade Americana no Cairo. Lá, ele descobriu que era o único fuzileiro naval americano e o único militar que estivera em combate. Durante sua estada, em 26 de fevereiro de 1993, um iemenita chamado Ramzi Yousef tentou explodir uma das Torres Gêmeas do World Trade Center, em Manhattan. Ele fracassou, mas, ignorado pela elite do governo americano, disparou o primeiro tiro do Fort Sumter do jihad islâmico contra os Estados Unidos.

Não havia jornais eletrônicos na época, mas o tenente Carson pôde acompanhar o desdobrar da investigação através do Atlântico pelo rádio. Ficou perplexo, intrigado. Por fim, fez uma visita ao homem mais sábio que conhecera no Egito. O professor Khaled Abdulaziz era um *don* na Universidade de al Azhar, um dos grandes centros em todo o islã para estudos do Corão. Ocasionalmente, ele fazia palestras como visitante na Universidade Americana. Khaled recebeu o jovem americano em seus aposentos no campus em Al Azhar.

— Por que fizeram isso? — perguntou Kit Carson.

— Porque odeiam vocês — respondeu o velho homem, tranquilamente.

— Mas por quê? O que fizemos a eles?

— Para eles pessoalmente? Para seus países? Para suas famílias? Nada. Exceto, talvez, distribuir dólares. Mas essa não é a questão. Com o terrorismo, essa nunca é a questão. Como terroristas, sejam a Fatah ou o Setembro Negro ou a nova geração supostamente religiosa, a fúria e o ódio vêm em primeiro lugar. Depois a justificativa. Para o IRA, patriotismo; para as Brigadas Vermelhas, política; para o salafista jihadista, piedade. Uma piedade presumida.

O professor preparava chá para dois em seu pequeno fogão a álcool.

— Mas eles alegam seguir os ensinamentos do Corão Sagrado. Alegam estar obedecendo ao profeta Maomé. Alegam estar servindo a Alá.

O idoso acadêmico sorriu, enquanto a água fervia. Tinha notado a inserção da palavra "sagrado" antes do Corão. Uma cortesia, porém agradável.

— Meu jovem, sou o que se chama de "hafiz". Trata-se de alguém que memorizou todos os 6.236 versos do Corão Sagrado. Diferentemente de sua Bíblia, que foi escrita por centenas de autores, nosso Corão foi escrito... ditado, na verdade... por uma pessoa. Ainda assim, há passagens que parecem contradizer umas às outras. O que os jihadistas fazem é pegar uma ou duas frases fora de contexto, distorcê-las um pouco mais e depois fingir que têm uma justificativa divina. Eles não têm. Não há nada em todo o nosso livro sagrado que decrete que devemos massacrar mulheres e crianças para satisfazer aquele a quem chamamos de Alá, o Piedoso, o Compassivo. Todos os extremistas fazem isso, incluindo os cristãos e os judeus. Não deixe nosso chá esfriar. Ele deve ser bebido muito quente.

— Mas, professor, essas contradições... Elas nunca foram abordadas, explicadas, racionalizadas?

Com as próprias mãos, o professor serviu mais chá ao americano. Ele tinha criados, mas agradava-lhe prepará-lo pessoalmente.

— Constantemente. Durante 1.300 anos, acadêmicos estudaram e redigiram comentários sobre esse único livro. Coletivamente, são chamados de hadith. Cerca de 100 mil deles.

— O senhor os leu?

— Não todos. Isso levaria dez vidas. Mas li muitos. E escrevi dois.

— Um dos homens-bomba, xeique Omar Abdul Rahman, a quem chamam de clérigo cego, era... é... um estudioso também.

— E um engano. Nada novo nisso em qualquer religião.

— Mas devo perguntar novamente. Por que eles odeiam?

— Porque vocês não são eles. Eles experimentam uma raiva profunda do que não é como eles. Judeus, cristãos e aqueles que chamamos de *kuffar*, os infiéis que não se converterão à única fé verdadeira. Mas também odeiam aqueles que não são suficientemente muçulmanos. Na Argélia, os jihadistas massacram aldeias de *fellagha*, camponeses, incluindo mulheres e crianças, em sua guerra santa contra a Argélia. Lembre-se sempre disso, tenente. Primeiro vêm a fúria e o ódio. Depois a justificativa, a pose de piedade profunda, tudo uma farsa.

— E o senhor, professor.

O idoso suspirou.

— Eu os abomino e desprezo. Porque eles usam a face do meu amado islã e a apresentam ao mundo contorcida de fúria e ódio. Mas o comunismo está morto, o Ocidente está fraco e visa apenas aos próprios interesses, preocupado apenas com prazer e ganância. Haverá muitos que darão ouvidos à nova mensagem.

Kit Carson olhou para seu relógio. Logo estaria na hora das orações do professor. Ele se levantou. O acadêmico observou o gesto e sorriu. Também se levantou e acompanhou o convidado até a porta. Quando o americano saiu, o professor o chamou:

— Tenente, receio que meu islã esteja entrando numa longa e escura noite. Você é jovem, verá o fim de tudo, *inshallah*. Rezo para que eu não viva para testemunhá-la.

Três anos depois, o idoso acadêmico morreu em sua cama. Mas os assassinatos em massa tinham começado com uma enorme bomba em um dos prédios de apartamentos preferidos dos civis americanos na Arábia Saudita. Um homem chamado Osama bin Laden havia deixado o Sudão e retornado ao Afeganistão como convidado de honra de um novo regime, o Talibá, que varreu o país. E o Ocidente não tomou medidas para se defender, mas continuou a desfrutar os anos do gafanhoto.

Presente

A pequena cidade comercial de Grangecombe, no condado inglês de Somerset, atraía alguns turistas durante o verão para passear por suas ruas pavimentadas com pedras do século XVII. Entretanto, estando fora de todas as principais estradas que conduziam às praias e enseadas do sudoeste, era um lugar bastante tranquilo. Mas tinha uma história, uma licença real, um conselho da cidade e um prefeito. Em abril de 2014, o cargo era ocupado pelo venerável Giles Matravers, um comerciante de tecidos aposentado no direito de usar a corrente de prefeito, um manto franjado de pele e um chapéu tricorne.

E era o que ele estava fazendo, enquanto inaugurava o novo prédio da Câmara do Comércio logo atrás da High Street, quando uma figura saiu do meio da pequena aglomeração de espectadores, percorreu os 10 metros que havia entre eles e, antes que qualquer um pudesse reagir, cravou uma faca de açougueiro em seu peito.

Havia dois policiais presentes, mas nenhum estava armado com uma pistola. O prefeito agonizante foi socorrido pelo escriturário da cidade e outras pessoas, mas sem sucesso. Os policiais dominaram o assassino, que não fez qualquer tentativa de fuga, mas gritou repetidamente algo que ninguém compreendeu, porém especialistas, mais tarde, reconheceram como sendo *Allahu alkhbar*, ou "Alá é grande".

Um policial recebeu um corte na mão quando investiu para tomar a faca do assassino, então o agressor foi ao chão diante dos dois uniformes azuis. Detetives chegaram diligentemente do condado de Taunton para instaurar o inquérito formal.

O agressor sentou-se em silêncio na delegacia e se recusou a responder a qualquer pergunta. Ele estava vestido com um *dishdasha* longo, portanto um orador árabe foi convocado pela polícia do condado, mas não obteve nenhum sucesso.

O homem foi identificado como um repositor do supermercado local que vivia num quarto de albergue. Sua senhoria revelou que ele era iraquiano. A princípio, pensava-se que a ação podia ter se originado da raiva do que estava acontecendo com seu país, mas o Departamento de Estado revelou que ele tinha chegado como refugiado e recebido asilo. Jovens da cidade se apresentaram para testemunhar que Farouk, conhecido como Freddy, até três meses antes era um frequentador de festas que bebia e saía com garotas. Então ele pareceu mudar, recolhendo-se e tornando-se silencioso e desdenhoso do estilo de vida que levava antes.

Seu quarto revelou pouco além de um laptop, cujo conteúdo teria sido muito familiar para a polícia de Boise, Idaho. Sermão após sermão de um homem mascarado, sentado diante de um tecido negro gravado com inscrições corânicas, exortando devotos a destruírem os *kuffar*. Estupefatos, os policiais de Somerset assistiram a uma dúzia dos sermões, pois o pregador falava inglês praticamente sem sotaque.

Enquanto o assassino, ainda em silêncio, estava sendo indiciado, o arquivo e o laptop foram enviados a Londres. A Polícia Metropolitana encaminhou os detalhes ao Departamento de Estado, que consultou o Serviço de Segurança, o MI5. Eles já haviam recebido um relatório de seu homem na embaixada inglesa em Washington sobre uma ocorrência em Idaho.

1996

De volta aos Estados Unidos, o capitão Kit Carson foi designado para Camp Pendleton por três anos, local onde tinha nascido e passado os primeiros quatro anos de vida. Durante aquele período, seu avô paterno, um coronel aposentado dos Fuzileiros que combatera em Iwo Jima, morreu em sua casa onde vivia na Carolina do Norte. O pai de Kit foi promovido a general de uma estrela, uma promoção que havia deixado o próprio pai cheio de orgulho ao testemunhá-la pouco antes de morrer.

Kit Carson conheceu e se casou com uma enfermeira da Marinha que trabalhava no mesmo hospital onde ele tinha sido trazido ao mundo. Durante três anos, Kit Carson e Susan tentaram ter um filho, até que exames constataram que ela não podia engravidar. Eles concordaram em adotar uma criança algum dia, mas não agora. Então, no verão de 1999, ele foi destacado para a Escola Militar de volta a Quantico e, em 2000, foi promovido a major. Após a graduação, ele e a esposa foram destacados novamente, desta vez para Okinawa, Japão.

Foi lá, muitos fusos horários a oeste de Nova York, tentando assistir aos noticiários de fim de noite antes de dormir, que ele testemunhou, incrédulo, as imagens que mais tarde seriam simplesmente designadas 11 de Setembro.

Com outros no clube de oficiais, Kit Carson passou a noite sentado, assistindo às imagens dos dois aviões comerciais em câmera lenta, mergulhando primeiro na Torre Norte e depois na Sul, em silêncio, repetidas vezes.

Diferentemente daqueles ao redor, ele conhecia a língua árabe, o mundo árabe e as complexidades da religião islâmica, seguida por mais de um bilhão de habitantes do planeta.

Ele se lembrou do professor Abdulaziz, gentil, cortês, servindo chá e profetizando uma noite longa e escura para o mundo islâmico. E outros. Ouviu o burburinho crescente de fúria ao seu redor conforme os detalhes chegavam. Dezenove árabes, incluindo 15 sauditas, tinham feito aquilo. Kit Carson se lembrou do sorriso radiante dos lojistas de al Jubail quando os saudava na língua deles. Seriam as mesmas pessoas?

Ao amanhecer, todo o regimento foi convocado a fazer uma parada e ouvir o comandante. Sua mensagem era desoladora. Havia uma guerra em andamento agora, e os Fuzileiros iriam, como nunca, defender a nação quando e onde fossem convocados.

O major Kit Carson pensou, com amargura, nos anos desperdiçados quando ataque após ataque contra os Estados Unidos na África e no Oriente Médio despertaram um ultraje que durou uma semana por parte dos políticos, mas nenhum reconhecimento verdadeiro da dimensão do ataque sendo preparado em uma cadeia de cavernas afegãs.

Simplesmente não havia maneira de superestimar o trauma que o 11 de Setembro infligia aos Estados Unidos e em seu povo. Tudo tinha mudado e jamais voltaria a ser igual. Em 24 horas, o gigante finalmente despertou.

Haveria retribuição, Carson sabia, e ele queria participar dela. Mas estava preso em uma ilha japonesa com anos de destacamento ainda por servir.

Mas o evento que mudou para sempre os Estados Unidos também mudou a vida de Kit Carson. O que ele não poderia saber era que em Washington um oficial do alto escalão da CIA, um veterano da Guerra Fria chamado Hank Crampton, estava revirando os registros do Exército, da Marinha, da Aeronáutica e dos Fuzileiros Navais em busca de uma espécie muito rara de homem. A operação foi chamada de A Vassoura, e ele procurava oficiais em serviço que falassem árabe.

Em seu gabinete no Prédio Número 2, no complexo da CIA, em Langley, Virgínia, os registros foram inseridos nos computadores, que os escanearam muito mais rápido do que o olho humano poderia ler ou o cérebro seria capaz de assimilar. Nomes e carreiras foram destacados, a maioria para ser descartada, alguns retidos.

Um nome piscou com uma estrela pulsante no topo do monitor. Major dos Fuzileiros Navais, bolsista da Olmsted, Escola de Línguas de Monterey, dois anos no Cairo, bilíngue em árabe. Onde ele estava, perguntou Crampton. Okinawa, disse o computador. Bem, precisamos dele aqui, concluiu Crampton.

Foi necessário tempo e um pouco de gritaria. O Corpo dos Fuzileiros resistiu, mas a agência predominou. O diretor da CIA responde apenas ao presidente, e o DCI George Tenet tinha os ouvidos de George W. Bush. O Salão Oval indeferiu os protestos dos Fuzileiros Navais. O major Carson foi sumariamente destacado para a CIA. Ele não queria trocar de serviço, mas aquilo pelo menos o tirou de Okinawa e ele jurou retornar ao Corpo dos Fuzileiros quando pudesse.

Em 20 de setembro de 2001, um Starlifter decolou em Okinawa rumo à Califórnia. Na traseira havia um major dos Fuzileiros Navais. Ele sabia que cuidariam de Susan, transportando-a posteriormente para a base dos Fuzileiros em Quantico, onde ele poderia estar perto dela em Langley.

Da Califórnia, o major Carson foi transferido para a Base da Força Aérea de Andrews nos arredores de Washington, então ele se apresentou no quartel-general da CIA, conforme ordenado.

Foram realizadas entrevistas, testes em árabe, uma mudança compulsória para roupas civis e finalmente um pequeno escritório no Prédio Número 2, a quilômetros dos altos escalões da Agência nos andares superiores do original Prédio Número 1.

Ele recebeu uma pilha de transmissões em árabe interceptadas para examinar e comentar. Carson se irritou. Aquilo era um trabalho para a Agência de Segurança Nacional, em Fort Meade, na estrada para Baltimore, Maryland. Eles eram os escutadores, os bisbilhoteiros, os decifradores de códigos. Ele não tinha se juntado aos Fuzileiros para analisar noticiários da Rádio Cairo.

Foi quando um rumor tomou conta do prédio. Mulá Omar, o estranho líder do governo talibã do Afeganistão, recusava-se a entregar os culpados pelo 11 de Setembro. Osama bin Laden e todo seu movimento, a al Qaeda, permaneceriam seguros dentro do país. E o rumor era: vamos invadir.

Os detalhes eram esparsos, mas precisos em alguns pontos. A Marinha ficaria ao largo da costa no golfo Pérsico, fornecendo um poder aéreo massivo. O Paquistão cooperaria, ainda que de má vontade e com dezenas de condições. Os pés americanos no solo seriam somente de Forças Especiais. E seus equivalentes britânicos estariam com eles.

A CIA, além de espiões, agentes e analistas, tinha uma divisão envolvida no que, no ramo, é chamado de "medidas ativas", um eufemismo para o trabalho sujo de matar pessoas.

Kit Carson defendeu seu papel com vigor. Ele confrontou o chefe da Divisão de Atividades Especiais e disse a ele sem rodeios: vocês precisam de mim.

— Senhor, não tenho utilidade sentado em um poleiro como uma galinha poedeira. Posso não falar pachto ou dari, mas nossos inimigos reais são terroristas de Bin Laden. Todos árabes. Posso ouvi-los. Posso interrogar prisioneiros, ler suas instruções e notas por escrito. Precisam de mim com vocês no Afeganistão; ninguém precisa de mim aqui.

Ele havia conquistado um aliado. Conseguiu a transferência. Quando o presidente Bush anunciou a invasão no dia 7 de outubro, as unidades avançadas da SAD — a Divisão de Atividades Especiais — estavam a caminho para encontrar a antitalibã Aliança do Norte. Kit Carson foi com eles.

CAPÍTULO DOIS

A batalha de Shah-i-Kot começou mal e depois piorou. O major Kit Carson, dos Fuzileiros Navais dos Estados Unidos, ligado à SAD, deveria estar a caminho de casa quando sua unidade foi chamada para ajudar.

Ele já havia estado em Mazar-e-Sharif quando os prisioneiros talibãs se revoltaram e os uzbeques e tadjiques da Aliança do Norte os massacraram. Ele tinha visto o colega da SAD, Johnny "Mike" Spann, ser capturado pelo Talibã e espancado até a morte. Do lado oposto do vasto complexo, ele observara os homens do Serviço de Navegação Especial da Inglaterra resgatarem o parceiro de Spann, Dave Tyson, de um destino parecido.

Então veio o violento ataque do sul para arrasar a antiga base da Força Aérea soviética em Bagram e tomar Cabul. Ele havia perdido o combate no maciço de Tora Bora quando os americanos pagaram (mas não o suficiente) ao chefe militar do Afeganistão e este os traíra, deixando Osama bin Laden e sua comitiva de guardas escapar pela fronteira com o Paquistão.

Em seguida, no final de fevereiro, fontes afegãs informaram que havia alguns focos de resistência remanescentes no vale de Shah-i-Kot, na província de Paktia. Mais uma vez a inteligência não valeu de nada. Não havia um punhado, mas centenas deles.

O Talibã derrotado, constituído de afegãos, tinha para onde ir: suas aldeias nativas. Eles podiam escapar e desaparecer. Mas os combatentes da al Qaeda eram árabes, uzbeques e, os mais ferozes de todos, chechenos. Eles não falavam pachto, e os afegãos comuns os odiavam; a eles só cabia a rendição ou a morte em combate. Quase todos escolhiam a segunda opção.

O comando americano respondeu à dica com um projeto em pequena escala chamado Operação Anaconda, que foi encaminhado aos Seals. Três enormes Chinooks repletos deles decolaram rumo ao vale, que pensavam estar vazio.

Ao chegar em terra, o helicóptero líder estava com o nariz apontado para o alto, a cauda para baixo, as portas das rampas abertas, a poucos metros do chão, quando membros da al Qaeda escondidos abriram fogo. Uma granada disparada por um foguete chegou tão próxima do alvo que atravessou a fuselagem sem explodir. Esta não ficou tempo suficiente no ar para se armar. Por isso, entrou por um lado, não atingiu ninguém e saiu pelo outro, deixando dois buracos por onde o vento passava.

O maior estrago foi feito pelas saraivadas esquadrinhadas das metralhadoras disparadas do ninho entre as rochas cobertas de neve. Estas também erraram todos no interior do helicóptero, mas arruinaram os controles ao perfurarem o painel de comando. Com alguns minutos de voo com habilidade de gênio, o piloto levantou o Chinook agonizante no ar e o manteve durante quase 6 quilômetros até poder fazer uma aterrissagem de emergência em um território mais seguro. Os outros dois atrás dele o seguiram.

Mas um Seal, o primeiro-sargento Neil Roberts, que tinha desatrelado sua linha de baraço, escorregou em uma poça de fluido hidráulico e deslizou pela traseira. Ele aterrissou ileso em meio à massa de membros da al Qaeda. Seals jamais deixam um companheiro, morto ou vivo, no campo de batalha. Depois de aterrissar, eles voltaram atacando para resgatar Neil Roberts. Ao fazerem isso, solicitaram ajuda. A batalha de Shah-i-Kot havia começado. Durou quatro dias e tomou a vida de Neil Roberts e de outros seis americanos.

Três unidades estavam perto o bastante para atender ao chamado. Uma tropa do SBS — o Serviço de Bote Especial britânico — veio de uma direção e a unidade da SAD de outra. O maior grupo a chegar para ajudar foi um batalhão do 75º Regimento de Rangers.

O clima estava congelante, muito abaixo de zero. A neve carregada pelos ventos atingia os olhos. Como os árabes tinham sobrevivido ao inverno naquela altitude era um mistério. Mas eles conseguiram e estavam preparados para morrer até o último homem. Eles não tomavam prisioneiros e não esperavam ser capturados. Mais tarde, soube-se, por intermédio de testemunhas, que eles saíram de fendas nas rochas, de cavernas ocultas e de ninhos de metralhadoras camuflados.

Qualquer veterano confirmará que batalhas declinam rapidamente em caos, e Shah-i-Kot foi mais rápida do que a maioria. Unidades se separaram do corpo principal de combatentes e indivíduos, das unidades. Kit Carson se viu sozinho com o gelo e a neve levantada pelo vento.

Ele viu outro americano — o capacete contra o turbante revelou sua identidade — a cerca de 40 metros dele, também sozinho. Uma figura trajando uma túnica surgiu do chão e disparou uma RPG na direção do soldado camuflado. Desta vez a granada explodiu. Ela não atingiu o americano, mas explodiu aos seus pés, e Carson o viu cair.

Ele derrubou o inimigo que disparara a granada com sua carabina. Outros dois apareceram, gritando "*Allahu akhbar*". Ele derrubou ambos, o segundo praticamente a 2 metros do cano de sua arma. O americano, quando Carson o alcançou, estava vivo, porém em péssimas condições. Um fragmento incandescente da cápsula do projétil havia cortado o tornozelo esquerdo dele, praticamente decepando-o. O pé em seu coturno estava pendurado apenas por um tendão e alguns pedaços de carne. O osso tinha sido estraçalhado. O homem estava no primeiro estado de choque indolor que precede a agonia.

Os casacos camuflados dos dois homens estavam incrustados de neve, mas Carson conseguiu distinguir que se tratava de um Ranger. Ele tentou contatar alguém pelo rádio, mas só obteve estática. Retirando a mochila do homem ferido, pegou a carteira de primeiros socorros e aplicou toda a dose de morfina na panturrilha exposta.

O Ranger começou a sentir dor e seus dentes trincaram. Em seguida, a morfina fez efeito e ele desabou semiconsciente. Carson sabia que ambos morreriam se permanecessem ali. A visibilidade era de 20 metros entre lufadas de neve. Ele não via ninguém. Içando o soldado ferido em suas costas como os bombeiros, começou a caminhar.

Carson estava andando sobre o pior terreno do mundo: rochas lisas do tamanho de bolas de futebol sob 30 centímetros de neve, cada uma delas tinha o potencial de quebrar uma perna. Ele carregava os próprios 90 quilos, mais a mochila de 30 quilos, mais 90 quilos do Ranger — ele tinha deixado a mochila do outro homem para trás, além de carabina, granadas, munição e água.

Mais tarde, Carson não tinha ideia do quanto havia se arrastado para longe daquele vale mortal. A certa altura, o efeito da morfina no corpo do Ranger acabou, então ele pôs o homem no chão e aplicou o próprio suprimento. Depois do que pareceu um século, ele ouviu o vup-vup de um motor. Com dedos que tinham deixado de sentir qualquer coisa, ele sacou seu sinalizador marrom, abriu-o com os dentes e o segurou no alto, apontando na direção do barulho.

A tripulação do Casevac Blackhawk disse a ele, depois, que o sinalizador passou tão perto da cabine que pensaram que estavam sendo atacados. Eles olharam para baixo e, na calmaria, viram dois homens na neve abaixo deles, um no chão, o outro acenando. Era perigoso demais pousar. O Blackhawk pairou pouco mais de 1 metro acima da neve, enquanto dois soldados, com uma maca, amarraram o Ranger ferido e o içaram a bordo. Seu companheiro usou o último resquício de força que lhe restava para subir a bordo e depois desmaiou.

O Blackhawk os conduziu a Kandahar, agora uma enorme base da Força Aérea dos Estados Unidos, na época ainda em construção. Mas que tinha um hospital básico. O Ranger foi levado para a triagem e depois para o tratamento intensivo. Kit Carson presumiu que jamais o veria novamente. No dia seguinte, o Ranger, sedado e na horizontal, estava em um longo voo para a Base da Força Aérea Americana de Ramstein, na Alemanha, onde o hospital era de primeira classe.

Por fim, o Ranger, que era o tenente-coronel Dale Curtis, perdeu o pé esquerdo. Infelizmente não houve maneira de salvá-lo. Após uma esmerada amputação, pouco mais do que completar o trabalho iniciado pela granada, ele acabou com um coto, uma prótese, uma manqueira, uma bengala e a perspectiva de um final iminente de sua carreira como Ranger. Quando estava em condições de viajar, ele pegou um voo para casa em Walter Reed, nos arredores de Washington, para terapia pós-combate e a adequação do pé artificial. O major Kit Carson não voltou a vê-lo por anos.

O chefe da CIA em Kandahar recebeu ordens superiores e Carson voou para Dubai, onde a Agência tinha uma enorme presença. Ele foi a primeira testemunha visual de Shah-i-Kot e houve um grande esclarecimento pós-combate com uma galeria de "patentes" superiores, incluindo interrogadores dos Fuzileiros Navais, da Marinha e da CIA.

No clube de oficiais, ele encontrou um homem aproximadamente da mesma idade que a sua, um comandante da Marinha em destacamento em Dubai, onde também há uma base naval dos Estados Unidos. Eles jantaram juntos. O comandante revelou que era do NCIS, o Serviço de Investigação Criminal Naval.

— Por que não pede transferência para nosso departamento quando voltar para casa? — perguntou ele.

— Um policial? — argumentou Carson. — Acho que não. Mas obrigado.

— Somos maiores do que você imagina — insistiu o comandante. — Não se trata apenas de marinheiros excedendo o período de folga em terra. Estou falando de crimes graves, rastrear criminosos que roubaram milhões, dez bases principais da Marinha em locais de idioma árabe. Seria um desafio.

Foi a última palavra que convenceu Carson. Os Fuzileiros Navais estavam no âmbito da Marinha. Ele estaria somente mudando para um serviço maior. Ao retornar para os Estados Unidos, presumiu que voltaria a analisar material árabe no Prédio Número 2 em Langley. Assim, candidatou-se para o NCIS e eles o agarraram.

Isso o removeu da CIA e o colocou parcialmente de volta nos braços dos Fuzileiros. A nova posição lhe assegurou um destacamento em Portsmouth, Newport News, Virgínia, onde um grande hospital da Marinha rapidamente encontrou uma maneira de Susan acompanhá-lo.

Portsmouth também permitiu que Kit Carson fizesse visitas frequentes à mãe, que fazia o tratamento para o câncer de mama que lhe tirou a vida três anos depois. Finalmente, quando o pai, o general Carson, aposentou-se no mesmo ano em que se tornou viúvo, Kit também pôde ficar perto dele. O general se recolheu em uma comunidade para aposentados perto de Virginia Beach, onde podia jogar seu amado golfe e participar de noites de veteranos com outros fuzileiros aposentados ao longo daquele trecho da costa.

Kit Carson passou quatro anos no NCIS e recebeu créditos por ter rastreado e trazido à justiça dez grandes fugitivos com crimes a que deviam responder. Em 2006, ele garantiu sua transferência de volta ao Corpo dos Fuzileiros Navais no posto de tenente-coronel e foi destacado para Camp Lejeune, Carolina do Norte. Foi enquanto atravessava a Virgínia de carro para se juntar a ele que Susan, sua esposa, foi morta por um motorista bêbado que perdeu o controle e colidiu de frente com ela.

Presente

O terceiro assassinato em um mês foi o de um oficial superior da polícia de Orlando, Flórida. Ele estava saindo de casa em uma clara manhã de primavera quando foi esfaqueado no coração por alguém às suas costas ao parar para abrir a porta do carro. Mesmo morrendo, sacou a pistola e disparou duas vezes, matando o agressor instantaneamente.

O inquérito subsequente identificou o jovem assassino como nativo da Somália, também um refugiado com asilo concedido por bases compassivas que trabalhava no departamento de limpeza da cidade.

Colegas de trabalho testemunharam que ele havia mudado ao longo de dois meses, tornando-se recluso e isolado, rude e crítico com relação ao estilo de vida americano. Ele acabou sendo condenado ao ostracismo pela equipe de seu caminhão de lixo, pois a convivência se tornou muito difícil. Eles atribuíram a mudança de humor à saudade da terra nativa.

Mas não era isso. Tudo fora causado, conforme uma revista em seu aposento revelou, por uma conversão ao ultrajihadismo derivada, aparentemente, pela obsessão por uma série de sermões on-line, cujo som sua senhoria ouvia vindo de seu quarto. Um relatório completo foi entregue ao escritório do FBI em Orlando e de lá para o Edifício Hoover, em Washington, D.C.

Lá, esse tipo de caso deixou de ser surpresa. A mesma história de conversão em privado depois de muitas horas ouvindo os sermões on-line de um pregador do Oriente Médio que falava um inglês impecável e um assassinato imprevisível, vindo do nada, de um cidadão local de destaque havia sido relatada quatro vezes nos Estados Unidos e, pelo conhecimento do FBI, duas vezes no Reino Unido.

Confirmações já haviam sido feitas com a CIA, o Centro Antiterrorista e o Departamento de Segurança Nacional. Todas as agências dos Estados Unidos, mesmo que lidando remotamente com terrorismo islâmico, foram informadas e registraram os arquivos. Mas nenhuma delas foi capaz de responder com inteligência útil. Quem era aquele homem? De onde vinha? Onde gravava as transmissões? Ele era rotulado apenas como "O Pregador", e começou a subir nas listas de HVTs — os alvos de alto valor.

Os Estados Unidos possuem uma diáspora de mais de um milhão de muçulmanos, advindos tanto de suas próprias vidas ou por intermédio de pais no Oriente Médio e na Ásia Central, o que formava uma enorme rede de potenciais convertidos aos sermões jihadistas ultra-agressivos do Pregador e seu apelo incessante contra o Grande Satã antes de se juntar a Alá no êxtase eterno.

Por fim, o Pregador passou a ser discutido nas reuniões das manhãs de terça-feira no Salão Oval e entrou para a lista da morte.

As pessoas lidam com o sofrimento de maneiras diferentes. Para alguns, somente a histeria prova a sinceridade. Para outros, um colapso silencioso em desespero choroso e público é a resposta. Mas há aqueles que transportam a dor para um local privado, como um animal ferido.

Eles sofrem sozinhos, a menos que haja outro parente ou companheiro para abraçar com força, e compartilham as lágrimas com a parede. Kit Carson visitou o pai no lar para aposentados, mas seu destacamento era em Lejeune e ele não pôde ficar muito tempo.

Sozinho em sua casa vazia na base, ele mergulhou no trabalho e levou seu corpo ao limite em solitárias corridas de longa distância e sessões de musculação até a dor física entorpecer a interior, até o próprio oficial médico da base dizer para pegar mais leve.

Ele era um dos fundadores do Programa Caçador de Combate, através do qual fuzileiros navais faziam um curso que lhes ensinava técnicas para rastrear e caçar pessoas em ambientes selvagens, rurais e urbanos. O tema era: jamais se torne o caçado, permaneça sempre o caçador. Mas enquanto ele estava em Portsmouth e em Lejeune, grandes eventos estavam ocorrendo.

O 11 de Setembro tinha provocado uma mudança radical nas Forças Armadas e nas atitudes governamentais em relação a qualquer ameaça até mesmo relativamente remota contra os Estados Unidos. O grau de alerta nacional se aproximou da paranoia. O resultado foi um aumento explosivo do mundo da "inteligência". As 16 agências originais de obtenção de inteligência dos Estados Unidos inflaram para mais de mil.

Em 2012, estimativas precisas colocavam o número de americanos com acesso a informações ultrassecretas em 850 mil. Mais de 1.200 organizações governamentais e 2 mil companhias privadas trabalhavam nos principais projetos secretos relacionados ao combate ao terrorismo e à segurança nacional em mais de 10 mil locais em todo o país.

O objetivo em 2001 era que as agências de inteligência básica nunca mais se recusassem a compartilhar entre si o que tinham e, com isso, deixarem 19 fanáticos determinados a cometer assassinatos em massa escapar entre os dedos. Mas o resultado de uma década depois, a um custo que quebrou a economia, era praticamente o mesmo de 2001. O tamanho real e a complexidade da máquina de autodefesa criavam cerca de 50 mil relatórios secretos por ano, um número excessivamente alto para qualquer um ler, muito menos compreender, analisar, sintetizar ou conferir. Assim, eles eram simplesmente arquivados.

O aumento mais básico foi no Comando Conjunto de Operações Especiais, ou J-Soc. Este corpo já existia havia anos antes do 11 de Setembro, mas como uma estrutura discreta e principalmente defensiva. Dois homens o converteriam no maior, mais agressivo e mais letal exército privado do mundo.

A palavra "privado" é justificada por ser o instrumento pessoal do presidente e de ninguém mais. O J-Soc pode conduzir guerras secretas sem qualquer sanção do Congresso, seu orçamento multibilionário é obtido sem jamais perturbar o Comitê de Apropriações, e esse exército pode matar sem perturbar o curso geral do gabinete do procurador-geral. Tudo a respeito dele é ultrassecreto.

O primeiro transformador do J-Soc foi o secretário de Defesa Donald Rumsfeld. Esse informante, cruel e sedento por poder, ressentia-se dos privilégios da CIA. Conforme sua prerrogativa, a Agência respondia apenas ao presidente, não ao Congresso. Com suas unidades SAD, ela poderia conduzir operações secretas e letais no exterior sob ordens do diretor. Aquilo era poder, poder real, e o secretário Rumsfeld estava determinado a tê-lo. Mas o Pentágono é extremamente sujeito ao Congresso e sua capacidade limitada de interferência.

Rumsfeld precisava de uma arma fora da supervisão do Congresso se quisesse rivalizar com George Tenet, diretor da CIA. Um J-Soc completamente transformado se tornou essa arma.

Com a aquiescência do presidente George W. Bush, o J-Soc expandiu e expandiu, em tamanho, orçamento e poderes. Ele absorveu todas as Forças Especiais do Estado, incluindo a Equipe Seis dos Seals (que mais tarde mataria Osama bin Laden), a Força Delta, ou D-Boys, oriunda dos boinas-verdes, o 75º Regimento de Rangers, o Regimento de Operações Especiais de Aviação da Força Aérea (os Night Stalkers, helicópteros de longo alcance) e outras. Ela também engoliu a TOSA.

No verão de 2003, enquanto o Iraque ainda ardia de um extremo ao outro e poucos olhavam para outro lugar, duas coisas aconteceram que concluíram a reinvenção do J-Soc. Um novo comandante foi nomeado na forma do general Stanley McChrystal. Se alguém imaginava que o J-Soc continuaria a desempenhar um papel largamente doméstico no interior dos Estados Unidos, isso foi o fim de tais considerações. E, em setembro de 2003, o secretário Rumsfeld assegurou o acordo do presidente e assinou a EXORD.

A Ordem Executiva era um documento de oitenta páginas, dentro das quais, bem enterrada, havia algo como uma gigantesca Decisão Presidencial Especial, o maior decreto nos Estados Unidos, mas sem termos específicos. A EXORD praticamente dizia: faça o que quiser.

Em torno daquele período, um coronel dos Rangers, manco, chamado Dale Curtis, estava concluindo seu ano sabático remunerado pós-ferimento e convalescente. Ele tinha dominado a prótese no coto da perna esquerda com tamanha habilidade que o coxear era quase indetectável. Porém, o 75º Regimento de Rangers não era para homens com próteses. A carreira dele parecia acabada.

Mas, assim como os Seals, um Ranger não deixa outro Ranger em apuros. O general McChrystal também era um, do 75º, e ouviu a respeito do coronel Curtis. Ele tinha acabado de assumir o comando de todo o J-Soc, o que incluía a TOSA, cujo comandante estava se aposentando. Esse posto não demandava um destacamento de ação em campo. Poderia ser um trabalho de escritório. Foi uma reunião muito curta, e o coronel Curtis agarrou a oportunidade.

Há um velho ditado no mundo das operações secretas que diz que, se quiser manter algo secreto, não tente escondê-lo, porque algum réptil da imprensa vai descobrir. Dê um nome inofensivo e uma descrição totalmente tediosa ao cargo. TOSA significa Atividade de Apoio a Operações Técnicas.

Nem mesmo "Agência" ou "Administração" ou "Autoridade". Uma atividade de apoio poderia significar trocar lâmpadas ou eliminar políticos enfadonhos do Terceiro Mundo. Nesse caso, é mais provável que signifique a segunda opção.

A TOSA existia muito antes do 11 de Setembro. O departamento caçou, entre outros, o barão da cocaína Pablo Escobar. É isso o que ela faz. É o braço caçador convocado quando todos os outros estão confusos. Conta com apenas 250 integrantes e funciona em um complexo no norte da Virgínia disfarçado como um centro de pesquisas químico tóxico. Ninguém o visita.

Para manter-se mais secreta, a TOSA continuamente muda de nome. Já foi simplesmente "A Atividade", mas também Sombra Outorgante, Ferrão Central, Torso Vitorioso, Vento do Cemitério e Raposa Cinzenta. O último título agradou o suficiente para ser mantido como o codinome do comandante. Ao ser nomeado, o coronel Dale Curtis desapareceu e passou a ser Raposa Cinzenta. Posteriormente, ela se tornou a Atividade de Apoio de Inteligência, mas, quando a palavra "Inteligência" começou a chamar atenção, o nome mudou novamente — para TOSA.

Raposa Cinzenta ocupava o cargo havia seis anos quando, em 2009, seu principal caçador se aposentou, levou uma cabeça cheia de conhecimentos ultrassecretos e foi viver numa cabana de madeira em Montana para caçar trutas. O coronel Curtis só podia caçar atrás de uma mesa, mas um computador e todos os códigos de acesso na máquina de defesa dos Estados Unidos eram um ótimo começo. Depois de uma semana, surgiu na tela um rosto que lhe causou um sobressalto. Era o tenente-coronel Christopher "Kit" Carson — o homem que o carregara para fora de Shah-i-Kot.

Ele conferiu a carreira de Kit. Soldado combatente, acadêmico, arabista, caçador. No mesmo instante, o coronel Curtis pegou o telefone.

Kit Carson não queria deixar os Fuzileiros pela segunda vez, mas a discussão foi levada adiante e ele foi convencido.

Uma semana depois, ele entrou no escritório de Raposa Cinzenta no bloco de prédios baixos de escritórios no meio de uma floresta no norte da Virgínia. Ele reparou no homem que mancava enquanto caminhava para saudá-lo, a bengala apoiada em um canto, as divisas do 75º Regimento de Rangers.

— Se lembra de mim? — perguntou o coronel.

Kit Carson se lembrou dos ventos congelantes, das rochas sob os coturnos, do peso de rasgar as entranhas sobre suas costas, da exaustão que pedia "me deixe morrer aqui e agora".

— Faz muito tempo — respondeu ele.

— Sei que você não quer deixar os Fuzileiros — começou Raposa Cinzenta. — Mas preciso de você. A propósito, no interior deste prédio usamos apenas o primeiro nome. Quanto ao resto, o tenente-coronel Carson deixou de existir. Para o mundo inteiro fora deste complexo, você é simplesmente o Rastreador.

Com o passar dos anos, o Rastreador foi responsável sozinho ou no mínimo essencial na localização de meia dúzia dos inimigos mais procurados do país. Baitullah Mehsud, do Talibã paquistanês, eliminado por um ataque de *drones* em uma fazenda no Waziristão do Sul em 2009; Abu al Yazid, fundador da al Qaeda, financiador do 11 de Setembro, eliminado por outro ataque de *drones* no Paquistão em 2010.

Ele foi o primeiro a identificar Al Kuwaitit como o emissário pessoal de Bin Laden. *Drones* espiões rastrearam sua última longa viagem de carro pelo Paquistão até que, surpreendentemente, ele virou, não em direção às montanhas, mas no sentido oposto, para identificar um complexo em Abbottabad.

Lá estava o americano-iemenita Anwar al Awlaki, que pregava apenas em inglês. Foi localizado porque convidou o colega americano Samir Khan, editor da revista jihadista *Inspire*, a se reunir com ele no sul do Iêmen. Outro *drone* disparou um míssil Hellfire através da janela, enquanto Awlaki dormia.

As flores começavam a surgir em botões nas árvores em 2014, quando Raposa Cinzenta apareceu com outra Decisão Presidencial Especial trazida do Salão Oval por um portador naquela manhã.

— Outro orador on-line, Rastreador. Mas esse é estranho. Sem nome, sem rosto. Totalmente indefinido. Ele é todo seu. Qualquer coisa que quiser, basta pedir. A Decisão cobre qualquer exigência. — Ele saiu mancando.

Havia uma pasta, mas era fina. O homem havia entrado no ar com o primeiro sermão dois anos antes, pouco após o primeiro pregador cibernético morrer junto de seus companheiros ao lado de uma estrada no norte do Iêmen em setembro de 2011. Enquanto Awlaki, que nascera e crescera no Novo México, possuía um sotaque americano característico, o Pregador soava mais britânico.

Dois laboratórios de linguística tentaram rastrear a voz até um ponto de origem. Existe um em Fort Meade, Maryland, quartel-general da vasta Agência Nacional de Segurança. São eles os ouvintes que podem pegar qualquer trecho de conversa através de celulares, linhas fixas, transmissões via fax, e-mail ou rádio do espaço ou de qualquer lugar no mundo. Mas também fazem traduções de mil línguas e dialetos, além de decifrar códigos.

O outro laboratório pertence ao Exército, em Fort Huachuca, Arizona. Ambos responderam com muita facilidade. A dedução mais plausível era de que se tratava de um paquistanês nascido em uma família culta e educada. Finais de palavras suprimidos no tom do Pregador eliminavam o inglês britânico Mas havia um problema.

Diferentemente de Awlaki, que falava com o rosto exposto, olhando para a câmera, o novato nunca revelava o seu. Ele usava um *shemagh* árabe tradicional, mas puxava as pontas para cima sobre o rosto e as enfiava no outro lado. Somente os olhos em chamas podiam ser vistos. O tecido, dizia o arquivo, poderia distorcer a voz, tornando a derivação ainda mais especulativa. O computador de codinome Echelon, identificador de sotaques em todo o mundo, recusou-se a ser categórico quanto a uma fonte para aquela voz.

O Rastreador emitiu o apelo habitual para todas as estações e todos os serviços a fim de obter qualquer indício de informação. Tal apelo seria encaminhado a vinte serviços de inteligência estrangeiros envolvidos na luta contra o jihadismo. Começando com os ingleses. Especialmente os ingleses. Outrora, eles tinham dominado o Paquistão e mantinham bons contatos no país. O Serviço Secreto de Inteligência deles era grande em Islamabad e integrado com a máquina ainda maior da CIA. Ambos receberiam a mensagem.

O segundo passo do Rastreador foi reunir toda a biblioteca de sermões do Pregador no site jihadista. Seriam horas e horas ouvindo tudo aquilo que o Pregador havia divulgado no ciberespaço ao longo de quase dois anos.

A mensagem do Pregador era simples, o que poderia ser o motivo para ser tão bem-sucedida em conquistar conversões à causa de seu próprio ultrajihadismo. Para ser um bom muçulmano, dizia ele para a câmera, é necessário amar Alá verdadeira e profundamente. Que o Seu nome seja louvado, e que o profeta Maomé descanse em paz. Meras palavras por si sós não bastavam. O verdadeiro fiel sentiria um impulso de transformar seu amor em ação.

Tal ação só poderia ser a punição daqueles que guerreavam contra Alá e Seu povo, a *umma* muçulmana mundial. E o principal deles era o Grande Satã, os Estados Unidos, e o Pequeno Satã, o Reino Unido. Punição pelo que fizeram e faziam diariamente era seu quinhão decretado, e aplicar tal punição era um encargo divino.

O Pregador convocava seus espectadores e ouvintes a evitar confidenciar com outras pessoas, inclusive aqueles que alegavam pensar da mesma maneira. Pois mesmo na mesquita haveria traidores preparados para denunciar o verdadeiro fiel pelo ouro do *kuffar*.

Assim, o verdadeiro fiel deveria se converter ao verdadeiro islã na privacidade da própria mente e não confiar em ninguém. Ele deveria rezar sozinho e escutar somente ao Pregador, que lhe mostraria o caminho verdadeiro. Tal caminho envolveria cada convertido, investindo um golpe contra os infiéis.

Ele alertava contra o desenvolvimento de planos complicados, envolvendo produtos químicos estranhos e muitos cúmplices, pois alguém repararia nas compras ou no armazenamento dos componentes de uma bomba, ou um dos conspiradores os trairia. As prisões dos infiéis eram povoadas por irmãos que foram ouvidos, observados, espionados ou traídos por aqueles em que achavam que poderiam confiar.

A mensagem do Pregador era tão simples quanto mortal. Cada verdadeiro fiel deveria identificar um *kuffar* de destaque na sociedade na qual se encontrasse e enviá-lo para o inferno, enquanto ele próprio, abençoado por Alá, morreria realizado com a certeza de que iria para o paraíso eterno.

Era uma extensão da filosofia "*just do it*" de Awlaki, porém mais bem colocada e mais persuasiva. A receita dele para a ultrassimplicidade tornava mais fácil tomar a decisão e agir em isolamento. E estava claro, pelo número crescente de assassinatos cometidos repentinamente em ambos os países alvos, que, ainda que a mensagem do Pregador influenciasse apenas um por cento dos jovens muçulmanos, o resultado seria um exército de milhares.

O Rastreador conferiu as respostas de cada agência dos Estados Unidos e suas equivalentes inglesas, mas nenhuma delas jamais tinha ouvido qualquer referência a um Pregador nas terras muçulmanas. O título fora atribuído a ele pelo Ocidente, na falta de qualquer outro nome pelo qual chamá-lo. Mas era evidente que ele havia vindo de algum lugar, vivia em algum lugar, transmitia de algum lugar e tinha um nome.

As respostas, ele passou a acreditar, estavam no ciberespaço. Mas lá estavam especialistas em computadores de nível quase genial em Fort Meade derrotados. Quem quer que estivesse enviando os sermões para a internet mantinha-os indetectáveis e impossíveis de rastrear, fazendo com que parecessem emanar de uma origem, depois de outra, para em seguida circular rapidamente ao redor do mundo, parando em uma centena de possíveis fontes — mas todas falsas.

O Rastreador se recusou a trazer qualquer pessoa, independentemente do nível de acesso de segurança, ao seu esconderijo na floresta. O fetiche secretista que motivava toda a unidade o influenciara. Ele também não gostava de ir a outros escritórios na área metropolitana de Washington e fazia o possível para evitar. Preferia ser visto apenas pela pessoa com quem quisesse falar. Sabia que estava conquistando a reputação de ser pouco convencional, mas preferia estabelecimentos de beira de estrada. Completamente anônimos, tanto as lanchonetes quanto os clientes. Ele encontrou o craque cibernético de Fort Meade em um desses estabelecimentos na estrada de Baltimore.

Os dois homens sentaram-se e mexeram o café intragável. Eles se conheciam de investigações anteriores. O homem com quem o Rastreador estava sentado tinha a fama de ser o melhor detetive de computadores na Agência Nacional de Segurança, o que não é pouco.

— Então, por que não conseguem encontrá-lo? — perguntou o Rastreador.

O homem da NSA olhou com desdém para o café e meneou a cabeça, quando a garçonete se aproximou, pronta para servir mais uma xícara. Ela se afastou. Qualquer um que olhasse para a cabine teria visto dois homens de meia-idade, um musculoso e em boa forma, o outro com a palidez de escritórios sem janelas e a caminho da obesidade.

— Porque ele é incrivelmente esperto — respondeu ele, por fim. Detestava ser iludido.

— Explique para mim — pediu o Rastreador. — Em linguagem de leigo, se puder.

— Ele provavelmente grava os sermões com uma câmera digital ou um laptop. Nada estranho quanto a isso. Então transmite em um site chamado Hejira. Essa foi a fuga de Maomé de Meca para Medina.

O Rastreador manteve a expressão séria. Ele não precisava de explicações quanto ao islã.

— Você consegue rastrear Hejira?

— Não há necessidade. É apenas um veículo. Ele comprou o site de uma pequena companhia obscura em Délhi que agora está fora do negócio. Quando tem um novo sermão para transmitir mundialmente, ele o envia pelo Hejira, mas mantém a localização exata em segredo, fazendo com que o sinal seja emanado de uma origem após a outra, circulando rapidamente ao redor do mundo, quicando através de uma centena de outros computadores, cujos proprietários com certeza são completamente ignorantes do papel que estão desempenhando. Desse modo, o sermão pode vir de qualquer lugar.

— Como ele impede que a sequência de variações seja rastreada reversamente?

— Desenvolvendo um "servidor proxy" que cria um protocolo de internet falso. O IP é como seu endereço de casa com o código postal. Com isso, ele introduziu no servidor proxy um *malware* ou *botnet* para retransmitir o sermão para o mundo todo.

— Traduza.

O homem da NSA suspirou. Ele havia passado a vida inteira falando termos de informática com colegas que sabiam exatamente o que queria dizer.

— *Malware*. Vem de em mal. Um vírus. *Bot*, uma redução de robô, algo que segue sua ordem sem fazer perguntas ou revelar para quem está trabalhando.

O Rastreador pensou a respeito.

— Quer dizer que a poderosa NSA está realmente derrotada?

O ás da computação do governo não estava lisonjeado, mas fez que sim com a cabeça.

— Obviamente, continuaremos tentando.

— O tempo está passando. Talvez eu tenha que tentar em algum outro lugar.

— Fique à vontade

— Me deixe perguntar uma coisa. Controle sua decepção. Apenas supondo que você fosse o Pregador. Quem você absolutamente não desejaria em seu encalço? Quem deixaria você incrivelmente preocupado?

— Alguém melhor do que eu.

— Existe esse alguém?

O homem da NSA suspirou.

— Provavelmente. Em algum lugar lá fora. Eu imaginaria alguém da nova geração. Mais cedo ou mais tarde, os veteranos são ultrapassados por algum garoto imberbe em todas as áreas da vida.

— Você conhece algum garoto imberbe? Algum garoto imberbe específico?

— Olha, eu nunca conheci. Mas ouvi em um seminário numa feira de comércio recente sobre um jovem aqui mesmo na Virgínia. Meu informante disse que ele mora com os pais e nunca sai de casa. Jamais. Ele é peculiar. Neste mundo, ele é uma pilha de nervos, quase não fala. Mas voa como um piloto de caça quando entra no próprio universo.

— Que é?

— O ciberespaço.

— Você tem um nome? Ou mesmo um endereço?

— Imaginei que fosse perguntar isso.

Ele pegou um pedaço de papel do bolso e o passou para o Rastreador. Então se levantou.

— Não me culpe se ele não for útil. Foi só um boato, fofocas no mundo dos profissionais esquisitões.

Depois que ele partiu, o Rastreador se contentou com alguns *muffins* e o café e também se foi. No estacionamento, ele olhou para o pedaço de papel. Roger Kendrick. E um endereço em Centreville, Virgínia, uma das muitas cidades-satélites que tinham surgido nas últimas duas décadas e explodido com moradores que trabalhavam na cidade grande desde o 11 de Setembro.

Todos os rastreadores, todos os detetives, não importa qual ou onde seja a caça, não importa quem seja a vítima, precisam de um lance de sorte. Apenas um. Kit Carson seria afortunado. Ele teria dois.

Um viria de um estranho adolescente, assustado demais para deixar o quarto no sótão da casa dos pais em uma viela em Centreville, Virgínia; e o outro de um velho camponês afegão, cujo reumatismo o forçava a largar o rifle e retornar das montanhas.

CAPÍTULO TRÊS

A ÚNICA COISA MAIS OU MENOS FORA DO CONVENCIONAL OU audaciosa que o tenente-coronel Musharraf Ali Shah do exército regular paquistanês jamais tinha feito foi se casar. Não era o casamento em si, mas sim a garota com quem se casou.

Em 1979, aos 25 anos e solteiro, ele fora destacado por um curto período de tempo para a geleira de Siachen, uma região inóspita e selvagem no extremo norte do país, onde a fronteira era contígua ao inimigo mortal do Paquistão, a Índia. Posteriormente, entre 1984 e 1999, haveria uma guerra morna mas que se disseminaria por Siachen; porém, na época o local era apenas frio e desolador, um destacamento de resistência.

O então tenente Ali Shah era um panjabi como a maioria dos paquistaneses e presumiu, assim como seus pais, que faria um "bom" casamento, possivelmente com a filha de um oficial superior, o que ajudaria sua carreira, ou então de um mercador rico, o que ajudaria sua conta bancária.

Ele teria sorte caso tivesse feito qualquer uma das duas escolhas, pois não era um homem interessante. Era um daqueles que obedecia a ordens ao pé da letra, convencional, ortodoxo, com a imaginação de um *chapati*. Mas, naquelas montanhas escarpadas, Ali Shah conheceu e se apaixonou por uma jovem de beleza estonteante chamada Soraya. Sem a permissão ou a bênção da família, ele se casou.

A família dela ficou satisfeita, imaginando que uma união com um oficial do Exército traria dignidade às grandes cidades da planície. Talvez uma grande casa em Rawalpindi ou até mesmo em Islamabad. Infelizmente, Musharraf Ali Shah era um homem esforçado que se virava sozinho e, ao longo de mais de trinta anos, subiria na hierarquia para terminar como tenente-coronel, claramente sem ir além de tal posto. Um garoto nasceu em 1980, batizado com o nome de Zulfiqar.

O tenente Ali Shah estava na Infantaria Blindada, cumprindo o serviço militar obrigatório aos 21 anos em 1976. Depois da primeira temporada em Siachen, retornou com a esposa em estado avançado de gravidez e foi promovido a capitão. Ele recebeu uma casa muito modesta no setor dos oficiais em Rawalpindi, a concentração militar que ficava a alguns quilômetros da capital, Islamabad.

Não haveria outros comportamentos impulsivos. Para todos os oficiais do exército paquistanês, novos destacamentos ocorriam a cada dois ou três anos e eram divididos entre "duros" e "tranquilos". Um destacamento em uma cidade como Rawalpindi, Lahore ou Karashi contava como tranquilo e era "com a família". Mas ser enviado para a guarnição de Multan, Kharian ou Peshawar na garganta do desfiladeiro de Khyber para o Afeganistão, ou então para o vale das Moscas, infestado de talibãs, contava como destacamento duro e era apenas para oficiais desacompanhados. Durante todos esses destacamentos, o garoto Zulfiqar foi para a escola.

Toda cidade onde há uma guarnição paquistanesa possui escolas para os filhos dos oficiais, mas elas existem em três níveis. Na base, ficam as escolas do governo, depois as escolas públicas do Exército e, para aqueles com recursos familiares, as escolas particulares da elite. Os Ali Shahs não tinham dinheiro além do salário muito modesto do tenente, e Zulfiqar estudava nas escolas do Exército, que possuíam a reputação de serem bem-administradas, empregando muitas esposas de oficiais como professoras, e eram gratuitas.

O garoto se matriculou aos 15 anos e passou para a faculdade do exército, estudando engenharia por ordem do pai. Aquela era a carreira que asseguraria um emprego e/ou um cargo automático no exército. Isso foi em 1996. Os pais começaram a perceber uma mudança no filho a partir do terceiro ano de estudo.

O agora major Ali Shah era, naturalmente, um muçulmano praticante, mas não um devoto apaixonado. Seria impensável não comparecer à mesquita toda sexta-feira ou se juntar às orações rituais como e quando necessário. Mas aquilo era tudo. Ele habitualmente usava o uniforme por uma questão de prestígio, mas se fosse preciso usaria um *mufti*, que era a veste nacional para homens: calças justas e casaco longo, abotoado na frente, que juntos formam o *salwar kameez*.

Ele notou que o filho começou a cultivar uma barba rala e a usar o solidéu reticulado dos devotos. O rapaz se prostrava as cinco vezes exigidas diariamente e demonstrava reprovação quando via o pai bebendo uísque, a bebida dos oficiais da corporação, saindo ruidosamente da sala. Os pais achavam que a devoção e a religiosidade não passavam de uma fase.

O rapaz começou a estudar com afinco obras escritas sobre Kashmir, a disputa do território na fronteira que envenenava as relações entre a Índia e o Paquistão desde 1947. Ele passou a tender para o extremismo violento de Lashkar-e-Taiba, o grupo terrorista que, mais tarde, seria responsável pelo massacre em Mumbai.

O pai tentou se consolar com o pensamento de que o filho se formaria em um ano e entraria para o Exército ou encontraria um bom emprego como engenheiro qualificado, um talento sempre em demanda no Paquistão. Mas, no verão de 2000, ele foi reprovado nos exames finais, um desastre que o pai atribuiu ao abandono dos estudos e ao mergulho no Corão, além do aprendizado de árabe, a única língua na qual se pode estudar o Corão.

Tal evento marcou a primeira de uma série de intensas brigas entre pai e filho. Inconformado, o major Ali Shah fez o que estava ao seu alcance para conseguir alegar que o filho não estava se sentindo bem e merecia uma chance de fazer novamente as provas finais. Então veio o 11 de Setembro.

Como praticamente todos que possuíam um aparelho de televisão, a família assistiu, horrorizada, aos aviões colidirem contra as Torres Gêmeas. Exceto o filho, Zulfiqar. Ele se alegrou, ficou ruidosamente exultante, enquanto a emissora de TV repetia o espetáculo várias vezes seguidas. Foi quando os pais perceberam que, junto da extrema devoção religiosa, a leitura constante dos propagandistas jihadistas originais Sayyid Qutb e seu discípulo Azzam e uma aversão pela Índia, o filho desenvolvera um ódio pelos Estados Unidos e pelo Ocidente.

Naquele inverno, os Estados Unidos invadiram o Afeganistão, e, dentro de seis semanas, a Aliança do Norte, com um enorme auxílio das Forças Especiais e do poderio aéreo americanos, derrubou o governo talibã. Enquanto o hóspede dos talibãs, Osama bin Laden, fugia através da fronteira com o Paquistão em uma direção, o bizarro líder talibã cego de um olho, mulá Omar, voava até a província paquistanesa de Baluchistão, onde se instalou com seu conselho supremo, a Shura, na cidade de Quetta.

Para o Paquistão, aquilo estava longe de ser um problema acadêmico. Não apenas o exército paquistanês como todas as forças armadas são efetivamente governados pelo Inter-Serviço de Inteligência, simplesmente conhecido pela sigla ISI. E o ISI havia criado o Talibã.

Mais do que isso, uma porcentagem extraordinariamente grande dos oficiais do ISI era da ala extremista do islã e não abandonaria a criação, o Talibã, ou seus convidados, a al Qaeda, para se tornarem leais aos Estados Unidos, apesar de que precisariam fingir tal feito. Com isso, teve início a chaga atual que tem amaldiçoado as relações entre os Estados Unidos e o Paquistão desde então. Os escalões superiores do ISI não apenas sabiam que Bin Laden estava naquele complexo murado em Abbotabad; eles haviam construído aquilo para ele.

No começo da primavera de 2002, uma delegação de alta patente do ISI foi até Quetta para conferenciar com mulá Omar e sua Shura local. Normalmente, eles não teriam se dignado a convidar o humilde major Ali Shah para acompanhá-los, exceto por um motivo. Os dois generais superiores do ISI não falavam pachto; o mulá e seus seguidores pachtos não falavam urdu. O major Ali Shah tampouco conhecia o idioma, mas tinha um filho que sabia.

A esposa do major era uma Pathan das montanhas selvagens do norte. O idioma nativo dela era o pachto. O filho era fluente em ambas as línguas. Ele acompanhou a delegação, inebriado pela honra. Quando retornou a Islamabad, teve a última das brigas furiosas com o pai ultraconvencional, que ficou parado, com as costas totalmente eretas, olhando pela janela enquanto o filho abandonava a casa. Os pais jamais voltaram a vê-lo.

A figura que confrontou o Sr. Kendrick quando ele abriu a porta da frente estava uniformizada. Não totalmente, mas em um traje camuflado bem-passado com brasões, divisas e condecorações. Ele podia discernir que o visitante era um coronel dos Fuzileiros Navais, e ficou impressionado.

A ideia era aquela. Trabalhando na TOSA, o Rastreador raramente usava o uniforme completo porque chamaria a atenção, e, em seu novo ambiente, aquilo era algo que evitava a qualquer custo. Mas o Sr. Jimmy Kendrick era faxineiro de uma escola local. Ele cuidava do sistema de aquecimento central e varria corredores. Não estava acostumado com coronéis dos Fuzileiros Navais batendo à sua porta. Ele tinha que estar intimidado.

— Sr. Kendrick?
— Sim.
— Coronel Jackson. Roger está em casa? — James Jackson era um de seus pseudônimos frequentes.

Óbvio que estava em casa. Ele nunca saía. O único filho de Jimmy Kendrick era uma penosa decepção para o pai. Sofrendo de agorafobia aguda, o garoto sentia medo de deixar o abraço familiar de seu esconderijo no sótão e a companhia da mãe.

— Claro. Está lá em cima.
— Eu poderia trocar algumas palavras com ele? Por favor?

O pai conduziu o fuzileiro naval uniformizado ao andar superior. Não era uma casa grande; apenas dois cômodos embaixo, dois em cima e uma escada de alumínio que dava para o sótão. O Sr. Kendrick gritou para o vazio:

— Roger, uma pessoa quer ver você. Desça até aqui.

Houve um farfalhar e um rosto apareceu na abertura sobre a escada. Era pálido, como o de uma criatura noturna habituada à meia-luz; jovem, vulnerável, ansioso. Com cerca de 18 ou 19 anos, olhos que não faziam contato. Ele parecia estar olhando para o tapete no patamar entre os dois homens abaixo.

— Olá, Roger. Sou James Jackson. Preciso de sua opinião. Podemos conversar?

O garoto considerou seriamente a pergunta. Parecia não haver curiosidade, apenas aceitação do estranho visitante e da solicitação.

— Tudo bem — respondeu ele. — Você quer subir?

— Não tem espaço lá em cima — sussurrou o pai, pelo canto da boca. Depois falou mais alto: — Desça, filho. — E se voltou para o Rastreador. — É melhor que conversem no quarto dele. Ele só gosta de descer para a sala de estar se a mãe estiver aqui. Ela trabalha como caixa no mercado.

Roger Kendrick desceu a escada e entrou no quarto. Ele se sentou na beirada da cama de solteiro, olhando para o chão. O Rastreador pegou a cadeira de espaldar reta. Além desta, tudo o que havia no cômodo era um pequeno armário e uma cômoda. A vida real do rapaz era no espaço sob o telhado. O Rastreador olhou para o pai, que deu de ombros.

— Síndrome de Asperger — declarou ele, impotente. Aquela era, claramente, uma condição que o derrotava. Outros homens tinham filhos que podiam sair com garotas e aprender a ser mecânicos de carros.

O Rastreador assentiu com um gesto de cabeça. O significado era claro.

— Betty chegará logo — completou o Sr. Kendrick. — Ela fará um café. — Então ele saiu.

O homem de Fort Meade havia usado a palavra peculiar, mas ele não tinha especificado o quanto e de que forma. Antes da visita, o Rastreador pesquisara tanto sobre síndrome de Asperger quanto sobre agorafobia, o medo de lugares abertos.

Assim como a síndrome de Down e a paralisia cerebral, ambas as condições variavam o grau entre grave e leve. Depois de vários minutos conversando em termos gerais com Roger Kendrick, ficou claro que não havia a menor necessidade de tratá-lo como uma criança, nenhum motivo para conversa infantil.

O jovem experimentava extrema timidez em situações interpessoais, intensificada pelo medo do mundo fora de casa. Mas o Rastreador suspeitava que, se conseguisse conduzir a conversa de volta à zona de conforto do adolescente — o ciberespaço —, ele encontraria uma personalidade muito diferente. E estava certo.

O Rastreador se lembrou do caso do ciber-hacker inglês Gary McKinnon. Quando o governo dos Estados Unidos tentou levá-lo a julgamento, Londres argumentou que ele era frágil demais para viajar, muito menos para aguentar a prisão. Porém, McKinnon tinha invadido os santuários sagrados da NASA e do Pentágono, penetrando como uma faca em alguns dos *firewalls* mais complicados já inventados.

— Roger, existe um homem lá fora, escondido no ciberespaço, que odeia o nosso país. Todos o chamam de Pregador. Ele prega sermões on-line em inglês e pede às pessoas que se convertam ao seu modo de pensar e matem americanos. O meu trabalho é encontrá-lo e impedi-lo. Mas não consigo. Lá fora, ele é mais esperto que eu. Ele se considera o operador mais esperto no ciberespaço.

O Rastreador percebeu que o arrastar de pés tinha parado. Pela primeira vez, o adolescente levantou os olhos e fez contato visual. Ele estava contemplando um retorno ao único mundo que uma natureza cruel lhe destinara habitar. O Rastreador abriu uma bolsa e pegou um cartão de memória.

— Ele transmite, Roger, mas mantém seu protocolo de internet muito secreto por isso ninguém sabe onde está. Se soubéssemos, poderíamos fazê-lo parar. — O adolescente brincou com o cartão de memória nos dedos. — O que vim fazer aqui, Roger, é perguntar se você nos ajudaria a encontrá-lo.

— Eu poderia tentar — declarou o adolescente.

— Me diga, Roger, que equipamento você tem lá em cima?

O adolescente disse. Não era o pior no mercado, mas era algo que se poderia comprar em lojas.

— Se alguém viesse e perguntasse a você, o que realmente gostaria? Qual seria a configuração dos seus sonhos, Roger?

O garoto ganhou vida. O entusiasmo iluminou seu rosto. Ele fez contato visual de novo.

— Eu realmente gostaria de um sistema com dois processadores de seis núcleos com 32 giga de RAM, rodando uma versão Linux de distribuição Red Hat Enterprise, seis ou superior.

O Rastreador não precisava fazer anotações. O microfone minúsculo entre suas medalhas captava tudo. Dava no mesmo, ele não tinha a menor ideia do que o garoto estava falando. Mas os técnicos saberiam.

— Verei o que posso fazer — murmurou ele, levantando-se. — Dê uma olhada no material. Pode ser que você não consiga hackeá-lo. Mas agradeço por tentar.

Dois dias depois, uma van com três homens e equipamentos tecnológicos muito caros chegaram à casa da viela em Centreville. Eles se arrastaram pelo sótão até terminar de instalar tudo. Deixaram um garoto muito vulnerável de 19 anos olhando para uma tela e acreditando que tinha sido elevado ao paraíso. Ele assistiu a uma dúzia dos sermões no site jihadi e começou a digitar.

O assassino estava agachado ao lado de sua moto e fingia mexer no motor enquanto, mais abaixo na estrada, o senador do estado deixava sua casa, jogava tacos de golfe no bagageiro do carro e sentava-se atrás do volante. Era pouco mais de sete horas de uma luminosa manhã no começo do verão. O senador não percebeu o homem na moto atrás dele.

O assassino não precisava ficar muito perto, pois tinha percorrido o mesmo trajeto duas vezes antes, sem estar vestido como agora, mas de jeans e usando um casaco com capuz, muito menos chamativo. Ele seguiu o carro do senador pelos 8 quilômetros até o campo de golfe na praia na Virgínia. Observou o político estacionar, retirar os tacos e desaparecer na sede do clube.

O assassino passou pela entrada do clube, dobrou à esquerda na Linkhorn Drive e desapareceu na floresta. Depois de percorrer 200 metros na Linkhorn, dobrou novamente à esquerda e pegou a Willow Drive. Um único carro vinha no sentido oposto, mas não o notou, apesar de sua vestimenta.

Ele trajava, do pescoço aos tornozelos, um *dishdasha* branco como a neve e um solidéu branco de crochê sobre a cabeça raspada. Passando por diversas residências rurais na Willow Drive, emergiu da floresta sob o sol no ponto em que o *tee shot* do quinto buraco, conhecido como Cascade, atravessava a via. O assassino parou no acostamento e largou a moto no mato alto ao lado do *fairway* do quarto buraco, chamado Bald Cypress.

Já havia alguns golfistas em outros buracos, mas estavam envolvidos em suas partidas e não repararam nele. O jovem de branco caminhou, calmamente, pelo *fairway* Bald Cypress até se aproximar da ponte sobre o córrego, entrou nos arbustos até ficar invisível e aguardou. Sabia, pelas observações anteriores, que qualquer um jogando uma partida teria que ir até o quarto *fairway* e atravessar a ponte.

Ele estava lá havia meia hora e dois pares tinham completado o Bald Cypress e seguido para o *tee* Cascade. Observando do esconderijo, deixou-os passar. Então viu o senador. O homem formava par com um parceiro mais ou menos da mesma idade. Na sede do clube, o senador vestira uma jaqueta verde, e seu adversário usava outra de cor similar.

Enquanto os dois homens idosos atravessavam a ponte, o jovem emergiu do meio dos arbustos. Nenhum dos golfistas diminuiu o passo, apesar de terem-no olhado com um breve interesse. Talvez por causa das roupas que ele vestia ou por seu ar de distanciamento tranquilo. Ele se aproximou dos americanos até que, a dez passos de distância, um deles perguntou:

— Posso ajudá-lo, meu filho?

Foi quando o jovem tirou a mão direita do interior do *dishdasha* e a estendeu, como se estivesse lhes oferecendo algo. O "algo" era uma pistola. Nenhum dos golfistas teve a oportunidade de protestar antes de ele disparar. Um pouco confuso com a semelhança entre os bonés de golfe e os casacos verdes, ele disparou dois tiros contra cada homem, quase à queima-roupa.

Uma bala se perdeu totalmente e jamais foi encontrada. Duas atingiram o senador no peito e no pescoço, matando-o instantaneamente. O último projétil atingiu o outro jogador no meio do peito. Os dois homens alvejados caíram, um depois do outro. O atirador levantou os olhos para o céu azul da manhã, murmurou "*Allahu akhbar*", colocou o cano da pistola na boca e disparou.

Um grupo de quatro jogadores estava concluindo o *green* do quarto buraco, o Bald Cypress. Eles diriam, mais tarde, que todos se viraram ao ouvir o som dos tiros, bem a tempo de ver a cabeça do suicida jorrar sangue para o céu, depois desabar no chão. Dois deles começaram a correr para o local. Um terceiro já estava no carrinho. Ele manobrou e acelerou o motor silencioso em direção ao duplo assassinato. O quarto homem ficou olhando durante alguns segundos, boquiaberto, depois pegou um celular e ligou para a emergência.

A ligação foi recebida pela Central de Comunicações atrás do quartel-general da polícia na Princess Anne Road. A telefonista em serviço registrou os detalhes básicos e alertou o quartel-general do complexo e o Departamento de Serviços Médicos de Emergência. Ambos contavam com equipes experientes, constituídas por moradores locais, que não precisavam de indicações para chegar ao Clube de Golfe Princess Anne.

A primeira a chegar foi uma patrulha policial que passava pela 54th. Da Linkhorn Drive, os oficiais podiam ver a multidão crescente no quarto *fairway* e, sem cerimônia, atravessaram o gramado sagrado até a cena do crime. Do quartel-general da polícia, o detetive em serviço, Ray Hall, chegou dez minutos depois para assumir o caso. Os policiais uniformizados já haviam isolado a cena quando a ambulância do Centro Pinehurst, localizado na Viking Drive, a quase 6 quilômetros dali, chegou.

O detetive Hall constatou que dois homens estavam inquestionavelmente mortos. Ele reconheceu o senador, tanto por retratos ocasionais nos jornais quanto por uma cerimônia de premiações na polícia seis meses antes.

O jovem de barba negra e cerrada, identificado pelos golfistas horrorizados do quarteto como sendo o assassino, também estava morto, sua arma ainda na mão direita, a 7 metros das vítimas. O segundo golfista parecia estar gravemente ferido com um único ferimento no meio do peito, mas ainda respirava. O detetive recuou para permitir que os paramédicos realizassem seu trabalho. Eles eram três, além do motorista.

Um único olhar lhes informou que apenas um dos três corpos na grama ainda salpicada de orvalho necessitava de atenção. Os outros dois poderiam aguardar o transporte para o necrotério. Também não havia qualquer motivo para perder tempo na tentativa de ressuscitá-los como em casos de afogamento ou de intoxicação por gás. Aquilo era o que os paramédicos chamam de "carregar e levar".

Eles estavam equipados com um ALS — sistema avançado de suporte vital — e iriam precisar dele para estabilizar o homem alvejado durante o percurso de quase 6 quilômetros até o Hospital Geral de Virginia Beach. Colocaram o homem na ambulância e saíram em disparada, a sirene ligada.

Percorreram os quilômetros até a First Colonial Road em menos de cinco minutos. No início da manhã, o tráfego estava leve. Por ser um fim de semana, não havia pessoas indo para o trabalho. A sirene fazia com que os poucos veículos na estrada abrissem caminho, e o motorista manteve o pé fundo no acelerador durante todo o percurso.

Na parte de trás da ambulância, dois paramédicos estabilizaram da melhor maneira possível o homem já quase morto, enquanto o terceiro adiantava via rádio cada detalhe que pudessem descobrir. Na entrada da emergência, o pessoal da UTI os aguardava.

No interior do prédio, um centro de operações foi preparado e uma equipe cirúrgica estava de prontidão. O cirurgião cardiovascular, Alex McCrae, correu, apressado, de um café da manhã parcialmente comido na cantina para a sala de emergência.

No *fairway* do quarto buraco, o detetive Hall foi deixado com dois corpos, uma aglomeração agitada de cidadãos chocados e horrorizados de Virginia Beach e um punhado de mistérios. Enquanto sua parceira, Lindy Mills, anotava nomes e endereços, ele tinha duas coisas a seu favor. Todas as testemunhas afirmavam que existia apenas um assassino e que ele havia se suicidado logo após ter cometido o duplo assassinato. Parecia não haver nenhuma necessidade de sair em busca de um cúmplice. Uma moto com assento para apenas uma pessoa fora encontrada entre os arbustos um pouco acima do *fairway*.

O segundo "ponto positivo" era todas as testemunhas serem pessoas maduras e sensíveis, equilibradas e propensas a fornecer evidências boas e confiáveis. Naquele ponto, os mistérios começaram, começando com: o que diabos tinha acontecido ali e por quê?

Fosse o que fosse, nada parecido jamais havia ocorrido na calma e tranquila Virginia Beach, onde todos eram cumpridores da lei. Quem era o assassino e quem era o homem que agora lutava pela própria vida?

O detetive Hall se preocupou com a segunda pergunta primeiro. Quem quer que fosse o homem ferido, ele provavelmente tinha um lar em algum lugar, talvez uma esposa e uma família aguardando por ele, ou então um parente. Considerando o que vira do ferimento no peito, tal parente poderia ser urgentemente necessário ao cair da noite.

Ninguém fora da fita de isolamento da cena do crime parecia saber quem era o parceiro do senador. A carteira, a menos que estivesse na sede do clube, havia ido com a ambulância. Deixando Lindy Mills e os dois policiais uniformizados para prosseguirem com a rotina de anotar nomes, Ray Hall solicitou e imediatamente conseguiu uma carona num dos carrinhos para voltar à sede. Uma vez lá, o pálido profissional do clube solucionou um dos problemas. O parceiro do senador morto era um general aposentado. Era viúvo e morava sozinho em uma comunidade fechada para aposentados a muitos quilômetros dali. A lista de sócios forneceu em poucos segundos o endereço exato.

Hall chamou Lindy em seu celular. Pediu que um dos policiais ficasse com ela e que o outro lhe trouxesse uma viatura.

Enquanto seguiam viagem, o detetive Hall falou pelo rádio do carro com seu capitão. O quartel-general cuidaria da mídia, que já começava a chegar com uma saraivada de perguntas para as quais ninguém tinha as respostas ainda. Também se encarregaria da infeliz tarefa de entrar em contato com a esposa do falecido senador antes que ela ouvisse pelo rádio.

O detetive foi informado de que o carro funerário estava a caminho para levar os dois cadáveres ao necrotério do hospital, onde o médico-legista se preparava.

— Prioridade para o assassino, por favor, capitão — ordenou Hall pelo telefone. — A roupa que ele está vestindo parece a de um fundamentalista islâmico. Ele agiu sozinho, mas pode ser que haja mais envolvidos. Precisamos saber quem ele era: um solitário ou membro de algum grupo.

Enquanto estivesse na casa do general, o detetive Hall queria que as impressões digitais do assassino fossem obtidas e verificadas com o AFIS — o sistema automatizado de identificação de impressões digitais — e que a moto fosse conferida com o órgão de licenciamento de veículos do estado da Virgínia. Sim, era fim de semana; pessoas precisariam ser contatadas e convocadas ao trabalho. Ele desligou.

No complexo fechado indicado pelo registro do clube de golfe, estava claro que ninguém ainda tinha ouvido falar dos eventos ocorridos no *fairway* chamado Bald Cypress, também conhecido como quarto buraco. Havia cerca de quarenta bangalôs para aposentados, distribuídos entre jardins e árvores com um pequeno lago central e a casa do gerente da comunidade.

O gerente havia terminado de tomar um café da manhã tardio e estava prestes a começar a aparar a grama do jardim. Ao saber da notícia, ficou branco como uma folha de papel, sentou-se pesadamente em uma cadeira de jardim e murmurou "Oh, meu Deus" meia dúzia de vezes. Por fim, pegando uma chave de um painel no próprio saguão, conduziu o detetive ao bangalô do general.

A casa bem-acabada e extremamente conservada ficava no centro de meio hectare de jardim com a grama aparada e alguns arbustos plantados em vasos de barro. Uma construção de bom gosto, sem exigir esforços excessivos. Dentro, tudo estava arrumado, organizado, como a morada de um homem habituado à ordem e à disciplina. Hall iniciou o trabalho desagradável de revirar os objetos particulares de outra pessoa. O gerente foi tão solícito quanto pôde.

O general dos Fuzileiros Navais viera morar na comunidade havia cerca de cinco anos, pouco depois de perder a esposa para o câncer. Família?, perguntou Hall. Ele estava examinando a escrivaninha, procurando cartas, apólices de seguro, alguma evidência da existência de parentes. O general parecia ser um homem que mantinha os documentos mais privados com o advogado ou no banco. O gerente telefonou para o amigo mais próximo do militar ferido entre os vizinhos — um arquiteto aposentado que vivia ali com a esposa e que muitas vezes recebia o general para compartilhar uma autêntica refeição caseira.

O arquiteto atendeu a ligação e escutou com um horror chocado. Ele queria ir direto para o Hospital Geral de Virginia

Beach, mas o detetive Hall tomou o telefone e o convenceu a não fazer isso, visto que não haveria nenhuma chance de visitas. Ele conhecia algum parente do general?, quis saber Hall. Havia duas filhas, em algum lugar no oeste, respondeu o arquiteto, e um filho — um oficial dos Fuzileiros Navais em serviço, um tenente-coronel —, mas não tinha ideia de onde ele estava.

De volta ao quartel-general, Hall se reuniu com Lindy Mills e seu próprio carro sem identificação policial. E havia novidades. A moto fora rastreada. Pertencia a um estudante de 22 anos, cujo nome era claramente de origem árabe ou uma variação. Tratava-se de um cidadão americano nascido em Dearborn, Michigan, mas que atualmente estudava engenharia em uma faculdade de alta tecnologia 24 quilômetros ao sul de Norfolk. O Departamento de Veículos havia enviado uma fotografia.

Ele não tinha a barba negra cerrada e o rosto estava intacto; não era exatamente o que Ray Hall tinha visto na grama do *fairway*. Aquele rosto pertencia a uma cabeça sem a parte posterior, distorcida pela pressão da explosão do projétil. Mas era bastante parecido.

Hall telefonou para o quartel-general dos Fuzileiros Navais dos Estados Unidos, ao lado do cemitério de Arlington, do outro lado do rio Potomac em relação a Washington, D.C. Ele insistiu em permanecer na linha até que estivesse falando com um major do Ministério Público. Explicou quem era, de onde estava falando, e resumiu o que havia ocorrido cinco horas antes no campo de golfe Princess Anne.

— Não — rebateu ele. — Não vou esperar até depois do fim de semana. Não me importa quem ele seja. Preciso falar com ele agora, major, agora. Se o pai dele voltar a ver o sol nascer amanhã, será um milagre.

Houve uma longa pausa. Por fim, a voz simplesmente falou:

— Fique ao lado desse telefone, detetive. Eu ou outra pessoa retornará a ligação em breve.

Levou apenas cinco minutos. A voz era diferente. Outro major, dessa vez dos Registros de Pessoal. O oficial com quem deseja falar está inacessível, declarou ele.

Hall estava ficando furioso.

— A menos que esteja no espaço ou no fundo da Fossa das Marianas, ele *pode* ser contatado. Ambos sabemos disso. Você possui o número do meu celular pessoal. Por favor, passe para ele e diga para me ligar, e rápido. — Com isso, Hall desligou. Agora, estava nas mãos dos Fuzileiros.

Levando Lindy consigo, o detetive deixou o quartel-general rumo ao hospital, e pegou uma barra de cereal e um refrigerante como almoço. Nada mais a ser dito sobre uma alimentação saudável. Na First Colonial, ele pegou a estrada lateral, a estranhamente chamada Will o' the Wisp Drive, e contornou até a entrada para ambulâncias. A primeira parada foi no necrotério, onde o legista concluía o exame.

Havia dois corpos nas bancadas de aço, cobertos por lençóis. Um assistente estava prestes a colocá-los no refrigerador. O legista ordenou que ele parasse e levantou um lençol. O detetive Hall olhou para o rosto. Estava agora distorcido e ferido, mas ainda era o jovem da foto do Departamento de Veículos. A barba negra e cerrada apontava para cima, os olhos estavam fechados.

— Já sabem quem é ele? — perguntou o legista.

— Sim.

— Bem, você sabe mais do que eu. Mas talvez eu ainda possa surpreender. — O legista puxou o lençol até os tornozelos do cadáver. — Reparou em alguma coisa?

Ray Hall olhou demorada e atentamente.

— Ele não possui nenhum pelo no corpo. Exceto pela barba.

O legista tornou a cobrir o corpo com o lençol e acenou com a cabeça para que o assistente removesse a maca de aço e sua carga para o refrigerador.

— Eu nunca tinha visto isso pessoalmente, mas já vi em vídeo. Há dois anos, em um seminário sobre fundamentalismo islâmico. Um sinal de purificação ritualística, uma preparação para a passagem para o paraíso de Alá.

— Um homem-bomba?

— Um assassino suicida — respondeu o legista. — Destrua um membro importante da nação do Grande Satã e os portões do prazer imortal se abrem para o servo que os atravessa como um *shahid*, um mártir. Não vemos muito disso nos Estados Unidos, mas é bastante comum no Oriente Médio, no Paquistão e no Afeganistão. Houve uma palestra sobre o tema no seminário.

— Mas ele nasceu e foi criado aqui — argumentou o detetive Hall.

— Bem, com certeza alguém o converteu — contrapôs o legista. — A propósito, seu pessoal do laboratório criminal já levou as impressões digitais. Fora isso, não havia absolutamente nada de interessante nele. Exceto a arma, e acredito que já esteja com o pessoal da balística.

A parada seguinte do detetive Hall foi no andar de cima. Ele encontrou o Dr. Alex McCrae em seu escritório, almoçando, muito atrasado, um sanduíche de atum do refeitório.

— O que deseja saber, detetive?

— Tudo — respondeu Hall.

Então o cirurgião lhe contou. Quando o general, gravemente ferido, foi levado à sala de emergência, o Dr. McCrae ordenou uma infusão intravenosa imediata. Em seguida, ele verificou os sinais vitais: saturação de oxigênio, pulsação e pressão sanguínea.

O anestesista procurou e encontrou um bom acesso venoso através da veia jugular, onde inseriu uma cânula de grosso calibre e imediatamente iniciou a aplicação de soro, seguida por duas unidades de sangue tipo O negativo como operação de contenção. Por fim, ele enviou uma amostra do sangue do paciente para prova cruzada no laboratório.

A preocupação imediata do Dr. McCrae, com o paciente estabilizado naquele momento, era descobrir o que ocorria dentro de seu peito. Era evidente que havia uma bala instalada lá, pois o buraco de entrada era visivelmente claro, mas não havia nenhum ferimento de saída.

Ele ficou indeciso quanto a fazer uma radiografia ou uma tomografia computadorizada, mas decidiu não mover o paciente da maca e se dar por satisfeito com o raio-X, deslizando a placa sob o corpo inconsciente e realizando-o de cima

Isso revelou que o general fora atingido no pulmão e a bala estava alojada muito próxima do hilo, a raiz do pulmão o que lhe dava três opções. Uma operação, usando uma derivação cardiopulmonar era uma delas, mas era provável que causasse ainda mais danos aos pulmões.

A segunda escolha seria fazer uma cirurgia invasiva imediatamente, visando à extração da bala. Mas aquilo também seria altamente arriscado, visto que a extensão total dos danos ainda não estava clara e tal intervenção também poderia acabar sendo fatal.

Ele optou pela terceira opção — aguardar 24 horas sem nenhuma interferência na esperança de que, apesar de a reanimação até o momento ter exigido demais da resistência do velho homem, ele atingisse uma recuperação parcial com mais reanimações e estabilizações, o que possibilitaria a realização de uma operação invasiva com maiores chances de sobrevivência.

Depois disso, o general foi conduzido para a unidade de tratamento intensivo, onde, enquanto o detetive falava com o cirurgião, jazia adornado de tubos.

Havia um na linha venosa central de um lado do pescoço, e a cânula intravenosa no outro. Tubos de oxigênio entrando nas narinas, conhecidos como cânulas nasais, asseguravam um suprimento constante de oxigênio. A pressão sanguínea e a frequência cardíaca eram exibidas em um monitor ao lado da cama, que revelava a pulsação em um relance.

Finalmente, havia um dreno peitoral sob a axila direita entre a quinta e a sexta costela, cuja função era interceptar o constante vazamento de ar do pulmão perfurado e conduzi-lo até uma jarra que estava no chão, um terço de seu volume com água. O ar expelido podia deixar a cavidade do pulmão para emergir sob a água e borbulhar até a superfície. Mas não podia, em seguida, retornar ao espaço pleural, pois causaria o colapso dos pulmões e mataria o paciente. Enquanto isso, ele precisaria inalar oxigênio através dos tubos que entravam em cada narina.

Tendo sido informado de que não havia a menor possibilidade de conversar com o general durante dias, o detetive Hall partiu. De volta ao estacionamento atrás da entrada para ambulâncias, ele pediu que Lindy dirigisse. O detetive tinha alguns telefonemas a fazer.

O primeiro foi para a Willoughby College, onde o assassino, Mohammed Barre, estudava. Ele foi transferido para a reitora de Admissões. Quando pediu uma confirmação de que o Sr. Barre tinha sido estudante no Willoughby, a mulher admitiu sem hesitação. Quando ele lhe contou o que ocorrera no campo de golfe Princess Anne, houve um longo silêncio.

A identificação do assassino daquela manhã não havia sido liberada para a imprensa. Hall disse que estaria na faculdade em vinte minutos. Ele precisava que a reitora disponibilizasse todos os registros e o acesso aos alojamentos privados do estudante. Nesse meio-tempo, ela não deveria informar a ninguém, incluindo os pais do estudante em Michigan.

O segundo telefonema foi para o setor de Impressões Digitais. Sim, eles tinham recebido um conjunto perfeito de dez impressões do necrotério e analisado-as através do AFIS. Não houve nenhuma identificação; o estudante morto não estava no sistema.

Caso ele fosse estrangeiro, haveria registros com a Imigração, datando a solicitação de visto. Mas estava ficando claro que o Sr. Barre era um cidadão americano, filho de pais imigrantes. Mas de onde? Muçulmano de nascença ou um convertido que havia mudado de nome?

O terceiro telefonema foi para o Departamento de Balística. A arma era uma Glock 17 automática, de fabricação suíça, com um pente cheio, cinco projéteis disparados. Estavam tentando rastrear o proprietário registrado, cujo nome não era Barre e vivia perto de Baltimore, Maryland. Roubada? Comprada? Nesse momento, eles chegaram à faculdade.

O estudante morto era de origem somali. Aqueles que o conheciam em Willoughby declararam que ele parecia ter sofrido uma mudança de personalidade cerca de seis meses antes, passando de um estudante normal, extrovertido e inteligente para um recluso silencioso e fechado. O motivo principal parecia ser religioso. Havia outros dois estudantes muçulmanos no campus, mas eles não tinham experimentado tal metamorfose.

O morto abandonara o uso de jeans e jaquetas, preferindo longas túnicas. Ele começou a exigir ser liberado dos estudos cinco vezes ao dia para fazer as orações, o que lhe foi consentido sem objeções. A tolerância religiosa era suprema. E deixou crescer uma barba negra.

Pela segunda vez naquele dia, Ray Hall se viu revirando os pertences particulares de outra pessoa, mas havia uma diferença fundamental. Fora os livros de engenharia, todos os outros papéis eram textos islâmicos em árabe. O detetive Hall não compreendeu uma palavra sequer, mas reuniu todos. A chave estava no computador. Com este, Hall pelo menos sabia o que estava fazendo.

Ele encontrou sermão após sermão, não em árabe, mas em inglês fluente e persuasivo. Um rosto mascarado, dois olhos ardentes, os chamados pela submissão a Alá, por uma preparação completa para servir a Ele, lutar por Ele, morrer por Ele. E, acima de tudo, matar por Ele.

O detetive Hall nunca tinha ouvido falar do Pregador, mas desligou o computador e o apreendeu. Ele assinou por tudo que havia confiscado, deixando a faculdade com permissão para informar aos pais do morto, mas para procurá-lo quando eles quisessem vir para o sul a fim de recolher os pertences do filho. Enquanto isso, informaria pessoalmente a polícia de Dearborn. Levando dois sacos de lixo cheios de livros, textos e o laptop, ele retornou ao quartel-general da polícia.

Havia outras coisas no computador, incluindo uma busca no Craigslist por um homem com uma pistola à venda. Era evidente que a papelada não tinha sido concluída, o que levaria a uma acusação grave contra o vendedor, mas aquilo ficaria para mais tarde.

Eram oito horas da noite quando o celular de Hall tocou e uma voz se apresentou como sendo o filho do general ferido. Ele não disse onde estava, somente que havia recebido a notícia e que estava a caminho, de helicóptero.

Já estava escuro. Havia um espaço aberto atrás do prédio da polícia, mas nenhum holofote.

— Onde fica a base naval mais próxima? — perguntou ele.

— Oceana — respondeu Hall. — Mas você vai conseguir permissão para aterrissar lá?

— Sim, consigo — assegurou ele. — Daqui a uma hora.

— Vou pegar você lá — anunciou Hall.

Enquanto aguardava durante a primeira meia hora, Hall consultou registros policiais de todo o país em busca de assassinatos similares no passado recente. Para sua surpresa, havia quatro. O crime no campo de golfe era o quinto. Em dois dos quatro casos anteriores, os assassinos tinham tirado imediatamente as próprias vidas. Os outros dois foram presos com vida e ainda aguardavam julgamento por assassinato em primeiro grau. Todos haviam agido sozinhos. Todos haviam sido convertidos ao ultraextremismo por sermões on-line.

Ele pegou o filho do general em Oceana, às nove horas, e o levou de carro até o Hospital Geral de Virginia Beach. No caminho, descreveu o que havia ocorrido desde as sete e meia da manhã. O visitante o interrogou atentamente quanto ao que tinha descoberto no quarto de Mohammed Barre. Então ele disse:

— O Pregador.

O detetive Hall pensou que ele estivesse se referindo a uma profissão, e não a um codinome.

— Creio que sim — murmurou ele.

Eles chegaram à entrada principal do hospital em silêncio. A recepcionista alertou alguém sobre a chegada do filho do homem na UTI, e Alex McCrae desceu de seu gabinete. Enquanto subiam para o andar da unidade de tratamento intensivo, o médico explicou a gravidade do ferimento, o qual impossibilitara a cirurgia.

— Só posso oferecer poucas esperanças de recuperação — disse ele. — É extremamente arriscado.

O filho entrou no quarto. Puxou uma cadeira e olhou sob a luz tênue para o rosto velho e enrugado, trancado em um lugar privado, mantido vivo por uma máquina. Ficou sentado ali durante a noite inteira, segurando as mãos do homem adormecido.

Pouco antes das quatro horas os olhos se abriram. A frequência cardíaca ficou acelerada. O que o filho não podia ver era a jarra de vidro no chão atrás da cama. Estava sendo profusamente enchida com sangue arterial de um vermelho vivo. Em algum lugar profundo no interior do peito, um vaso importante se rompera. O general estava sangrando rápido demais para ser salvo.

O filho sentiu a mão do pai pressionar levemente as suas. O homem idoso olhou para o teto, e seus lábios começaram a se mover.

— *Semper Fi*, filho — murmurou ele.
— *Semper Fi*, pai.

A linha no monitor mudou de picos montanhosos para uma linha reta. O bipe se converteu em um sinal contínuo. Uma equipe de emergência apareceu na porta. Alex McCrae estava com eles. Ele passou pela figura sentada do filho do general e olhou para a garrafa atrás da cama. Levantou um braço para a equipe de emergência e meneou levemente a cabeça. A equipe se retirou.

* * *

Depois de alguns minutos, o filho se levantou e deixou o quarto. Não disse nada, apenas balançou a cabeça para o cirurgião. Na UTI, uma enfermeira puxou o lençol sobre o rosto do idoso. O filho desceu pela escada os quatro andares até o estacionamento.

Em seu carro, a 20 metros de distância, o detetive Hall sentiu algo e despertou de um sono leve. O filho do general atravessou o estacionamento, parou e olhou para cima. Ainda faltavam duas horas para o dia amanhecer. O céu estava negro, a lua tinha ido embora. Muito acima, as estrelas cintilavam: fortes, brilhantes, eternas.

Aquelas mesmas estrelas, invisíveis num céu azul-claro, estariam olhando para outro homem, perdidas num deserto de areia.

O homem levantou os olhos para as estrelas e disse algo. O detetive da Virgínia não conseguiu ouvir direito. O que o Rastreador disse foi:

— Você acaba de tornar isso muito pessoal, Pregador.

PARTE DOIS

Vingança

CAPÍTULO QUATRO

EM UM MUNDO DE CODINOMES PARA OCULTAR IDENTIDADES reais, o Rastreador tinha dado ao seu novo ajudante o pseudônimo Ariel. Divertia-o ter escolhido o espírito de *Tempestade*, de Shakespeare, capaz de voar invisível pelo espaço e fazer qualquer travessura que desejasse.

Pois, se Roger Kendrick se esforçava para lidar com o planeta Terra, ele não era nem um pouco parecido ao se sentar diante do tesouro de equipamentos de última geração que os contribuintes americanos tinham lhe dado. Como o homem de Fort Meade dissera, ele havia se tornado um ás nos voos cibernéticos, agora que estava no controle do melhor interceptador que o dinheiro poderia comprar.

Ele passou dois dias estudando a construção erguida pelo Pregador para mascarar seu endereço de IP e, com isso, sua localização. Também assistiu aos sermões e se convenceu de uma coisa desde o princípio. O gênio dos computadores não era o homem mascarado que pregava o ódio religioso. Havia outro em algum lugar, seu verdadeiro oponente, o ás inimigo voando contra ele: habilidoso, esquivo, capaz de detectar qualquer erro que ele cometesse e de isolá-lo em seguida.

Caso alguém soubesse, o ciberinimigo de Ariel era Ibrahim Samir, nascido na Inglaterra, de ascendência iraquiana, formado pelo UMIST, o Instituto de Ciência e Tecnologia da Universidade de Manchester. Kendrick pensava nele como o Troll.

Havia sido ele quem inventara o servidor proxy para criar o endereço de IP falso, atrás do qual estava escondida a verdadeira localização de seu mestre. Mas, uma vez que no início da campanha de sermões houvera um IP real, Ariel poderia situar a fonte em qualquer lugar na face da Terra.

Ele também percebeu muito rapidamente que havia uma legião de fãs. Discípulos entusiastas eram capazes de postar mensagens para o Pregador. E Ariel estava disposto a se juntar a eles.

Notou que o Troll jamais seria enganado a menos que o *alter ego* de Ariel fosse perfeito até os mínimos detalhes. Assim, ele criou um jovem americano chamado Fahad, filho de imigrantes jordanianos, nascido e criado na região de Washington. Mas, antes de mais nada, estudou.

Usou o histórico do terrorista Al Zarqawi, morto havia muito tempo, um jordaniano que tinha liderado a al Qaeda no Iraque até ser eliminado pelas Forças Especiais em um ataque de um caça. Havia uma biografia copiosa on-line. Ele vinha da aldeia jordaniana de Zarqa. Ariel criou dois pais que vinham da mesma aldeia e viviam na mesma rua. Caso fosse questionado, poderia descrevê-la a partir de informações disponíveis na internet.

Ele recriou a si próprio, nascido dois anos depois da chegada dos pais aos Estados Unidos. Era capaz de descrever a escola muçulmana onde realmente estudara, pois havia vários garotos muçulmanos lá.

E ele estudou o islã a partir de cursos internacionais on-line, a mesquita que alegava frequentar com os pais e o nome do imame residente. Em seguida, candidatou-se para ingressar na *fanbase* do Pregador. Houve perguntas — não feitas pessoalmente pelo Troll, mas por outro discípulo, na Califórnia. Ele respondeu a todas. Foram dias de espera, até que finalmente foi aceito. Durante todo o tempo, ele manteve o próprio vírus, seu *malware*, oculto, porém pronto para uso.

Havia quatro combatentes talibãs no escritório de tijolos na aldeia nos arredores de Ghazni, capital da província afegã de mesmo nome. Eles estavam sentados como preferiam, não em cadeiras, mas no chão.

As túnicas e os mantos que vestiam estavam enrolados em torno deles, pois, apesar de o mês de maio ter apenas começado, persistia um vento gelado das montanhas e o prédio de tijolos do governo não tinha calefação.

Também estavam sentados três membros do governo de Cabul e os dois oficiais *feringhees* da OTAN. Os homens da montanha não estavam sorrindo. Nunca sorriam. A única vez que tinham visto os soldados *feringhees* — estrangeiros, brancos — fora sob a mira de uma Kalashnikov. Mas aquela era uma vida que eles tinham abandonado ao ir para a aldeia.

No Afeganistão, existe um programa pouco conhecido chamado simplesmente de Reintegração. É um empreendimento conjunto do governo de Cabul com a OTAN, administrado em solo por um general de divisão inglês chamado David Hook.

O pensamento de vanguarda entre os melhores cérebros tem sido, há muito tempo, que a contagem de corpos de talibãs sozinha jamais vencerá. Na mesma velocidade em que comandantes anglo-americanos se congratulam por cem, duzentos ou trezentos combatentes talibãs terem sido "eliminados", mais deles parecem simplesmente surgir.

Alguns são oriundos do campesinato afegão, como sempre foram. Alguns deles se oferecem como voluntários, pois parentes — nessa sociedade, uma família grande pode contar com trezentos membros — foram mortos por algum míssil mal-direcionado, um ataque aéreo que tenha atingido o alvo errado ou por artilharia descuidada; outros porque são obrigados a lutar pelos anciões de suas tribos. Mas eles são jovens rapazes, pouco mais do que garotos.

Também são jovens os estudantes vindos do Paquistão, que chegam em massa das escolas religiosas madraças, onde, durante anos, não estudam nada além do Corão e escutam os imames extremistas até que sejam adestrados para combater e morrer.

Mas o exército talibã não tem igual. Suas unidades são extremamente locais em relação às áreas onde foram criadas. E a reverência aos comandantes veteranos é total. Elimine os veteranos, reconverta os chefes dos clãs, "inclua" os líderes tribais e uma área inteira do tamanho de um país pode simplesmente abandonar o combate.

Durante anos, os membros das Forças Especiais americanas e inglesas têm se disfarçado como homens das montanhas, esgueirando-se entre as colinas para assassinar os líderes talibãs de níveis intermediário e superior, reconhecendo que os peixes pequenos não são realmente o problema.

Em paralelo aos caçadores noturnos, o Programa de Reintegração visa a "converter" veteranos para que aceitem o galho de oliveira oferecido pelo governo de Cabul. Naquele dia, no vilarejo de Qala-e-Zai, o general de divisão Hook e seu assistente australiano, o capitão Chris Hawkins, estavam representando a célula da Força de Reintegração. Os quatro chefes talibãs encarquilhados e acocorados ao longo da parede tinham sido coagidos a deixar as montanhas para retornar à vida na aldeia.

Tal como acontece em toda pescaria, é preciso haver uma isca. Um "reintegrador" precisa participar de um curso de desdoutrinação. Em troca, há uma casa gratuita, um rebanho para possibilitar a retomada do pastoreio, uma anistia e o equivalente afegão a 100 dólares por semana. O propósito da reunião naquele claro e fresco dia de maio era tentar convencer os veteranos de que a propaganda religiosa à qual haviam sido submetidos durante anos era, na verdade, falsa.

Como falavam pachto, não podiam ler o Corão, e, da mesma forma que todos os terroristas não árabes, haviam se convertido devido ao que ouviram dos instrutores jihadistas, muitos fingindo ser imames ou mulás quando, na verdade, não eram nada do gênero. Então um mulá ou *maulvi* pachto estava presente para explicar aos veteranos como tinham sido ludibriados; como o Corão era, na verdade, um livro de paz com apenas algumas passagens de "morte", as quais os terroristas utilizaram deliberadamente fora de contexto.

E havia um aparelho de televisão a um canto, objeto de fascinação para os homens das montanhas. Não eram exibidas transmissões ao vivo, e sim um DVD conectado ao aparelho. O homem que falava na tela usava a língua inglesa, mas o mulá tinha um botão de "pausa", o que lhe possibilitava interromper o fluxo, explicar o que o Pregador tinha dito, para, em seguida, revelar como, de acordo com o Corão Sagrado, tudo aquilo era besteira.

Um dos quatro homens acocorados no chão era Mahmud Gul, que tinha sido um comandante sênior desde o 11 de Setembro. Ele ainda não tinha 50 anos, mas os 13 vividos nas montanhas o deixaram envelhecido; o rosto sob o turbante negro era enrugado como uma noz, as mãos nodosas e doloridas devido a uma artrite incipiente.

Mahmud fora doutrinado quando jovem, mas não contra os ingleses e os americanos, os quais ele sabia que haviam ajudado a libertar seu povo dos russos. Ele sabia pouco a respeito de Osama bin Laden e seus árabes, e não gostava do que sabia. Tinha ouvido falar sobre o que acontecera no centro da cidade de Manhattan tantos anos antes e não aprovava o ocorrido. Ele se juntara ao Talibã para lutar contra os tadjiques e os uzbeques da Aliança do Norte.

No entanto, os americanos não compreendiam a lei de *pashtunwali*, a regra sagrada entre anfitrião e hóspede que absolutamente proibia mulá Omar de entregar seus hóspedes, a al Qaeda, à sua mercê. Então os americanos invadiram seu país. Ele havia lutado por esse motivo, e ainda lutava contra o inimigo. Até agora.

Mahmud Gul sentia-se velho e cansado. Ele tinha visto muitos homens morrer. E também acabara com a agonia de parte deles com a própria arma quando os ferimentos eram tão graves que eles só poderiam viver em sofrimento durante mais algumas horas ou dias.

Havia matado rapazes ingleses e americanos, porém não conseguia se lembrar de quantos. Seus velhos ossos doíam, e suas mãos estavam se transformando em garras. A coxa estilhaçada há muitos anos jamais lhe dava sossego durante os longos invernos na montanha. Metade de sua família estava morta, e ele não tinha visto seus netos, exceto durante as visitas apressadas e noturnas antes que o amanhecer o fizesse retornar às cavernas.

Ele queria se retirar. Treze anos eram o suficiente. O verão estava chegando. Mahmud queria se sentar no calor e brincar com as crianças. Queria que as filhas lhe trouxessem comida, como deveria ser na velhice. Decidira aceitar a oferta de anistia do governo, uma casa, ovelhas, uma mesada, mesmo que aquilo significasse escutar um mulá tolo e um orador mascarado na televisão.

Quando a TV foi desligada e o mulá seguiu falando, Mahmud Gul murmurou algo em pachto. Chris Hawkins estava sentado ao lado dele e também dominava a língua, mas não o dialeto rural ghazni. Ele achou que tinha ouvido corretamente, mas não podia ter certeza. Quando a palestra terminou e o mulá correu de volta para seu carro e seus guarda-costas, eles tomaram chá. Forte, preto, e os oficiais *feringhees* trouxeram açúcar, o que era bom.

O capitão Hawkins se agachou ao lado de Mahmud Gul e ambos bebericaram o chá em um silêncio sociável. Foi quando o australiano perguntou:

— O que você disse quando a palestra terminou?

Mahmud Gul repetiu a frase. Dita lentamente e não murmurada, significava somente uma coisa.

— Eu conheço essa voz.

Chris Hawkins tinha mais dois dias para passar em Ghazni e mais uma reunião de reintegração que deveria ser realizada em outro lugar. Depois, retornaria a Cabul. Ele possuía um amigo na embaixada inglesa, que ele tinha quase certeza de estar lá com o MI6, o Serviço Secreto de Inteligência. Ele pensou em mencionar o ocorrido.

* * *

Ariel estava correto em sua avaliação do Troll. O iraquiano de Manchester estava possuído por uma arrogância presunçosa. No ciberespaço, ele era o melhor e sabia disso. Tudo em que colocava a mão no mundo virtual tinha o selo da perfeição. Ele insistia naquilo. Era sua marca registrada.

O Troll não apenas gravava os sermões do Pregador como também os transmitia para o mundo a fim de serem assistidos quem sabe em quantos monitores. E administrava a *fanbase* que não parava de crescer. Ele vetava membros aspirantes com intensas conferências antes de aceitar um comentário ou conceder uma resposta. Mas ainda não tinha percebido o pequeno vírus inserido em seu programa a partir de um pequeno e escuro sótão em Centreville, Virgínia. Conforme planejado, o programa começou a rodar uma semana depois.

O *malware* de Ariel simplesmente fazia com que o site do Troll ficasse mais lento; apenas periódica e sutilmente. O resultado era a ocorrência de pequenas pausas na transmissão da imagem, enquanto o Pregador falava. O Troll percebeu de imediato as pequenas anomalias da perfeição que as pausas criavam em seu trabalho. Aquilo era inaceitável. E começou a se irritar até que, finalmente, se enfureceu.

Ele tentou corrigir, mas a falha permaneceu. Ele concluiu que, se o Website Um tinha desenvolvido uma falha, seria necessário criar o Website Dois e mudar para ele. E foi o que fez. Depois precisou transferir a *fanbase* para o novo site.

Antes de inventar o servidor proxy para criar um endereço falso do Protocolo de Internet, ele teve um protocolo real, o IP, que serviria como uma espécie de endereço de correspondência. Para transferir toda a *fanbase* do Website Um para o Dois, o Troll precisou passar de volta pelo IP verdadeiro. Levou apenas um centésimo de segundo, talvez menos.

No entanto, durante a mudança, o IP original ficou exposto por aquele nanossegundo. Em seguida desapareceu. Mas Ariel estava à espera daquela janela minúscula. O endereço de IP lhe informou um país e também um proprietário — France Telecom.

Se os supercomputadores da NASA não representavam nenhum impedimento a Gary McKinnon, o banco de dados da France Telecom não iria aguentar Ariel por muito tempo. No prazo de um dia, ele havia entrado no banco de dados da FT, sem ser visto e sem levantar suspeitas. E, como um bom gatuno, saiu sem deixar rastros. Agora, ele tinha uma latitude e uma longitude — uma cidade.

Mas Ariel tinha uma mensagem para o coronel Jackson. E sabia que não deveria enviar as novidades por e-mail. Pessoas acessam esse tipo de coisa.

O capitão australiano estava certo em dois pontos. A oportunidade de observar o veterano talibá era realmente digna de menção, e seu amigo era, de fato, parte da grande e ativa unidade do SIS na embaixada inglesa. E a informação foi encaminhada sem demora. Enviaram usando uma criptografia segura para Londres e de lá para a TOSA.

Um dos motivos era na Inglaterra também terem ocorrido três assassinatos deliberados, encorajados pelo Pregador sem rosto e sem nome. O outro era que um alerta já havia sido enviado a todas as agências de inteligência aliadas. Considerando que havia forte suspeita de o Pregador ser originário do Paquistão, as estações do SIS inglês em Islamabad e na vizinha Cabul estavam particularmente atentas.

Em menos de 24 horas, um Grumman Gulfstream 500 do J-Soc com um passageiro tinha decolado do campo Andrews, nos arredores de Washington. Ele o reabasteceu na Base da Força Aérea Americana de Fairford, em Gloucestershire, Inglaterra, e novamente na grande base americana em Doha, no Qatar. A terceira parada foi na base ainda mantida pelos Estados Unidos na enorme extensão de Bagram, ao norte de Cabul.

O Rastreador preferiu não entrar na cidade. Ele não precisava, e seu transporte era mais seguro sob guarda em Bagram do que no aeroporto internacional de Cabul. Mas suas necessidades foram enviadas antes dele. Se existissem quaisquer restrições financeiras quanto ao Programa de Reintegração, estas não se aplicavam ao J-Soc. O poder do dólar entrou em ação. O capitão Hawkins foi levado de helicóptero para Bagram. Reabastecido, o mesmo helicóptero o transportou junto de uma unidade de proteção de curta distância retirada de uma companhia de Rangers até Qala-e-Zai.

Era meio-dia quando eles aterrissaram nos arredores do empobrecido vilarejo, e o sol de primavera estava quente. Encontraram Mahmud Gul fazendo o que desejara fazer durante tanto tempo: sentado ao sol, brincando com os netos.

Ao ver o ruidoso Blackhawk no alto e os soldados que desembarcaram quando o helicóptero pousou no chão de terra batida, as mulheres correram para dentro das casas. Portas e janelas foram fechadas. Homens silenciosos com rostos pétreos ficaram de pé na única rua do vilarejo e observaram os *feringhees* entrarem em seus lares.

O Rastreador ordenou que os Rangers permanecessem ao lado da máquina. Com apenas o capitão Hawkins ao seu lado, para apresentá-lo e servir como tradutor, ele desceu a rua, acenando com a cabeça de um lado a outro e dizendo a tradicional saudação *Salaam*. Alguns *salaam* relutantes foram ditos em resposta. O australiano sabia onde Mahmud Gul morava. O veterano estava sentado fora de casa. Várias crianças fugiram, alarmadas. Apenas uma, uma garota de 3 anos, mais curiosa do que com medo, agarrou-se à túnica do avô e levantou o olhar com enormes olhos arredondados. Os dois homens brancos sentaram-se de pernas cruzadas diante do combatente veterano e o saudaram. As saudações foram retribuídas.

O afegão olhou rua acima e abaixo. Os soldados estavam fora de vista.

— Não estão com medo? — perguntou Mahmud Gul.

— Creio ter vindo visitar um homem de paz — respondeu o Rastreador.

Hawkins traduziu para pachto. O homem mais velho concordou com a cabeça e gritou algo para a rua.

— Ele está dizendo à aldeia que não há perigo — sussurrou Hawkins.

Com pausas apenas para a tradução, o Rastreador lembrou a Mahmud Gul da sessão com a equipe de Reintegração após as orações de sexta-feira na semana anterior. Os olhos castanho-escuros do afegão permaneceram sem piscar no rosto. Por fim, ele assentiu.

— Há muitos anos, mas era a mesma voz.

— Mas na televisão ele estava falando em inglês. Você não compreende inglês. Como poderia saber?

Mahmud Gul deu de ombros.

— Era a maneira como falava — respondeu ele, como se nenhuma outra consideração fosse necessária. Como Mozart, eles chamavam aquilo de "ouvido absoluto". A capacidade de registrar e recordar sons exatamente como eram. Mahmud Gul podia ser um camponês analfabeto, mas, caso sua convicção provasse estar correta, ele também teria aquele tipo de ouvido.

— Por favor, me conte como aconteceu.

O homem idoso fez uma pausa, e seu olhar pousou sobre o pacote que o americano carregara ao descer a rua.

— Está na hora dos presentes — sussurrou o australiano.

— Me desculpe — disse o Rastreador, afrouxando o nó do pacote. Mostrou o que tinha trazido. Dois mantos de pele de búfalo de uma loja de lembranças de nativos americanos. Forrados com lã quente. — Há muito tempo, o povo do meu país caçava o búfalo por causa de sua carne e pele. Esta é a pele mais quente conhecida pelo homem. No inverno, envolva uma destas em torno do corpo. Durma com uma sob você e se cubra com a outra. Jamais sentirá frio de novo.

O rosto enrugado de Mahmud Gul lentamente abriu um sorriso, o primeiro que o capitão Hawkins tinha visto nele. Restavam-lhe somente quatro dentes, mas fizeram o melhor para criar um amplo sorriso. Ele passou os dedos pela pele espessa. A caixa de joias da rainha de Sabá não poderia ter proporcionado mais prazer ao ancião. Então ele contou sua história.

— Foi no combate contra os americanos, logo após a invasão contra o governo de mulá Omar. Havia tadjiques e uzbeques, saindo de seu enclave no nordeste. Poderíamos ter lidado com eles, mas eles tinham americanos ao lado e os *feringhees* pilotavam os aviões que vinham do céu com bombas e foguetes. Os soldados americanos podiam falar com os aviões e informá-los onde estávamos, por isso as bombas raramente erravam os alvos. Foi muito ruim.

"Ao norte de Bagram, recuando pelo vale de Salang, fui pego em campo aberto. Um avião de guerra americano disparou contra mim várias vezes. Me escondi atrás de rochas, mas quando o avião se foi percebi que tinha sido alvejado na coxa. Meus homens me carregaram até Cabul, onde fui colocado em um jipe e levado mais para o sul.

"Passamos por Kandahar e atravessamos a fronteira para o Paquistão em Spin Boldak. Eles eram nossos amigos e nos ofereceram abrigo. Fomos para Quetta. Foi a primeira vez que um médico me examinou e recebi tratamento para a perna.

"Na primavera, comecei a andar novamente. Eu era jovem e forte naqueles dias, e os ossos quebrados se curaram bem. Mas houve muita dor, e usei uma muleta sob a axila. Ainda na primavera, fui chamado para me juntar à Shura de Quetta e me sentar com o mulá no conselho. E também, na primavera, veio uma delegação de Islamabad para Quetta para conferenciar com mulá Omar. Havia dois generais, mas eles não falavam pachto, somente urdu. Um dos oficiais trouxe o filho, apenas um garoto. Mas ele falava pachto com fluência, com sotaque da área alta de Siachen. Ele traduziu para os generais de Punjab, que nos disseram que precisariam fingir estar trabalhando com os americanos, mas que jamais nos abandonariam nem deixariam nosso movimento Talibã ser destruído. E assim tem sido.

"Conversei com o garoto de Islamabad, o que falava na tela branca. Por trás da máscara, era ele. A propósito, ele tinha olhos cor de âmbar."

O Rastreador agradeceu e partiu. Ele desceu de volta pela rua até o chão de terra batida. Os homens, de pé ou sentados, o encararam. As mulheres espiavam através das frestas nas janelas. As crianças se escondiam atrás de pais e tios. Mas ninguém o incomodou.

Os Rangers formavam um círculo voltado para fora. Eles conduziram os dois oficiais até o Blackhawk e subiram a bordo. O helicóptero decolou, enviando terra e palha para todas as direções, e voou de volta a Bagram. Há alojamentos para oficiais razoavelmente confortáveis lá, com comida boa, mas nada de bebida alcoólica. O Rastreador necessitava de apenas uma coisa: dez horas de sono. Enquanto dormia, sua mensagem foi encaminhada para a estação da CIA na embaixada em Cabul.

Antes de deixar os Estados Unidos, o Rastreador fora avisado de que a CIA, apesar de qualquer rivalidade interdepartamental, "concordava" em lhe oferecer a mais ampla cooperação. Ele precisava disso por duas razões.

Uma delas era que a Agência possuía enormes estabelecimentos em Cabul e em Islamabad, uma capital onde qualquer visitante americano provavelmente estaria sob a mais cerrada vigilância da polícia secreta. A outra era que, em Langley, a CIA possuía uma estrutura excelente para a criação de documentos falsos para utilização no exterior.

No momento em que acordou, o vice-comandante da Estação havia chegado de avião de Cabul para uma conferência, conforme solicitado. O Rastreador tinha uma lista de exigências, que o oficial de inteligência anotou com cuidado. Os detalhes seriam criptografados e enviados a Langley naquele dia, asseguraram-lhe. Quando os documentos solicitados estivessem disponíveis, um portador os traria pessoalmente dos Estados Unidos.

Quando o homem da CIA retornou a Cabul, voando de helicóptero do complexo americano em Bagram para o território da embaixada, o Rastreador embarcou em seu jato executivo do J-Soc e voou para a grande base americana no Qatar, no Golfo Pérsico. No que dizia respeito ao que os registros oficiais mostrariam, ninguém chamado Carson jamais estivera no país.

O mesmo se aplicava ao Qatar. Ele poderia passar três dias no perímetro da base americana, preparando os documentos de que necessitava. Ao aterrissar na base nos arredores de Doha, o Rastreador dispensou o Grumman para que a aeronave retornasse aos Estados Unidos. Do interior da base, ordenou a compra de duas passagens aéreas.

Uma delas era de uma companhia aérea barata para o curto trecho descendo pela costa até Dubai e estava em nome do Sr. Christopher Carson. A outra, de uma agência de viagens baseada em um hotel cinco estrelas, era de classe executiva de Dubai para Washington via Londres pela British Airways, emitida com o nome fictício de John Smith. Quando recebeu a mensagem que aguardava, ele voou o trecho até o aeroporto internacional de Dubai.

Ao desembarcar, o Rastreador seguiu direto para o saguão de passageiros em trânsito, onde o verdadeiramente vasto shopping *duty-free* estava abarrotado com milhares de pessoas, utilizando o maior eixo de companhias aéreas do Oriente Médio. Sem necessidade de perturbar o atendente de Assistência de Trânsito, ele entrou no *lounge* da *club-class*.

O portador de Langley o aguardava na entrada do banheiro masculino, conforme combinado, e os sinais de identificação murmurados foram trocados. Muito antiquado, o procedimento tinha um século de idade, mas ainda era eficiente. Eles encontraram um canto tranquilo e duas poltronas isoladas.

Os dois homens carregavam apenas bagagem de mão. Não eram idênticas, mas não importava. O portador tinha entrado com um passaporte americano autêntico em nome de John Smith e com a passagem para os Estados Unidos emitida no mesmo nome. Ele obteria um cartão de embarque no balcão da British Airways no andar inferior. John Smith, tendo chegado pela Emirates, partiria para casa após uma breve parada, porém através de outra companhia aérea, e ninguém saberia disso.

Eles também trocaram as bagagens de mão. O que o Rastreador entregou ao portador era irrelevante. O que recebeu foi uma mala com rodinhas contendo camisas, ternos, artigos de banho, sapatos e todo tipo de apetrecho de viagem. Espalhados entre as roupas e os romances de suspense adquiridos no aeroporto havia vários recibos, notas e cartas confirmando que o proprietário era o Sr. Daniel Priest.

Ele entregou ao portador todos os papéis que tinha em nome de Carson. Esses também retornariam aos Estados Unidos sem serem vistos. O que obteve em troca foi uma carteira de documentos que a Agência passara três dias preparando.

Havia um passaporte no nome de Daniel Priest, um membro sênior da equipe do *Washington Post*. Um visto válido, emitido pelo consulado paquistanês em Washington, assegurando a entrada do Sr. Priest no Paquistão. A obtenção do visto significaria que a polícia paquistanesa estava ciente de sua chegada e o estaria aguardando. Jornalistas são de extremo interesse para regimes sensíveis.

Havia uma carta do editor do *Post*, confirmando que o Sr. Priest preparava uma importante série de artigos sobre "Islamabad — a criação de uma cidade moderna bem-sucedida". E uma passagem de volta via Londres.

Havia cartões de crédito, uma carteira de motorista, os documentos habituais e os cartões de visita normalmente encontrados na carteira de um cidadão americano respeitador das leis e executivo de alto escalão, além de uma confirmação de que um quarto estava reservado no Hotel Serena, em Islamabad, e que o carro do hotel o estaria aguardando.

O Rastreador era esperto demais para emergir do saguão da alfândega no aeroporto internacional de Islamabad para o caos fervente e movimentado no exterior e depois se deixar ser arrastado para dentro de algum táxi velho.

O portador também lhe entregou o canhoto do cartão de embarque de Washington para Dubai e a passagem não utilizada da conexão de Dubai para "Slammy", como Islamabad é conhecida na fraternidade das Forças Especiais.

Uma revista minuciosa de seu quarto revelaria apenas que o Sr. Dan Priest era um correspondente estrangeiro legítimo de Washington com um visto válido e uma razão lógica para estar no Paquistão; e que também pretendia permanecer alguns dias na cidade e depois voar de volta para casa.

Com a troca de identidades concluída, os dois homens desceram separadamente para diferentes balcões de companhias aéreas no andar inferior a fim de obter os cartões de embarque para os voos de conexão.

Era quase meia-noite, mas o voo EK612 do Rastreador decolaria apenas às três e cinquenta e dois. Ele matou o tempo no *lounge*, porém se dirigiu ao portão de embarque com uma hora de antecedência e aproveitou para avaliar os outros passageiros. O Rastreador sabia que, caso houvesse alguma confusão, deveria ficar atrás deles.

Conforme suspeitava, os passageiros da classe econômica eram na grande maioria trabalhadores paquistaneses retornando após os dois anos de trabalho forçado em áreas de construção. É normal para os membros das quadrilhas do ramo da construção confiscar os passaportes dos operários na chegada e devolvê-los somente quando o contrato de dois anos termina.

Durante esse tempo, os trabalhadores vivem em choupanas miseráveis com estruturas mínimas, trabalhando duro sob um calor terrível para receber salários minúsculos, parte dos quais eles tentam enviar de volta para casa. À medida que se amontoavam no portão de embarque, o Rastreador captou o primeiro odor de suor seco temperado com uma dieta constante de *curry*. Felizmente, a classe econômica e a executiva logo foram separadas, e ele relaxou em uma confortável poltrona na frente, junto de executivos do Paquistão e do Golfo Arábico.

O voo durou pouco mais de três horas, e o Boeing 777-300 da Emirates aterrissou às sete e meia no horário local. Enquanto o avião taxiava, ele observou pela janela o C-130 Hercules militar e o Boeing 737 presidencial passarem na pista.

No saguão dos passaportes, ele foi separado da turba agitada de paquistaneses quando entrou na fila para passaportes estrangeiros. O novo documento em nome de Daniel Priest, adornado apenas por alguns carimbos de entrada e saída na Europa e pelo visto paquistanês, foi meticulosamente examinado, página por página. As perguntas foram superficiais e educadas, respondidas com facilidade. Ele apresentou provas da reserva no Serena. Os homens à paisana permaneceram bastante recuados e observaram.

Ele puxou a mala de rodinhas e, com esforço, abriu caminho por entre a massa ruidosa de pessoas que se acotovelava e se empurrava no saguão de bagagens, ciente de que aquilo era de uma ordem teutônica em comparação ao caos lá fora. O Paquistão não faz fila.

Fora do último saguão, o sol brilhava. Milhares de pessoas pareciam ter vindo, trazendo famílias inteiras, para receber aqueles que retornavam do Golfo. O Rastreador passou os olhos pela multidão até detectar o nome Priest em um cartaz segurado por um jovem que vestia o uniforme do Serena. Ele fez contato e foi conduzido até a limusine, que esperava no pequeno estacionamento VIP no lado direito do terminal.

Como o aeroporto fica na extensão da antiga Rawalpindi, a estrada, uma vez livre do eixo do aeroporto, desce até a rodovia de Islamabad, rumo à capital. Visto que o Serena, o único hotel à prova de terremotos em Slammy, fica nos arredores da cidade, o Rastreador foi pego de surpresa quando o carro dobrou em uma pequena curva fechada: direita, esquerda, passando por uma barreira que estaria fechada para carros de visitantes, porém se encontrava aberta para a limusine do próprio hotel, subindo uma rampa curta mas íngreme até a entrada principal.

No balcão da recepção, ele recebeu as boas-vindas e foi acompanhado até o quarto. Havia uma carta aguardando o Rastreador. Ela trazia o logotipo da embaixada dos Estados Unidos. Ele sorriu e deu uma gorjeta ao carregador de malas, fingindo não estar ciente de que a polícia de contrainteligência tinha grampeado o quarto e aberto a correspondência. Ela era do adido de imprensa da embaixada, dando-lhe as boas-vindas ao Paquistão e convidando-o para o jantar naquela noite em sua casa. Estava assinada por Gerry Byrne.

O Rastreador solicitou à telefonista do hotel que ligasse para a embaixada; pediu e foi transferido para Gerry Byrne, com quem trocou as amenidades usuais. Sim, o voo tinha sido agradável, o hotel era ótimo, o quarto era excelente e ele teria imenso prazer em participar do jantar.

Gerry Byrne também ficou feliz com sua presença. Ele morava na cidade, na Zona F-7, rua 43. Era complicado chegar lá, por isso o adido enviaria um carro. Seria muito agradável. Somente um pequeno grupo de amigos, alguns americanos, outros paquistaneses.

Os dois homens sabiam que havia outra parte da conversa que provavelmente seria mais aborrecida que prazerosa. Ele estaria sentado a uma mesa no porão de um aglomerado de prédios de tijolos, localizado entre jardins e fontes, parecendo mais uma universidade ou um hospital geral que o quartel-general de uma polícia secreta. Mas isso é o que o complexo da ISI, na rua Khayban-e-Suhrawardy, parece.

O Rastreador desligou o telefone. Por enquanto, tudo bem, pensou. Ele tomou um banho, fez a barba e trocou de roupa. Era o final da manhã. Decidiu almoçar cedo e tirar um cochilo para recuperar o sono perdido na noite anterior. Antes do almoço, pediu uma cerveja gelada no quarto e assinou a declaração para confirmar que não era muçulmano. O Paquistão é estritamente islâmico e "seco", mas o Hotel Serena possui uma licença, embora somente para hóspedes.

O carro estava lá pontualmente às sete em ponto, um sedã comum (por uma razão) de quatro portas de uma montadora japonesa. Haveria milhares como aquele nas ruas de Slammy. Ele não atrairia nenhuma atenção. Ao volante, estava um motorista paquistanês, empregado pela embaixada.

O motorista conhecia o caminho — subir a avenida Ataturk, cruzar a avenida Jinnah, dobrar à esquerda e seguir pela estrada Nazim-ud-din. O Rastreador também conhecia o trajeto, mas somente porque tudo estava nas informações que o portador de Langley lhe entregara no aeroporto de Dubai. Apenas uma precaução. Ele detectou o carro da ISI a uma quadra de distância do Serena, que seguiu fielmente o sedã, passando pelos arranha-céus de apartamentos e subindo a estrada Marvi até a rua 43. Portanto, nenhuma surpresa. O Rastreador não gostava de surpresas, a não ser que fossem por parte dele.

A casa não tinha propriamente as palavras "Emitida pelo governo" acima da porta da frente, mas poderia ter. Agradável, bastante espaçosa, uma entre uma dúzia designada a funcionários da embaixada que moravam fora do complexo. Ele foi recebido por Gerry Byrne e a esposa, Lynn, que o conduziu até uma varanda atrás da casa, onde lhe ofereceram uma bebida.

Quase poderia ser uma casa suburbana nos Estados Unidos, não fosse por alguns detalhes. Cada casa na rua 43 tinha muros de concreto de pouco mais de 2 metros de altura em torno delas, além de portões de aço da mesma altura. Os portões se abriram sem qualquer comunicação, como se alguém estivesse observando do interior. O porteiro usava um uniforme preto, um boné, e estava armado. Apenas um subúrbio comum.

Um casal paquistanês já estava presente, um médico e a esposa. Outros chegaram. Mais um carro da embaixada, que veio do interior do complexo. Outros estacionaram na rua. Um casal de uma agência de assistência, capaz de explicar a dificuldade de persuadir os fanáticos religiosos em Bajar a permitir a vacinação das crianças locais contra a pólio. O Rastreador sabia que havia um homem presente que tinha vindo para vê-lo, além de outro que ainda não chegara. O restante dos convidados era "pano de fundo", assim como todo o jantar.

O homem que estava faltando veio com a mãe e o pai. O pai era simpático e jovial. Possuía concessões para mineração de pedras semipreciosas no Paquistão e até mesmo no Afeganistão, e foi volúvel ao explicar as dificuldades que a presente situação impunha ao negócio.

O filho tinha cerca de 35 anos, satisfeito simplesmente por dizer que estava no Exército, apesar de estar vestindo roupas civis. O Rastreador havia sido informado sobre ele também.

O outro diplomata americano foi apresentado como Stephen Dennis, o adido cultural. Era uma boa cobertura, pois seria perfeitamente natural que o adido de imprensa oferecesse um jantar a um famoso jornalista americano e que o cultural também fosse convidado.

O Rastreador sabia que ele era, na verdade, o número dois na estação da CIA. O chefe da estação era um oficial de inteligência "declarado", ou seja, a Agência era perfeitamente aberta quanto a quem era e o que fazia. Em qualquer embaixada em território perigoso, a diversão está em descobrir quem realmente são os "não declarados". Geralmente, o governo anfitrião possui uma série de suspeitas, algumas precisas, mas jamais pode ter certeza. São os não declarados que fazem a espionagem, normalmente utilizando nativos que possam ser "transformados" de modo a cumprir as ordens de um novo empregador.

Foi um jantar alegre, regado a vinho e, mais tarde, doses de Johnnie Walker Black Label, a bebida preferida de todos os oficiais das corporações, islâmicas ou não. Enquanto os convidados se reuniam para o café, Steve Dennis fez um gesto de cabeça para o Rastreador e foi para a varanda. O Rastreador o seguiu. O terceiro a se juntar a eles foi o jovem paquistanês.

Em poucas frases, ficou claro que ele não era somente do Exército mas também da ISI. Devido à educação ocidental que o pai fora capaz de lhe proporcionar, ele havia sido escolhido para penetrar nas sociedades inglesa e americana na cidade e relatar qualquer coisa útil que ouvisse. Na verdade, havia acontecido o inverso.

Steve Dennis o detectara em poucos dias e fizera um recrutamento reverso. Javad tinha se tornado o informante da CIA dentro da ISI. Era a ele que a solicitação do Rastreador tinha sido dirigida. Ele havia entrado silenciosamente no Departamento de Arquivos sob algum pretexto e investigado os registros do ano de 2002, relativos ao mulá Omar.

— Quem quer que tenha sido sua fonte, Sr. Priest — disse ele, na varanda —, ele possui ótima memória. Realmente em 2002 houve uma visita secreta a Quetta para conferenciar com o mulá Omar. Ela foi liderada por quem era na época o general de uma estrela Shawqat, atualmente comandante de todo o Exército.

— E o garoto que falava pachto?

— De fato, não há nenhuma menção a isso. Apenas que na delegação havia um major Musharraf Ali Shah da Infantaria Blindada. Entre os assentos alocados no avião e dividindo um quarto com o pai em Quetta, está listado um filho, Zulfiqar.

Ele pegou um pedaço de papel e o entregou ao Rastreador. Havia um endereço em Islamabad.

— Mais alguma referência ao garoto?

— Algumas. Conferi outra vez o nome e o nome de família dele. Parece que se voltou para o mal. Há referências de ter abandonado a casa dos pais e ter ido para as áreas tribais a fim de se juntar à Lashkar-e-Taiba. Temos vários agentes profundamente infiltrados há muitos anos. Houve o relato de um jovem com esse nome estar entre eles, um jihadista fanático em busca de ação. Ele conseguiu obter aceitação da Brigada 313.

O Rastreador tinha ouvido falar da 313, em homenagem aos combatentes, apenas 313 em número, os quais resistiam ao lado do Profeta contra centenas de inimigos.

— Depois, ele desapareceu outra vez. Nossas fontes relataram rumores de que tinha se juntado ao clã Haqqani, o que teria sido facilitado por falar pachto, que é o idioma deles. Mas onde? Em algum lugar nas três áreas tribais... Norte e sul do Waziristão, ou Bajaur. Depois, nada, apenas silêncio. Nada mais de Ali Shah.

Outros queriam se juntar a eles na varanda. O Rastreador guardou no bolso o pedaço de papel e agradeceu a Javad. Uma hora depois, o carro da embaixada o levou de volta ao Hotel Serena.

No quarto, ele conferiu os três ou quatro pequenos indícios reveladores que havia deixado: cabelos humanos grudados com saliva entre gavetas e o cadeado de sua mala com rodinhas. Tudo havia desaparecido. O quarto fora revistado.

CAPÍTULO CINCO

O Rastreador tinha um nome e um endereço, além de um mapa de Islamabad, entregue a ele no saguão de trânsito em Dubai por John Smith. Ele também estava certo de que quando deixasse o hotel, no dia seguinte, seria seguido. Antes de ir para a cama, ele foi à recepção e solicitou a reserva de um táxi para a manhã seguinte. O recepcionista perguntou para onde ele gostaria de ir.

— Oh, apenas um passeio geral para ver os pontos turísticos tradicionais da cidade — respondeu ele.

Às oito horas da manhã do dia seguinte, o táxi estava esperando. Ele cumprimentou o motorista com seu costumeiro e amigável "sorriso de turista americano" e partiram.

— Precisarei de sua ajuda, amigo — confidenciou ele, inclinando-se sobre o assento da frente. — O que você recomenda?

O carro foi subindo a avenida da Constituição, passando pelas embaixadas da França e do Japão. O Rastreador, que havia memorizado o mapa da rua, assentiu com entusiasmo quando a

Suprema Corte, a Biblioteca Nacional, a residência presidencial e o Parlamento foram apontados. Ele tomou notas; também lançou vários olhares pela janela traseira. Não estavam sendo seguidos. Não havia necessidade. O homem da ISI dirigia.

Foi um longo passeio com apenas duas paradas. O motorista passou diante da entrada principal da verdadeiramente impressionante Mesquita Faisal, onde o Rastreador perguntou se eram permitidas fotografias, e, ao ouvir que sim, ele tirou uma dúzia delas da janela do carro.

Passaram pela Zona Azul com suas ruas de lojas luxuosas. A primeira parada foi no empório de alfaiataria conhecido como British Suiting.

O Rastreador disse ao motorista que um amigo mencionara a loja como sendo um lugar que fazia ternos muito bons em apenas dois dias. O motorista confirmou que era verdade e observou o cliente americano desaparecer no interior da loja.

Os funcionários eram atenciosos e dispostos a agradar. O Rastreador escolheu um corte de pura lã penteada, azul-escuro com pequenas listras. Ele foi calorosamente elogiado pelo bom gosto e sorriu satisfeito. Suas medidas foram tomadas em apenas 15 minutos, e ele foi convidado a voltar no dia seguinte para a primeira prova. Fez um depósito em dólares, muito apreciado, e antes de partir perguntou se poderia ir ao toalete masculino.

Este, de maneira previsível, ficava na parte de trás da loja, depois das pilhas de rolos de tecido para ternos. Ao lado da porta do lavatório havia outra. Quando o atendente que o conduzira até lá partiu, o Rastreador a empurrou. A porta abriu para um beco. Ele tornou a fechá-la, usou o mictório e retornou à loja. Seguiu para a entrada do estabelecimento. O táxi o aguardava.

O que ele não tinha visto, mas podia imaginar, era que, enquanto estava nos fundos, o motorista colocara a cabeça pela porta para conferir. Ele havia sido informado de que seu cliente estava "nos fundos". As cabines de prova também ficavam naquela direção. Ele assentiu e retornou ao táxi.

A única outra parada foi durante uma visita ao Mercado Koshar, um importante ponto turístico. Lá, o Rastreador manifestou o desejo de tomar um café no meio da manhã e lhe recomendaram o Café Gloria Jeans. Depois, comprou alguns biscoitos de chocolate ingleses na AM Grocers e disse ao motorista que poderiam retornar ao Serena.

Quando chegaram, o Rastreador pagou ao motorista e lhe deu uma generosa gorjeta, que tinha certeza de que não iria para o orçamento da ISI, e sim para o bolso do homem. Um relatório completo seria entregue dentro de uma hora e um telefonema seria feito para a British Suiting. Apenas para conferir.

De volta ao quarto, ele redigiu e enviou um artigo para o *Washington Post*. Tinha como título "Um passeio matutino pela fascinante Islamabad". Era profundamente tedioso e jamais veria a luz do dia.

Ele não tinha trazido um computador, porque não queria nenhum disco rígido seu removido e esmiuçado. Usou a sala de telecomunicações do Serena. O artigo foi realmente interceptado e lido, pelo mesmo oficial confinado ao porão que copiara e arquivara a carta do adido de imprensa.

O Rastreador almoçou no restaurante do hotel, em seguida foi até a recepção e disse que sairia para dar uma volta. Ao sair, um homem consideravelmente gordo, uns dez anos mais jovem que ele, levantou-se de um sofá no saguão, apagou o cigarro, dobrou o jornal e o seguiu.

O Rastreador podia ser um homem mais velho, no entanto era um fuzileiro naval e gostava de caminhar. Após duas longas avenidas, o seguidor estava correndo para acompanhá-lo, ofegante e encharcado de suor. Quando finalmente perdeu sua presa, ele pensou no relatório que precisaria preencher pela manhã. Na segunda saída do dia, o americano certamente estava indo em direção à British Suiting. O policial seguiu o mesmo caminho. Ele era um homem preocupado. Precisava pensar em seus superiores implacáveis.

Quando colocou a cabeça para dentro da porta da alfaiataria, suas preocupações evaporaram. Sim, o americano, de fato, estava lá dentro, mas estava "nos fundos". O seguidor aguardou diante da Mobilink, encontrou uma porta amigável, recostou-se na parede, desdobrou o jornal e acendeu um cigarro.

Na verdade, o Rastreador não passara tempo algum na cabine de provas. Depois de receber as boas-vindas, explicou com uma expressão de constrangimento que desenvolvera um incômodo estomacal e, por favor, será que poderia usar o banheiro? Sim, ele sabia o caminho.

Um *feringhee* com problemas no estômago é tão previsível quanto o nascer do sol. Ele deslizou pela porta dos fundos, correu pelo beco e pegou a avenida principal. Um táxi que estava de passagem, vendo seu aceno, parou no meio-fio. Aquele era um táxi autêntico, dirigido por um paquistanês simples, tentando ganhar a vida. Estrangeiros sempre podem ser levados pela rota turística mais longa sem se dar conta disso, e dólares são dólares.

O Rastreador sabia que estava indo pelo caminho mais longo, porém era melhor do que criar confusão. Vinte dólares depois, para uma corrida que valia 5, ele foi deixado onde queria. Na esquina de duas ruas na Zona Rosa, os limites de

Rawalpindi e da área de casas militares. Quando o táxi partiu, ele concluiu a pé os 200 metros restantes.

Era uma *villa* pequena e modesta, arrumada mas não ostensiva, com uma placa em inglês e urdu com os dizeres: *Col. M. A. Shah*. Ele sabia que o Exército começava cedo e terminava cedo. Ele bateu à porta. Ouviu o som de algo se arrastando. A porta foi aberta alguns centímetros. Interior escuro, um rosto escuro, opressivo, mas que um dia fora belo. A Sra. Shah? Sem empregada; aquele não era um lar próspero.

— Boa tarde, madame. Vim conversar com o coronel Ali Shah. Ele está?

Do interior, uma voz masculina gritou algo em urdu. Ela se virou e respondeu. A porta foi totalmente aberta e um homem de meia-idade apareceu. Cabelos curtos, bigode aparado, barba feita, muito militar. O coronel havia trocado o uniforme por um *mufti*. Ainda assim, exalava autoimportância. No entanto, a surpresa ao ver um americano de terno escuro foi genuína.

— Boa tarde, senhor. Tenho a honra de estar falando com o coronel Ali Shah?

Ele era apenas um tenente-coronel, mas não objetaria. E a construção da frase não fez nenhum mal.

— Sim, é claro.

— Meu dia de sorte. Eu teria telefonado, mas não tinha seu número privado. Espero não ter vindo num mau momento.

— Bem... não, mas do que se trata...

— A verdade, coronel, é que meu bom amigo, o general Shawqat, me disse ontem à noite durante o jantar que o senhor era o homem com quem eu deveria falar na minha busca. Será que poderíamos...

O Rastreador gesticulou para o interior da casa, e o oficial, surpreso, recuou e segurou a porta aberta. Ele teria batido uma continência trêmula e ficado com as costas coladas à parede se o comandante em chefe passasse por ali. O general Shawqat, ninguém menos, e o americano jantaram juntos.

— Mas é claro, onde estão meus bons modos? Por favor, entre.

Ele seguiu na frente até uma sala de estar modestamente mobiliada. A esposa passou por eles.

— Chai — gritou o coronel, e ela partiu às pressas para preparar o chá, o ritual de boas-vindas para convidados honoráveis.

O Rastreador ofereceu seu cartão, com o nome de Dan Priest, redator sênior do *Washington Post*.

— Senhor, fui encarregado pelo meu editor, com plena aprovação de seu governo, de criar um retrato de mulá Omar. Como o senhor vai entender, ele é, mesmo após todos esses anos, uma figura muito reclusa e pouco conhecida. O general me levou a acreditar que o senhor o conheceu e conversou com ele.

— Bem, não sei quanto a...

— Ora, não seja modesto. Meu amigo me disse que o senhor o acompanhou a Quetta há 12 anos e desempenhou um papel crucial nas negociações bilaterais.

O tenente-coronel Ali Shah ficou com a postura ainda mais ereta, enquanto o americano esbanjava elogios. Então, o general Shawqat *realmente* havia reparado nele. Ele juntou as pontas dos dedos e concordou que, de fato, tinha conversado com o líder talibã cego de um olho.

O chá chegou. Enquanto era servido, o Rastreador notou que a Sra. Ali Shah tinha olhos verde-jade extraordinários. Ele havia ouvido isso antes. Sobre o povo da montanha, das tribos ao longo da Linha Durand, aquela fronteira selvagem entre o Afeganistão e o Paquistão.

Dizia-se que há 2.300 anos, Alexandre, o Grande, Iskandar da Macedônia, o jovem deus da manhã do mundo, marchara por aquelas montanhas durante sua travessia do Império Persa rumo à desejada conquista da Índia. Mas seus homens estavam cansados, exaustos pelas campanhas incessantes, e, quando ele marchou de volta da campanha hindu, eles desertaram em massa. Se não podiam retornar à Macedônia, eles se instalariam naquelas montanhas e vales, escolheriam esposas, cultivariam terra boa e não mais marchariam nem lutariam.

A pequena criança que se esconara atrás da túnica de Mahmud Gul na aldeia de Qala-e-Zai tinha olhos azuis brilhantes, e não castanhos como os panjabis. E o filho desaparecido?

O chá ainda não tinha sido bebido quando a entrevista chegou ao fim. Ele não fazia ideia de que seria tão abrupto.

— Creio que estava acompanhado por seu filho, coronel, que fala pachto.

O oficial do Exército se levantou da cadeira e se empertigou, clara e profundamente afrontado.

— Está enganado, Sr. Priest. Não tenho nenhum filho.

O Rastreador também se levantou, pousando a xícara, apologético.

— Mas fui levado a crer que... um jovem rapaz chamado Zulfiqar...

O coronel foi até a janela e ficou olhando para fora, as mãos atrás das costas. Ele estremeceu, suprimindo a raiva, embora de quem, se do visitante ou do filho, o Rastreador não conseguia saber.

— Repito, senhor, não tenho nenhum filho. E receio que não possa mais lhe ajudar.

O silêncio era gélido. O americano estava claramente sendo convidado a se retirar. Ele olhou para a esposa do coronel.

Os olhos verdes estavam inundados de lágrimas. Havia claramente um trauma familiar ali, e isso vinha acontecendo havia anos.

Empregando algumas desculpas balbuciadas, o Rastreador caminhou em direção à porta. A mulher o acompanhou. Enquanto ela segurava a porta aberta, ele sussurrou desculpas em inglês.

Estava claro que ela não falava o idioma e, provavelmente, nem árabe, mas a palavra "sorry" é razoavelmente internacional e ela poderia ter adquirido um conhecimento limitado. Ela levantou o olhar, os olhos cheios de lágrimas, viu a simpatia e assentiu. Então ele partiu e a porta foi fechada.

Ele caminhou 800 metros antes de emergir na estrada do aeroporto e chamar um táxi que estivesse indo na direção da cidade. No hotel, telefonou do quarto para o adido cultural. Se o telefonema fosse monitorado, e seria mesmo, não teria importância.

— Olá, aqui é Dan Priest. Eu estava me perguntando se você teria conseguido localizar aquele material sobre a música tradicional do Punjab e as agências tribais.

— Certamente — respondeu o homem da CIA.

— Ótimo, posso fazer um arquivo excelente sobre o tema. Você poderia entregar para mim no Serena? Tomamos um chá no *lounge*.

— Por que não, Dan? Sete horas está bom para você?

— Perfeito. Vejo você mais tarde.

Durante o chá, naquela noite, o Rastreador explicou do que precisaria para o dia seguinte. Seria sexta-feira, o coronel iria à mesquita para as orações do dia sagrado muçulmano. Mas esposas acompanhantes não seriam necessárias. Ali não era Camp Lejeune.

Após o homem da CIA partir, o Rastreador usou a recepcionista para reservar em seu nome uma passagem via British Airways para Londres.

O carro estava lá na manhã seguinte, quando ele desceu com sua única mala. Era o habitual veículo discreto, mas com placa do serviço diplomático para que ninguém pudesse entrar nele e para que os passageiros não fossem incomodados.

No volante, estava um americano de meia-idade e cabelos grisalhos — um veterano da embaixada que passara tempo suficiente dirigindo naquela cidade para conhecê-la intimamente. Com ele havia um funcionário jovem e subalterno do Departamento de Estado que, em um curso de línguas em casa, escolhera e dominara o pachto como especialidade. O Rastreador se acomodou no assento traseiro e forneceu o endereço. Eles desceram a rampa do Serena e o carro da ISI que os seguia deslizou atrás deles.

No final da rua onde ficava a casa do tenente-coronel Ali Shah, eles estacionaram e aguardaram até que todos os homens na estrada tivessem partido para a mesquita e para as orações de sexta-feira. Somente então o Rastreador deu ordens para que fosse deixado na porta da casa.

Novamente, foi a Sra. Shah quem atendeu. De imediato, ela pareceu afobada e explicou que o marido não estava em casa. Ele retornaria dentro de uma hora, talvez mais. Ela falava em pachto. O homem da embaixada respondeu que o coronel ordenara que esperassem por ele. Incerta, pois Ali Shah não lhe dera tais instruções, deixou-os entrar e os levou para a sala de estar. Ela pairava pela sala, mas não se sentou. Tampouco partiu. O Rastreador indicou a poltrona diante da qual estava sentado.

— Por favor, Sra. Shah, não se assuste por me ver de novo. Vim pedir desculpas por ontem. Não tinha intenção de aborrecer seu marido. Trouxe um pequeno presente para expressar minhas desculpas.

Ele colocou a garrafa de Black Label sobre a mesinha de centro. Esta também estava no carro, conforme solicitado. Ela deu um sorriso nervoso, enquanto o intérprete traduzia, e sentou-se.

— Eu não tinha a menor ideia de que houve um rompimento entre pai e filho — comentou o Rastreador. — Que tragédia. Fui informado de que seu rapaz, Zulfiqar, se estou certo, era tão talentoso, falando inglês além de urdu e pachto... o que, é claro, deve ter aprendido com a senhora.

Ela assentiu com um gesto de cabeça e mais uma vez lágrimas surgiram em seus olhos.

— Diga-me, a senhora não possui uma foto de Zulfiqar em algum lugar, mesmo de quando era um garotinho?

Uma grande gota emergiu de cada olho e escorreu pelas faces. Nenhuma mãe de um filho se esquece daquele lindo garotinho que um dia segurou no colo. Ela concordou lentamente com a cabeça.

— Posso vê-la... por favor?

A Sra. Shah se levantou e deixou a sala. Em algum lugar, ela possuía um esconderijo secreto e, lá, desafiava o marido ao guardar uma foto do filho perdido havia tanto tempo. Quando retornou, segurava uma única foto em uma moldura de couro.

Era uma foto do dia da formatura. Havia dois garotos adolescentes na moldura, sorrindo felizes para a câmera. A foto era dos dias anteriores à conversão ao jihad, os dias despreocupados do final da escola, um papel enrolado de bacharelado e amizade inofensiva. Não havia necessidade de perguntar quem era cada garoto. O da esquerda tinha luminosos olhos cor de âmbar. Ele devolveu a foto.

— Joe — disse ele, calmamente. — Use seu celular e peça ao nosso motorista para vir aqui e bater à porta.

— Mas ele estará esperando lá fora.

— Faça o que peço, por favor.

O subordinado fez o telefonema. A Sra. Shah não entendeu uma palavra sequer do que ele tinha dito. Alguns segundos depois, ouviu-se uma batida forte na porta da frente. A Sra. Shah pareceu alarmada. Não era o marido dela; era cedo demais e ele simplesmente entraria. Nenhum outro visitante era esperado. Ela se levantou, olhou, impotente, ao redor, abriu uma gaveta no armário ao lado da parede e colocou a foto nela. Bateram novamente à porta. Ela deixou a sala.

O Rastreador a atravessou em duas largas passadas. Pegou a foto e a fotografou duas vezes com seu iPhone. Quando a Sra. Shah retornou intrigada com o motorista, seu visitante mais velho estava de volta à cadeira, o mais jovem de pé, impressionado com ele. O Rastreador se levantou com um sorriso caloroso.

— Ah, hora de partir, estou vendo. Tenho que pegar um avião. Lamento muito por não ter encontrado seu marido. Por favor, transmita a ele meus melhores votos e minhas desculpas por tê-lo incomodado.

Suas palavras foram traduzidas e eles deixaram a casa. Depois que partiram, a Sra. Shah recuperou sua preciosa foto e a recolocou no esconderijo secreto.

No carro a caminho do aeroporto, o Rastreador expandiu a foto e olhou para ela. Ele não era um homem cruel e não queria enganar a mulher dos olhos verdes que um dia fora bela. Mas como, pensou o Rastreador, contar a uma mãe ainda chorando por seu garotinho perdido que você está indo caçá-lo e matá-lo pelo monstro que ele se tornou?

Vinte horas depois, ele aterrissou em Washington Dulles.

* * *

O Rastreador se agachou no espaço minúsculo disponível para ele no sótão da pequena casa em Centreville e olhou para o monitor. Ao lado dele, Ariel estava sentado diante do teclado como um pianista antes de seu grande concerto. Ele estava no controle total; através do equipamento que a TOSA havia-lhe doado, o mundo era todo seu.

Seus dedos cintilavam sobre as teclas e imagens iam e vinham, conforme Ariel explicava o que tinha feito.

— O tráfego de internet do Troll está vindo daqui — avisou ele.

As imagens eram do Google Earth, mas ele tinha, de alguma forma, aumentado-as. Do espaço, o observador mergulhou para baixo como o realizador de façanhas aéreas Felix Baumgartner mergulhando rumo à Terra. A Península Arábica e o Chifre da África encheram a tela, depois pareceram voar pelas orelhas dele, enquanto a câmera seguia em disparada para baixo e para baixo. Finalmente, ela parou seu mergulho insano, e ele estava olhando para um telhado: quadrado, cinza-claro. Parecia haver um pátio e um portão. Duas vans estavam estacionadas no pátio.

— O Pregador não está no Iêmen, como você pode ter pensado. Ele está na Somália. Isto é Kismayo, na costa no extremo sul do país — declarou Ariel.

O Rastreador continuou olhando, fascinado. Eles estavam totalmente errados — a CIA, a TOSA, o Centro Antiterrorista — ao pensarem que sua presa tivesse emigrado do Paquistão para o Iêmen. Ele provavelmente estivera lá, mas seguira em frente, para procurar abrigo não com a AQAP, a al Qaeda na Península Arábica, mas com os fanáticos controladores da AQHA: al Qaeda no Chifre da África, na sigla em inglês, anteriormente chamada al Shabaab, que controlava a metade sul da Somália, entre os países mais selvagens do mundo.

Havia muito a pesquisar. Pelo que ele sabia, a Somália fora do enclave armado em torno da capital simbólica Mogadíscio estava praticamente fora dos limites desde o massacre de 18 Rangers no incidente conhecido como Blackhawk Down, que estava carimbado na memória militar americana — e de uma maneira nada agradável.

Se a Somália tinha algum tipo de fama, era pelos piratas que durante dez anos sequestraram navios na costa e fizeram embarcações, cargas e tripulações de reféns, pedindo milhões de dólares de resgate. Porém, os piratas estavam no norte, em Puntland, uma selva grande, selvagem e desolada, povoada por clãs e tribos que o explorador vitoriano Sir Richard Burton definira certa vez como o povo mais selvagem do mundo.

Kismayo ficava no extremo sul, 200 milhas ao norte da fronteira com o Quênia; um próspero centro comercial italiano no período colonial, agora uma favela abarrotada governada por fanáticos jihadistas mais extremistas do que quaisquer outros no islã.

— Você sabe o que é essa construção? — perguntou ele a Ariel.

— Não. Um armazém, um grande galpão, não sei. Mas é de onde o Troll opera a *fanbase*. É onde o computador dele está localizado.

— Ele sabe que você sabe?

O rapaz sorriu, calmamente.

— Oh, não. Ele nunca me detectou. Ainda está gerenciando a *fanbase*. Ele teria encerrado as operações se soubesse que eu o estava observando.

O Rastreador saiu do sótão e desceu com cuidado a escada até o patamar inferior. Ele iria transferir tudo para a TOSA. Enviaria um UAV, um *drone*, circulando silencioso e invisível sobre aquele galpão em poucos dias, observando, atento a qualquer sussurro no ciberespaço, captando movimentos de calor corporal, fotografando idas e vindas. Ele transmitiria em tempo real tudo que visse para monitores na Base da Força Aérea de Creech, em Nevada, ou para Tampa, Flórida, e de lá para a TOSA. Enquanto isso, havia muito a fazer com o que o trouxera de volta de Islamabad.

O Rastreador olhou durante horas para a fotografia que tirara sorrateiramente do retrato precioso da Sra. Ali Shah. Ele havia mandado o laboratório ampliar a qualidade até que ficasse totalmente nítida. Olhou para os dois rostos sorridentes e se perguntou onde estariam agora. O da direita era irrelevante. Era o garoto com os olhos cor de âmbar que ele estudava, como na Segunda Guerra Mundial o general Montgomery estudara o rosto de Rommel, a Raposa do Deserto alemã, tentando imaginar o que ele faria em seguida.

O garoto na foto tinha 17 anos. Aquilo fora antes de ele se converter ao ultrajihadismo, antes do 11 de Setembro, antes de Quetta, antes de ele abandonar a família e ir morar com os assassinos de Lashkar-e-Taiba, a Brigada 313 e o clã Haqqani.

As experiências, o ódio, os inevitáveis assassinatos testemunhados, a vida dura nas montanhas das Agências Tribais — tudo aquilo certamente tinha envelhecido o rosto do garoto sorridente.

O Rastreador enviou uma fotografia clara do Pregador agora, apesar de mascarado, e o lado esquerdo da foto de Islamabad para uma unidade muito especializada. Nos Serviços de Informação da Justiça Criminal, uma instalação do FBI em Clarksburg, West Virginia, há um laboratório especializado em envelhecer rostos.

Ele pediu que lhe dessem um rosto — o de agora. Em seguida, foi ver a Raposa Cinzenta. O Diretor da TOSA examinou as evidências com aprovação. Pelo menos tinham um nome. E logo teriam um rosto. Possuíam um país, talvez até mesmo uma cidade.

— Você acha que ele mora lá, naquele armazém em Kismayo? — perguntou ele.

— Duvido, ele tem paranoia por ser esquivo. Apostaria que ele reside em outro local, grava os sermões em um único cômodo com uma câmera de vídeo, usando como pano de fundo um tecido do tamanho de um lençol inscrito com os versos habituais do Corão que vemos na tela, depois permite que seu assistente, a quem agora chamamos de Troll, transmita a gravação a partir de Kismayo. Ele ainda não está em nenhuma armadilha, mas não por muito tempo.

— Então o que fazemos a seguir?

— Preciso de um UAV sobre aquele armazém em tempo praticamente permanente. Eu solicitaria uma missão de baixa altitude para tirar fotos laterais da estrutura para vermos se há o nome de alguma companhia nela, exceto por uma coisa. Acredito que seria perda de tempo. Mas preciso identificar quem é o proprietário.

Raposa Cinzenta olhou para a imagem obtida do espaço. Era suficientemente clara, mas a tecnologia militar seria capaz de contar os rebites no telhado a 16.500 quilômetros de altitude.

— Entrarei em contato com os rapazes do *drone*. Eles possuem instalações de lançamento no sul do Quênia, no oeste da Etiópia e no norte de Djibuti, e a CIA possui uma unidade muito bem-infiltrada no enclave Mogadíscio. Você vai conseguir as fotografias. Agora que você conhece o rosto dele, que ele parece tão interessado em manter oculto, e também seu nome, vai revelar sua identidade?

— Ainda não. Tenho outra ideia.

— A decisão é sua, Rastreador. Vá em frente.

— Uma última coisa. Eu poderia pedir, mas o peso do J-Soc por trás disso seria útil. A CIA ou mais alguém possui algum agente secreto entranhado no sul da Somália?

Uma semana depois, quatro coisas aconteceram. O Rastreador passou o tempo mergulhado na trágica história da Somália. No passado, o país fora dividido em três. A Somalilândia Francesa, no extremo norte, era agora Djibuti, ainda com forte influência francesa, uma guarnição residente da Legião Estrangeira e uma base americana gigantesca, cujo aluguel era crucial para a economia. Também no norte, a antiga Somalilândia Britânica era agora simplesmente Somalilândia, também tranquila, pacífica, até democrática, mas bizarramente não reconhecida como estado-nação.

A maior parte do território era a antiga Somalilândia Italiana, confiscada após a Segunda Guerra Mundial, administrada durante algum tempo pelos ingleses, que depois lhe concederam a independência. Após alguns anos da ditadura habitual, a colônia outrora próspera e elegante, onde italianos ricos costumavam passar as férias, caíra em uma guerra civil. Clã combatia clã, tribo combatia tribo, senhores da guerra após senhores da guerra buscavam a supremacia. Por fim, com Mogadíscio e Kismayo reduzidos a apenas oceanos de destroços, o mundo tinha desistido de intervir.

Uma notoriedade tardia havia retornado quando os pescadores do norte, transformados em mendigos, voltaram-se para a pirataria e os do sul, para o fanatismo islâmico. A al Shabaab tinha surgido não como um braço, mas como aliada da al Qaeda e conquistou todo o sul. Mogadíscio pairava como uma frágil capital simbólica de um regime corrupto, vivendo à base de assistência, mas em enclave fechado, cuja fronteira era guardada por um exército misto de quenianos, etíopes, ugandenses e burundienses.

No interior da muralha de armas, dinheiro estrangeiro era derramado em projetos de auxílio e diversos espiões debandavam, fingindo ser outra coisa. Enquanto o Rastreador lia, cabeça apoiada nas mãos, ou estudava imagens na tela de plasma de seu escritório, um RQ-4 Global Hawk assumiu posto sobre Kismayo. Não estava armado, pois não era essa sua missão. Era conhecido como a versão HALE para alta altitude, de longa autonomia.

Ele decolou das instalações no Quênia, onde alguns soldados e técnicos americanos sufocavam no calor tropical, reabastecidos por aviões e vivendo em unidades de alojamento com ar-condicionado como uma equipe de filmagem em uma locação. Eles tinham quatro Global Hawks e dois estavam no ar.

Um estava voando antes da chegada da nova solicitação. O trabalho era observar a fronteira entre o Quênia e a Somália e as águas internacionais para ataques e incursões. A nova ordem era circular sobre uma antiga zona comercial em Kismayo e observar um edifício. Como os Hawks precisariam se revezar, aquilo significava que agora todos os quatro estavam operacionais.

O Global Hawk possui um extraordinário tempo de autonomia de 35 horas. Estando próximo à base, poderia circular sobre o alvo durante trinta horas. A 16.500 metros de altitude, quase o dobro da altitude de um avião comercial, poderia escanear 40 mil milhas quadradas por dia. Ou poderia estreitar a amplitude para 4 milhas quadradas e aproximar o zoom para obter visibilidade máxima de imagem.

O Hawk sobre Kismayo estava equipado com um radar de abertura sintética, eletro-óptica e infravermelha para operar dia e noite, em tempo claro ou nublado. Ele também era capaz de "ouvir" a mais leve transmissão na menor potência possível e "farejar" mudanças em centros de calor, conforme humanos se movessem abaixo dele. Toda a informação obtida seguia diretamente para Nevada em um nanossegundo.

A segunda coisa que aconteceu foi o retorno das fotos de Clarksburg. Os técnicos notaram que nas imagens mascaradas da TV, o tecido da máscara parecia levemente volumoso sobre a face coberta por ele. Acreditavam que poderia haver uma barba negra e espessa sob o pano.

Eles tinham as rugas em torno da testa e dos olhos para iniciar o trabalho, de modo que o rosto atualizado era acentuadamente mais velho. E duro. Havia certa crueldade na boca e na mandíbula. A delicadeza e a alegria do garoto haviam desaparecido.

O Rastreador mal tinha terminado de estudar as novas fotos quando recebeu uma mensagem de Ariel.

— Parece haver um segundo computador na casa — disse ele. — Mas não está transmitindo os sermões. Quem quer que esteja conectado a ele, e acredito que seja o Troll, indicou o recebimento com agradecimentos. Nenhuma indicação do motivo. Mas outra pessoa está se comunicando por e-mail com aquela casa.

E a Raposa Cinzenta respondeu. Negativo total. Ninguém possui qualquer "recurso", vivendo entre a Shabaab.

— Para mim, a mensagem parece ser: se quiser entrar naquele inferno, você está por conta própria.

CAPÍTULO SEIS

Ele devia ter pensado naquilo enquanto estava em Islamabad e ter se dado um chute mental pelo lapso. Javad, o informante da CIA infiltrado na ISI, tinha lhe dito que o jovem Zulfiqar Ali Shah havia desaparecido de todas as telas de radar em 2004, após desaparecer em Lashkar-e-Taiba, o grupo terrorista anti-Kashmir.

Desde então... nada. Mas nada sob aquele nome. Foi somente quando estava encarando aquele rosto no escritório que outra linha de pensamento lhe ocorreu. Ele pediu à CIA que entrasse em contato novamente com Javad e fizesse uma simples pergunta: algum dos agentes infiltrados nos vários grupos terroristas ao longo da fronteira mortal tinha ouvido algo sobre um terrorista com olhos cor de âmbar?

Enquanto isso, ele precisava dar outro telefonema com o mesmo pedido que fizera em vão para Langley.

Ele pegou um carro oficial novamente, mas dessa vez foi vestido com um terno civil, camisa e gravata. Desde o 11 de Setembro, a embaixada inglesa na avenida Massachusetts tem sido fortemente protegida. O prédio grandioso fica ao lado do Observatório Naval, lar do vice-presidente, também fortemente protegido.

O acesso à embaixada evita o pórtico com colunas na frente do prédio e se chega a ele descendo uma pequena rua lateral. O carro parou na guarita ao lado da cancela e o Rastreador apresentou o passe através da janela do carro aberta. Uma consulta foi feita por um telefone fixo. Qualquer que tenha sido a resposta, foi suficiente para a cancela ser levantada e o carro avançar até o pequeno estacionamento. Criaturas menos importantes estacionam do lado de fora e entram a pé. O espaço é limitado.

A porta era muito menos grandiosa do que a entrada da frente, agora praticamente inutilizada por questões de segurança, e mesmo assim usada somente pelo embaixador e por visitantes americanos de alto escalão. Uma vez no interior da embaixada, o Rastreador se virou para a cabine envidraçada e ofereceu novamente sua carteira de identidade. Ela mencionava certo coronel James Jackson.

Outra conferência telefônica, depois o convite para se sentar. Em dois minutos, a porta do elevador se abriu e um homem jovem surgiu, evidentemente um subalterno na hierarquia.

— Coronel Jackson? — Não havia mais ninguém no saguão. Ele também examinou a identidade. — Por favor, acompanhe-me, senhor.

Era, como o Rastreador sabia que seria, no quinto andar, o andar do adido de Defesa, o andar onde a equipe de limpeza americana jamais entrava. A limpeza precisava ser feita pelos subordinados, ainda que britânicos.

No quinto andar, o jovem conduziu o Rastreador por um corredor onde havia várias plaquetas nas portas das salas com o nome de seus ocupantes e, finalmente, uma porta sem marcação que possuía um mecanismo de cartão magnético em vez de uma maçaneta. Ele bateu à porta e, sob comando interno, passou o cartão, abriu a porta e indicou para que o Rastreador entrasse. Ele não o seguiu, mas fechou silenciosamente a porta.

Era uma sala elegante com janelas blindadas e vista para a avenida. Um escritório, sem dúvida, mas definitivamente não a "bolha", onde eram realizadas apenas conferências de nível de acesso cósmico. Aquela sala ficava no centro do prédio, cercada pelas seis facetas, por um vácuo e sem janelas. A técnica de lançar um raio contra janelas de vidro e ler a conversa em andamento a partir de vibrações na superfície tinha sido utilizada contra a embaixada americana em Moscou na Guerra Fria e exigiu a reconstrução do prédio inteiro.

O homem contornando a mesa, mão estendida, também vestia um terno com uma gravata listrada, que o Rastreador, depois dos anos passados em Londres, presumia ser a marca de uma escola muito boa. Ele não era suficientemente especializado para reconhecer as cores de Harrow.

— Coronel Jackson? Seja bem-vindo. Nosso primeiro encontro, acredito. Konrad Armitage. Tomei a liberdade de pedir café. Como você prefere?

Ele poderia ter pedido a uma das jovens e glamorosas secretárias que trabalhavam naquele andar para entrar pela porta lateral e servi-los, mas escolheu fazê-lo por conta própria. Recém-chegado de Londres, Konrad Armitage era o chefe de Estação para o Serviço Secreto de Inteligência da Inglaterra, o SIS, na sigla em inglês.

Armitage sabia perfeitamente, por intermédio de seu antecessor, quem era seu visitante, e acolheu bem o encontro. A consciência da causa comum, do interesse comum e do inimigo comum era mútua.

— Bem, em que posso ajudá-lo?

— É uma solicitação estranha, mas breve. Eu poderia tê-la enviado pelo caminho habitual, mas achei que deveríamos nos conhecer, de qualquer maneira. Por isso, vou direto ao assunto.

— Muito apropriado. E a solicitação?

— Seu serviço possui um contato, ou, melhor ainda, algum recurso entranhado entre a al Shabaab na Somália?

— Uau. Essa é uma solicitação realmente estranha. Não é minha especialidade. Temos um escritório, é claro. Precisarei averiguar. Posso perguntar: é o Pregador?

Armitage não era vidente. Ele sabia quem o Rastreador era e o que fazia. A Inglaterra tinha acabado de sofrer o quarto assassinato cometido por um jovem fanático, inspirado pelos sermões on-line do Pregador, contra os sete nos Estados Unidos, e ambos os serviços sabiam o quanto seus governos queriam eliminar aquele homem.

— Pode ser — respondeu o Rastreador.

— Bem, excelente, então. Como você sabe, temos uma presença, assim como seus amigos em Langley, em Mogadíscio, porém, caso tenham alguém nos locais selvagens, eu ficaria surpreso se não tivessem proposto uma operação conjunta. Mas terei a solicitação no escritório de Londres pela manhã.

A resposta levou apenas dois dias e foi a mesma da CIA. E Armitage estava certo; se algum dos países tivesse uma fonte no sul da Somália, ela seria valiosa demais para não ser compartilhada — tanto pelos custos quanto pelo produto.

A resposta de Javad de dentro do ISI foi muito mais útil. Uma das pessoas a quem ele fingia se reportar quanto à espionagem dos americanos era um contato na notória Asa S, que "cobria" em todos os sentidos a miríade de grupos dedicados ao jihadismo e à violência que habitava a fatia fronteiriça da Caxemira a Quetta.

Teria sido arriscado demais para Javad perguntar diretamente; aquilo revelaria o disfarce e os verdadeiros empregadores. Mas parte de seu trabalho no ISI era ter acesso autorizado aos americanos e frequentar a empresa deles. Ele fingiu ter escutado uma conversa entre diplomatas em um coquetel. Por curiosidade, o contato da Asa S consultou o arquivo do banco de dados, e Javad, de pé atrás dele, tomou nota da pasta acessada.

Depois de encerrar, o oficial da Asa S ordenou que os ianques fossem informados de que não havia tal vestígio. Mais tarde, à noite, Javad tornou a acessar o banco de dados e digitou o número da pasta.

Havia tal menção, mas era de anos antes. Ela vinha de um espião da ISI na Brigada 313 de fanáticos e assassinos de Ilyas Kashmiri. Ela mencionava uma nova chegada de Lashkar-e-Taiba, um fanático para quem os ataques contra a Caxemira tinham provado ser muito moderados. O jovem recruta falava árabe e pachto, além de urdu, o que tinha facilitado sua aceitação na 313. A Brigada era composta principalmente por árabes e cooperava intimamente com o clã Haqqani, que falava pachto. O relatório acrescentava que essa era a utilidade dele, mas que ainda precisava provar seu valor como combatente. Ele tinha olhos cor de âmbar e dizia se chamar Abu Azzam.

Então era por isso que ele tinha desaparecido havia dez anos. Ele mudara de grupo terrorista e também de nome.

O Centro Antiterrorista dos Estados Unidos tem um vasto banco de dados sobre grupos terroristas jihadistas, e uma busca por Abu Azzam produziu ótimos resultados.

Na época da ocupação soviética do Afeganistão, havia sete grandes senhores da guerra que incluíam os mujahidin, aplaudidos e apoiados pelo Ocidente como "patriotas", "partidários" e "guerreiros da liberdade". Para eles, e somente para eles, seguiram enormes quantias de dinheiro e armamento canalizados para as montanhas do Afeganistão a fim de derrotar os russos. Mas, no instante em que o último tanque soviético seguiu de volta para a Rússia, dois deles voltaram a ser os assassinos perversos que sempre haviam sido. Um era Gulbuddin Hekmatyar e o outro, Jalaluddin Haqqani.

Apesar de ser um senhor da guerra e chefe de sua província nativa de Paktia, quando os talibãs varreram os senhores da guerra para o lado e assumiram o poder, Haqqani mudou de lado e se tornou comandante das forças talibãs.

Após a derrota sofrida diante dos americanos e da Aliança do Norte, ele se mudou novamente, atravessando a fronteira e instalando-se no Waziristão, dentro da fronteira do Paquistão. Sucedido pelos três filhos, ele criou a rede Haqqani, basicamente os talibãs paquistaneses.

Isso se transformou no centro de ataques terroristas contra as forças americanas e a OTAN ao longo da fronteira e contra o governo paquistanês de Pervez Musharraf, que se tornou aliado dos Estados Unidos. Ele atraiu para sua rede as forças remanescentes da al Qaeda, os que não estavam mortos ou na prisão e qualquer outro fanático jihadista. Um deles era Ilyas Kashmiri, que trouxe consigo sua Brigada 313, parte do Exército das Sombras.

O que o Rastreador poderia supor era que o fanático e ansioso por ascensão ao poder Zulfiqar Ali Shah, agora autodenominado Abu Azzam, estava entre eles.

O que ele não podia saber era que Abu Azzam, apesar de evitar correr risco de vida em ataques no Afeganistão, desenvolveu um gosto por matar e se tornou o executor mais entusiasta da Brigada 313.

Uma a uma, as principais figuras da Haqqani, dos talibãs, da al Qaeda e da Brigada foram identificadas pelos americanos, encontradas por meio de uso de informações locais e alvejadas por ataques de *drones*. Naquelas fortalezas das montanhas, eles estavam imunes a ataques do exército, como o Paquistão descobriu à custa de enormes perdas, mas não podiam se esconder por muito tempo dos UAVs patrulhando incessantemente sobre suas cabeças, silenciosos, invisíveis, observando tudo, fotografando tudo e ouvindo tudo.

Os HVTs — os alvos de alto valor — foram explodidos em pedacinhos, substituídos por outros, que, por sua vez, também foram aniquilados, até que a liderança se tornou praticamente uma sentença de morte.

Mas os velhos laços com a Asa S do Paquistão nunca morreram. A ISI tinha criado os talibãs em primeiro lugar e jamais perdia de vista uma previsão sequer; os ianques têm os relógios, mas os afegãos possuem o tempo. Um dia, eles calcularam, os americanos farão as malas e partirão. O Talibã poderia retomar o Afeganistão, e o Paquistão não deseja dois inimigos, Índia e Afeganistão, nas suas fronteiras. Um será suficiente, e será a Índia.

Havia mais um capítulo na massa de dados que o Rastreador tinha desencadeado. A Brigada 313, com seus líderes, incluindo Kashmiri, aniquilados até o infinito, havia se dispersado, mas fora substituída pela ainda mais fanática e sádica Khorasan, e Abu Azzam era o coração dela.

A Khorasan era composta por não mais que 250 ultrarradicais, a maioria árabes e uzbeques, mirando contra os nativos locais que vendiam informações a agentes pagos pelos Estados

Unidos, especialmente a localização dos principais alvos. A Khorasan não tinha talento para obter a própria inteligência, porém possuía uma capacidade ilimitada de aterrorizar por meio de torturas públicas.

Sempre que um míssil lançado por *drone* destruía uma casa contendo um líder terrorista, a Khorasan chegava para agarrar um grupo de cidadãos locais e infligir supostos "tribunais", precedidos por interrogatórios extremos que envolviam choques elétricos, furadeiras elétricas ou ferros em brasa. O tribunal era presidido por um imame ou um mulá, geralmente autoproclamado. As confissões eram praticamente garantidas, e sentenças diferentes da de morte, excepcionais.

O método habitual de execução era a degolação. O procedimento misericordioso consiste na faca penetrando lateralmente. Um rápido puxão corta a veia jugular, a artéria carótida, a traqueia e o esôfago, causando morte instantânea.

Mas um bode não é morto dessa maneira, porque é necessário o máximo de perda de sangue para a carne ficar macia. Em seguida, a garganta é aberta com um movimento da lâmina. Para fazer um prisioneiro humano sofrer e demonstrar desprezo, o método utilizado é o do bode.

Depois de determinar a sentença, o sacerdote presidente se senta e observa a execução. Um deles era Abu Azzam.

Havia mais um item na pasta. Em torno de 2009, um pregador itinerante começou a fazer sermões nas mesquitas ao longo dos picos do norte e do sul do Waziristão. A pasta do CTC não lhe dava um nome; dizia somente que ele falava urdu, árabe e pachto e era um orador muito poderoso que levava os ouvintes a extremos de exultação religiosa. Em seguida, em torno de 2010, ele desapareceu. Jamais voltaram a ouvir falar dele no Paquistão desde então.

* * *

Os dois homens sentados no canto do bar do Washington Mandarin Oriental não chamavam atenção. Não havia motivo para isso. Ambos tinham entre 40 e 45 anos, ambos usavam ternos escuros, camisas e gravatas neutras. Ambos pareciam esguios e firmes, levemente militares, com aquele ar indefinível que diz "estive em combate".

Um deles era o Rastreador. O outro se apresentava como Simon Jordan. Ele não gostava de se encontrar com completos estranhos dentro da embaixada, uma vez que podia fazer isso fora. Por isso o encontro no discreto bar.

Em seu país de origem, seu primeiro nome era na verdade Shimon e seu sobrenome não tinha nenhuma relação com qualquer rio. Ele era o chefe da Estação da Mossad na embaixada israelense.

O pedido do Rastreador era o mesmo que tinha feito a Konrad Armitage, e o resultado foi praticamente igual. Simon Jordan também sabia muito bem quem o Rastreador era, o que a TOSA realmente fazia, e, como israelense, aprovava totalmente as duas coisas. Mas não tinha nenhuma resposta imediata.

— Claro, existe alguém no gabinete que vai cobrir essa parte do mundo, mas vou ter que fazer a pergunta a ele. Suponho que esteja com pressa.

— Sou americano. Alguma vez estamos de outro modo?

Jordan riu com genuína satisfação. Ele gostava de autodepreciação. Muito israelense.

— Vou perguntar de uma vez e pedir que não haja nenhum atraso. — Ele levantou o cartão com o nome Jackson que o Rastreador lhe dera. — Suponho que este seja um número seguro.

— Muito.

— Então o usarei. E em uma de nossas linhas seguras.

Ele sabia perfeitamente bem que os americanos escutariam qualquer coisa saindo da embaixada israelense, mas aliados tentam manter a cortesia.

Eles se despediram. O israelense tinha um carro a sua espera, com um motorista ao volante. Este o levaria até a porta. Ele não gostava de ostentação, mas era "declarado", o que significava que poderia ser reconhecido. Dirigir por conta própria ou pegar um táxi não era um modo inteligente de evitar um sequestro. Ter um ex-integrante da Brigada Golani ao volante e uma Uzi no banco de trás era melhor. Por outro lado, como um "declarado", ele não precisava seguir a longa ladainha envolvendo idas e vindas e entradas laterais.

O Rastreador, entre seus outros hábitos que levantavam as sobrancelhas oficiais, não gostava de carro com motorista se pudesse evitar. Tampouco gostava de passar horas nos engarrafamentos entre o centro de D.C. e seu escritório na floresta. Ele usava uma motocicleta, com capacete e viseira em um cesto sob a garupa. Mas não era uma poltrona com rodas. Era uma Honda Fireblade, um transporte com o qual não há muito o que discutir.

Tendo lido o arquivo enviado por Javad, o Rastreador estava convencido, apesar de não poder saber com certeza, de que Abu Azzam tinha fugido das montanhas perigosas da fronteira entre o Afeganistão e o Paquistão para, o que parecia ser, o clima mais seguro do Iêmen.

Em 2008, a al Qaeda na Península Arábica — AQAP, na sigla em inglês — estava em sua infância, mas entre seus líderes havia um iemenita criado nos Estados Unidos chamado

Anwar al Awlaki, fluente em inglês, com sotaque americano. Ele estava se estabelecendo como um pregador on-line brilhantemente eficaz, falando à enorme jovem diáspora da Inglaterra e dos Estados Unidos. Ele se tornou o mentor do paquistanês recém-chegado, que também falava inglês.

Awlaki tinha nascido de pais iemenitas no Novo México, onde o pai estudava agricultura. Criado praticamente como um garoto americano, Awlaki foi primeiro trazido para o Iêmen aos 7 anos, em 1978. Ele concluiu o ensino médio no país, depois retornou aos Estados Unidos para cursar a faculdade no Colorado e em San Diego. Em 1993, aos 22 anos, ele viajou ao Afeganistão e parece que foi lá que se converteu ao jihadismo ultraviolento.

Como a maioria dos terroristas jihadistas, Awlaki não tinha nenhum estudo do Corão, limitando-se à propaganda extremista. Mas, de volta aos Estados Unidos, conseguiu se tornar o imame residente na mesquita Rabat, em San Diego, e em outra em Falls Church, na Virgínia. No limiar de ser preso por fraudar o passaporte, ele fugiu para a Inglaterra.

Lá, viajou amplamente em turnês fazendo palestras. Então veio o 11 de Setembro e o Ocidente finalmente despertou. A rede se apertou, e, em 2004, ele partiu e retornou para o Iêmen. Foi brevemente detido e preso sob acusações de sequestro e terrorismo, mas foi libertado sob pressão de sua tribo influente. Em 2008, Awlaki descobriu seu verdadeiro lugar — como um pregador incendiário usando a internet como púlpito.

E surtiu efeito. Vários assassinatos ocorreram pelas mãos de "ultras" convertidos ao ouvir suas palestras, clamando por assassinatos e destruição. E ele formou uma parceria com um brilhante criador de bombas saudita chamado Ibrahim al Asiri. Foi Awlaki quem persuadiu o jovem nigeriano Abdulmutallab a concordar em morrer como homem-bomba em um voo comercial sobre Detroit, e foi Asiri quem montou a bomba indetectável em sua cueca. Porém, um defeito salvou o avião — mas não a genitália do nigeriano.

À medida que os sermões de Awlaki ficaram mais eficazes no YouTube — regularmente eram feitos 150 mil downloads dos sermões —, Asiri se tornou mais e mais hábil com as bombas. Finalmente, ambos entraram na lista da morte em abril de 2010. Até então, Awlaki já tinha ao seu lado o reservado e autoeclipsante discípulo do Paquistão.

Duas tentativas foram feitas para rastrear e destruir Awlaki. Uma envolveu o exército iemenita, que o deixou escapulir quando sua aldeia estava cercada; a outra foi quando um míssil dos Estados Unidos disparado de um *drone* destruiu a casa onde ele supostamente estaria. Mas ele já havia partido.

A justiça finalmente o encontrou em uma estrada solitária no norte do Iêmen em 30 de setembro de 2011. Ele estava no vilarejo de Kashef, identificado por um ajudante subalterno que aceitou dólares para delatá-lo. Em poucas horas, um Predator, lançado de uma pista secreta no deserto saudita do outro lado da fronteira, estava circulando sobre Awlaki.

Em Nevada, olhos observavam os três Toyota Land Cruisers — o veículo preferido da al Qaeda — na praça da aldeia, mas a permissão para disparar foi negada por causa das mulheres e das crianças nos arredores. Na madrugada do dia 30, ele foi visto embarcando no veículo principal. As câmeras eram tão boas que, quando Awlaki olhou para cima, seu rosto preencheu toda a tela de plasma na Base da Força Aérea de Creech.

Dois Land Cruisers partiram, mas o terceiro aparentava estar com problemas. O capô estava aberto e alguém trabalhava no motor. Fora do conhecimento dos observadores, havia mais três aguardando para embarcar no veículo, e os Estados Unidos teriam gostado de todos eles.

Um deles era Asiri, o próprio criador de bombas. O outro era Fahd al Quso, vice-líder sob o comando de Awlaki da AQAP. Ele havia sido um daqueles por trás do assassinato de 17 marinheiros americanos no destróier *Cole* no porto de Aden em 2000. Ele morreria posteriormente em outro ataque de *drones* em maio de 2012.

O terceiro era desconhecido para os americanos. Ele nunca olhou para cima, sua cabeça estava coberta e mascarada contra a areia, e ninguém viu que ele tinha olhos cor de âmbar.

Os dois jipes que partiram na frente seguiram por uma estrada de terra até a província de Jawf, mas permaneceram afastados, de modo que os observadores em Nevada não sabiam qual deveriam atingir. Então, eles pararam para tomar café da manhã e estacionaram lado a lado. Havia oito figuras agrupadas ao redor dos veículos: dois motoristas e quatro guarda-costas. Os outros dois eram cidadãos americanos: o próprio Awlaki e Samir Khan, editor da revista on-line jihadista *Inspire*.

O suboficial em Creech informou à autoridade superior o que tinha na mira. De Washington, uma voz murmurou: "Dispare." Era um major do J-Soc, uma mãe dedicada, prestes a levar os filhos para os exercícios de fim de tarde.

O gatilho foi pressionado em Nevada. Sobre o norte do Iêmen, a 16.500 metros de altitude em um lindo nascer do sol, dois mísseis Hellfire se destacaram do Predator, farejaram o sinal com o bico-nariz, como cães de caça, e se inclinaram para baixo na direção do deserto. Doze segundos depois, os dois Land Cruisers e oito homens evaporaram.

No decorrer de seis meses, o J-Soc obteve amplas evidências de que Asiri, com apenas 30 anos, continuava fabricando bombas que se tornavam cada vez mais sofisticadas. Ele começou os experimentos com a implantação de explosivos dentro do corpo humano, onde nenhum scanner conseguiria detectá-los.

Ele enviou o irmão mais novo para assassinar o chefe saudita na luta contra o terrorismo, o príncipe Mohammed bin Nayef. O jovem alegava ter renunciado ao terrorismo, que desejava voltar para casa, que possuía muitas informações e buscava uma entrevista. O príncipe concordou em encontrá-lo.

Quando entrou na sala, o jovem Asiri simplesmente explodiu. O príncipe teve sorte; foi jogado para trás através da porta por onde ele tinha entrado, sofrendo apenas arranhões e escoriações.

O jovem Asiri tinha uma bomba pequena porém poderosa inserida no ânus. O detonador era um dispositivo baseado em um telefone celular do outro lado da fronteira. Foi seu próprio irmão quem o desenvolveu e o detonou.

E, depois de morto, Awlaki teve um sucessor. Um homem conhecido apenas como o Pregador começou a lançar sermões no ciberespaço. Igualmente poderosos, igualmente cheios de ódio, igualmente perigosos. O presidente ineficaz do Iêmen caiu diante da Primavera Árabe. Um novo homem assumiu o posto, mais jovem, mais vigoroso, preparado para cooperar com os Estados Unidos em troca de substanciais auxílios para o desenvolvimento do país.

A cobertura do Iêmen feita por *drones* aumentou. Agentes pagos pelos Estados Unidos proliferaram. O exército foi lançado contra os líderes da AQAP. A al Quso foi eliminada. Mas ainda se presumia que o Pregador, quem quer que fosse, permanecia no Iêmen. Agora, graças a um garoto em um sótão em Centreville, o Rastreador sabia a verdade.

* * *

Enquanto o Rastreador fechava a pasta sobre a vida de Awlaki, chegou um relatório daqueles que Raposa Cinzenta simplesmente chamava de "os rapazes do *drone*". Para essa operação, o J-Soc não estava utilizando a instalação de *drones* da CIA em Nevada, e sim sua própria estrutura interna especialmente, localizada na Base da Força Aérea de Pope, próxima a Fayetteville, na Carolina do Norte.

O relatório era sucinto e ia direto ao assunto. Caminhões tinham sido vistos visitando o armazém/galpão alvo em Kismayo. Alguns chegavam disfarçados e partiam. Vinham carregados, mas saíam vazios. Dois estavam abertos na parte superior da área de carga. Pareciam estar carregando frutas e legumes. Ponto final.

O Rastreador se virou e olhou para a fotografia do Pregador na parede. Mas que diabos você quer com frutas e legumes, perguntou-se.

Ele se espreguiçou, levantou e saiu para o calor do verão. Ignorando os sorrisos daqueles no estacionamento, levantou a Fireblade do suporte, colocou o capacete com o visor abaixado e atravessou o portão. Ao chegar à estrada, voltou-se para o sul, na direção de D.C., e então pegou a estrada principal para Centrevile.

— Quero que você verifique algo para mim — disse ele a Ariel, enquanto se acocorava na semiescuridão do sótão. — Alguém está comprando frutas e legumes em Kismayo. Você tem como descobrir de onde elas estão vindo e para onde estão indo?

Havia outros em consoles de computadores que ele poderia ter abordado, mas, em um vasto complexo industrial-armamentista de espionagem repleto de rivais e línguas soltas,

Ariel possuía duas vantagens que não se podia comprar: ele só se reportava a um homem e nunca falava com ninguém. Os dedos de Ariel voavam. O mapa da parte inferior da Somália surgiu no monitor.

— Não é tudo deserto — murmurou ele. — Há uma área ricamente florestada e cultivada ao longo de ambas as margens do baixo vale de Juba. Olha, dá para ver as fazendas.

O Rastreador estudou a colcha de retalhos de pomares e plantações, um borrão verde contra o ocre opaco do deserto. A única zona fértil do país, a tigela de comida do sul. Se aquelas cargas eram colhidas nas plantações que ele estava olhando e levadas de caminhão para Kismayo, para onde iam de lá? Mercados locais ou eram exportadas?

— Vá para a zona portuária de Kismayo.

Como tudo mais, o porto estava bastante destroçado. No passado, ele havia sido próspero, mas o píer estava quebrado em uma dúzia de lugares, as velhas gruas inclinadas e completamente danificadas. Poderia ser que um cargueiro aportasse de vez em quando. Não para descarregar. O que poderia o miniestado falido de al Shabaab importar e pagar? Mas para pegar algo? Frutas e vegetais? Talvez. Mas para qual destino? E para quê?

— Procure no mundo comercial, Ariel. Veja se alguma companhia negocia com Kismayo. Qualquer um comprando frutas e legumes cultivados na parte baixa do vale de Juba. Caso haja alguém, quem são? Talvez sejam donos do armazém.

Ele deixou Ariel fazendo seu trabalho e retornou para a TOSA.

No subúrbio do extremo norte de Tel Aviv, saindo da estrada para Herzliya, em uma rua tranquila logo depois de um mercado de alimentos, há um prédio de escritórios indefinível chamado pelos moradores simplesmente de o Escritório. É o quartel-general da Mossad. Dois dias após o encontro do Rastreador com Simon Jordan no Mandarin Oriental, três homens vestindo camisa de mangas curtas e desabotoadas no colarinho se encontraram no escritório do diretor. Aquela sala testemunhara um número considerável de conferências memoráveis.

Foi lá, no outono de 1972, após o massacre de atletas israelenses nas olimpíadas de Munique, que Zvi Zamir havia ordenado aos seus *kidonim* (baionetas) que saíssem, localizassem e matassem os fanáticos do Setembro Negro, responsáveis pelas mortes. Aquela foi a decisão tomada pela premiê Golda Meir para lançar a Operação Ira de Deus. Mais de quarenta anos depois, a sala continuava em mau estado.

Os homens eram de diferentes classes sociais e idades, mas usavam somente os primeiros nomes. O mais velho estava ali havia vinte anos e precisava apenas dos dedos de uma das mãos para se lembrar do número de vezes que ouvira sobrenomes. O diretor grisalho era Uri, o chefe de operações era David, e o mais jovem, administrando a mesa do Chifre da África, Benny.

— Os americanos estão pedindo nossa ajuda — anunciou Uri.

— Que surpresa — murmurou David.

— Parece que localizaram o Pregador.

Ele não precisava explicar. O terrorismo jihadi possui diversos alvos para sua violência e Israel está bem no topo da lista, junto dos Estados Unidos. Todos os presentes sabiam quem eram os cinquenta mais importantes do mundo, apesar do Hamas ao sul, o Hezbollah ao norte e os bandidos al Quds do Irã ao leste disputarem o primeiro lugar na fila. Os sermões do Pregador poderiam ter como alvo os Estados Unidos e a Inglaterra, mas eles sabiam quem ele era.

— Aparentemente, ele está na Somália, sob abrigo da al Shabaab. O pedido deles é muito simples. Temos algum recurso instalado no sul da Somália?

Os dois agentes superiores olharam para Benny. Ele era mais jovem, um antigo membro do comando de elite Sayeret Matkal, fluente em árabe a ponto de poder atravessar a fronteira despercebido, portanto um dos Mistaravim. Ele estudou o lápis em suas mãos.

— E então, Benny, temos? — perguntou David, gentilmente.

Todos sabiam o que estava por vir, e comandantes de agentes odeiam emprestar um de seus recursos aos interesses de uma agência estrangeira.

— Sim, temos. Apenas um. Ele está infiltrado no porto de Kismayo.

— Como você se comunica com ele? — quis saber o diretor.

— Com extrema dificuldade — respondeu Benny. — E vagarosamente. É demorado. Não podemos simplesmente enviar uma mensagem. Ele não pode enviar um cartão. Até mesmo tráfego eletrônico pode ser monitorado. Há homens-bomba em treinamento lá agora. Educados no Ocidente e conhecedores de tecnologia. Por quê?

— Se os ianques quiserem utilizá-lo, precisaríamos acelerar as comunicações. Um radiotransmissor miniaturizado — disse David. — E vai sair caro para eles.

— Oh, vai sair caro, com certeza — murmurou o diretor. — Mas pode deixar isso comigo. Direi a eles "talvez" e discutiremos o preço.

Ele não estava falando de pagamento em dinheiro. Falava sobre uma série de outras maneiras — o programa de armas nucleares iraniano, a liberação de equipamentos secretos de altíssima tecnologia. Ele teria uma lista de compras considerável.

— Ele tem um nome? — perguntou David.

— Opala — respondeu David. — Agente Opala. Ele é um conferente no píer dos pescadores.

Raposa Cinzenta não perdeu tempo.

— Você esteve falando com os israelenses — declarou ele.

— Verdade. Eles responderam?

— E como. Eles têm um homem. Muito infiltrado. Em Kismayo, diga-se de passagem. Estão preparados para ajudar, mas há exigências absurdas. Você conhece os israelenses. Eles não dão areia no Negev.

— Mas querem discutir o preço?

— Sim — respondeu Raposa Cinzenta. — Mas não no nosso nível. Está acima do que podemos pagar. O homem deles na embaixada procurou diretamente o comandante do J-Soc. — Ele estava se referindo ao almirante William McRaven.

— Ele recusou?

— Surpreendentemente, não. As exigências foram atendidas. Você pode seguir em frente. Seu contato é o chefe de Estação deles. Você o conhece?

— Sim. Superficialmente.

— Bem, pode seguir em frente. Diga a eles o que quer e eles tentarão executar.

Havia uma mensagem de Ariel quando ele retornou ao escritório.

"Parece haver um comprador de frutas, legumes e temperos da Somália. Uma companhia chamada Masala Pickles. Produz *chutney* apimentado e picles, do tipo que os ingleses comem com *curry*. O produto é engarrafado, congelado ou então enlatado em uma instalação em Kismayo e depois enviado para a fábrica principal."

O Rastreador ligou para ele. Para um ouvinte, o diálogo não faria sentido, por isso ele não o criptografou.

— Recebi sua mensagem, Ariel. Bom trabalho. Somente um detalhe. Onde fica a fábrica principal?

— Oh, desculpe, coronel. Fica em Karachi

Karachi. Paquistão. Claro.

CAPÍTULO SETE

Um Beech King Air de propulsão dupla decolou antes do amanhecer em Sde Dov, o aeroporto militar ao norte de Tel Aviv, virou para o sudeste e começou a subir. Passou sobre Beersheva, voou através da zona de exclusão aérea sobre a usina nuclear em Dimona e deixou o espaço aéreo israelense ao sul de Eilat.

Sua pintura era branca como a neve com as palavras "Nações Unidas" na parte inferior da fuselagem. O estabilizador vertical ostentava as grandes letras "WFP", sigla em inglês de Programa Mundial de Alimentos. Se qualquer pessoa conferisse seu número de registro, este revelaria que a aeronave era propriedade de uma companhia fantasma sediada na Grande Cayman e alugada por um longo período para a WFP. Nada daquilo fazia sentido.

A aeronave pertencia à divisão Metsada (Operações Especiais) da Mossad e vivia no hangar em Sde Dov que um dia abrigara o Spitfire negro de Ezer Weizman, o fundador da Força Aérea Israelense.

Ao sul do golfo de Aqaba, o King Air seguiu um curso entre as massas de terra da Arábia Saudita a leste e do Egito/Sudão a oeste. O avião permaneceu em espaço aéreo internacional pela extensão do mar Vermelho até cruzar a costa de Somalilândia e seguiu até estar sobre a Somália. Nenhum dos estados tinha instalações de interceptação.

A aeronave branca cruzou novamente a costa somali com o Oceano Índico ao norte de Mogadíscio e mudou de curso para o sudoeste para voar paralelamente à costa a 1.650 metros de altitude e pouco além da costa. Qualquer observador presumiria que ela estaria vindo de alguma base próxima de caridade/assistência, pois não possuía tanques de combustível externos, e, por isso, sua autonomia era limitada. O mesmo observador não veria que boa parte do interior do avião era ocupada por dois enormes tanques de combustível.

Logo ao sul de Mogadíscio, o cinegrafista preparou o equipamento e começou a filmar depois de Marka. Imagens excelentes de toda a praia foram obtidas de Marka até um ponto 80 quilômetros ao norte de Kismayo, uma extensão total cobrindo 320 quilômetros de costa arenosa.

Em seguida, o câmera desligou o equipamento e o King Air partiu. A aeronave retraçou o voo que havia feito, transferiu o abastecimento dos tanques internos para o suprimento principal e retornou para casa. Depois de 12 horas de voo, ela simplesmente se espremeu no aeroporto de Eilat, reabasteceu e seguiu até Sde Dov. Um motociclista levou a bolsa com a câmera para ser estudada pela unidade de análise fotográfica da Mossad.

O que Benny queria, e conseguiu, era um ponto de encontro claramente inconfundível onde ele poderia se reunir com o agente Opala com novas instruções e o equipamento necessário. O ponto que desejava precisaria ser inconfundível para alguém dirigindo pela estrada e para um bote inflável veloz vindo do mar. Quando definiu tal lugar, ele preparou a mensagem para Opala.

O diretor Doherty tentava administrar uma penitenciária decente, e é claro que ela tinha uma capela. Mas ele não queria que sua filha se casasse lá. Como pai da noiva, ele estava preparado para tornar o dia dela verdadeiramente memorável, portanto a cerimônia estava planejada para acontecer na Igreja Católica de São Francisco Xavier, com uma recepção no Hotel Clarendon, no centro da cidade.

A coluna social diária do *Phoenix Republic* tinha publicado uma nota sobre o casamento, com data e local. Por isso, não foi surpresa uma multidão tanto de curiosos quanto de pessoas que desejavam felicidades aos noivos se reunir diante das portas da igreja quando o feliz casal apareceu.

Ninguém prestou muita atenção no jovem moreno no meio da multidão, trajando uma longa túnica branca, de olhar distante. Não até ele abrir caminho por entre o aglomerado de espectadores, correr até o pai da noiva com algo na mão direita, como se oferecesse um presente. Não era um presente, era um revólver Colt .45. Ele disparou quatro vezes contra o diretor Doherty, que foi jogado para trás pela força dos quatro impactos e desabou no chão.

Houve, como sempre ocorre quando um horror verdadeiro ainda não causou impacto, dois segundos de silêncio atônito. Depois, as reações. Gritos, berros e, nesse caso, mais tiros quando dois oficiais em serviço da polícia de Phoenix sacaram suas armas e atiraram. O agressor também caiu. Outros se atiraram ao chão em meio ao caos que se seguiu: a histérica Sra. Doherty, a noiva em prantos sendo retirada de lá, os carros da polícia e a ambulância com suas sirenes ligadas, a multidão em pânico correndo em todas as direções.

Em seguida, "o sistema" assumiu o controle. Cena do crime isolada por fitas, arma de fogo recuperada e colocada em uma sacola de evidência feita de polietileno, e a identificação do assassino. Telejornais do Arizona naquela noite contaram a todos os Estados Unidos que havia ocorrido mais um assassinato. E o laptop do fanático recuperado, encontrado em seu pequeno apartamento em um sótão sobre a oficina na qual trabalhava, regurgitou sua longa lista de sermões on-line do Pregador.

A unidade de filmes do Exército dos Estados Unidos é chamada TRADOC (Comando de Treinamento e Doutrina) e está alocada em Fort Eustis, Virgínia. Normalmente, produz filmes de treinamento e documentários, explicando e exaltando cada aspecto do trabalho e da função do Exército. Assim, o oficial comandante não hesitou em aceitar um pedido para se encontrar com certo coronel Jamie Jackson, que servia no quartel-general do J-Soc na Base da Força Aérea de MacDill nos arredores de Tampa, Flórida.

Mesmo dentro do universo militar, o Rastreador não via motivo para revelar que ele era, na realidade, o coronel Kit Carson, que vinha da TOSA e estava postado apenas a poucos quilômetros dali, no mesmo estado. Isso é simplesmente chamado de "precisar saber".

— Quero fazer um curta-metragem — disse ele. — Mas ele seria classificado como ultrassecreto e o produto finalizado poderia ser visto por um grupo muito limitado de pessoas.

O oficial comandante ficou intrigado, levemente impressionado, mas não perturbado. Ele se orgulhava do talento de sua unidade na produção de filmes. Não se lembrava de jamais ter recebido uma solicitação tão estranha quanto aquela, mas aquilo poderia tornar a tarefa oferecida mais interessante.

Ele possuía instalações para filmagens e estúdios de som dentro da própria base.

— Vai ser um filme muito pequeno e curto, com uma cena. Não vai haver filmagens em locação. Isso envolverá um pequeno set, provavelmente fora da base. Não vai envolver câmeras, apenas uma única *camcorder*; som e imagem. A equipe, portanto, será muito pequena, provavelmente não mais do que seis, todos jurando manter segredo. O que preciso é de um jovem diretor conhecedor de filmes — continuou o visitante.

O Rastreador conseguiu o que queria, o capitão Damian Mason. O oficial comandante não conseguiu o que queria, que eram respostas para suas inúmeras perguntas. O que conseguiu foi um telefonema de um general de três estrelas, dizendo a ele que no Exército daquele homem as ordens são obedecidas. Damian Mason era jovem, ansioso e amante de cinema desde quando era um garotinho em White Plains, Nova York. Quando terminasse a comissão no TRADOC, ele queria ir para o oeste, para Hollywood, e fazer filmes de verdade, com histórias e astros.

— Será um filme de treinamento, senhor? — perguntou ele.

— Espero que seja instrutivo, ao seu próprio modo — respondeu o coronel dos Fuzileiros Navais. — Diga-me, existe um único diretório com as fotografias de todos os atores do país?

— Praticamente. Creio que esteja falando do Diretório de Intérpretes da Academia. Todo diretor de elenco no país deve ter um.

— Existe um na base?

— Duvido, senhor. Não usamos atores profissionais.

— Usamos agora. Um, pelo menos. Você consegue uma cópia para mim?

— Claro, coronel.

Levou dois dias para chegar por Fedex e era um livro grosso, página após página com os rostos de aspirantes a atores e atrizes, de juvenis a veteranos.

Outra ciência que as forças policiais e as agências de inteligência empregam em todo o mundo é a de comparação de rostos. Ela ajuda detetives a localizar criminosos que tentam mudar de aparência.

A computadorização codificou o que costumava ser pouco mais do que um palpite de policial em uma ciência. Nos Estados Unidos, o software se chama Echelon e está instalado no Complexo de Pesquisas Eletrônicas do FBI em Quantico, Maryland.

Basicamente, centenas de medidas faciais são feitas e armazenadas. Orelhas, por si sós, são como impressões digitais — nunca são iguais. Mas, com cabelos longos, nem sempre estão visíveis. A distância entre as pupilas, medida até o mícron, pode eliminar um "acerto" em uma fração de segundo. Ou ajudar a confirmar. O Echelon se recusou a ser enganado por criminosos que passaram por cirurgias plásticas faciais extensas.

Terroristas capturados pelas câmeras de *drones* foram identificados em segundos como o verdadeiro alvo principal e não algum viajante, o que economiza um míssil caro. O Rastreador voou de volta para o leste e determinou uma tarefa para o Echelon. Escanear todos os rostos masculinos no Diretório de Intérpretes e encontrar um sósia para o homem da foto. Ele lhes forneceu o rosto do Pregador sem a barba cheia. A foto poderia voltar posteriormente.

O Echelon digitalizou quase mil rostos e retornou com um que, mais do que qualquer outro, parecia com o paquistanês chamado Abu Azzam. Etnicamente, era hispânico. Seu nome era Tony Suarez. Seu currículo informava que ele tinha feito pontas e figurações, aparições em multidões e até mesmo falado algumas palavras em um comercial de equipamentos para churrasco.

O Rastreador retornou para o escritório na TOSA. Havia um relatório de Ariel. Seu pai tinha encontrado uma loja vendendo alimentos importados e lhe trouxe um pote de picles Masala e outro de *mango chutney*. O computador revelou que quase todos os ingredientes de frutas e temperos eram cultivados nas plantações da parte baixa do vale de Juba.

E havia mais. Bancos de dados comerciais revelaram que a marca Masala era altamente bem-sucedida no Paquistão e no Oriente Médio, e também na Grã-Bretanha, com seu gosto por comidas condimentadas e *curry* indiano. A empresa de propriedade total de seu fundador, o Sr. Mustafá Dardari, que tinha uma mansão em Karachi e uma casa em Londres. Por fim, havia uma foto do empresário, ampliada de uma fotografia posada em uma sala de conferência.

O Rastreador olhou para o rosto. Liso, barba feita, sorridente — algo vagamente familiar. Ele pegou de sua mesa a cópia original da foto que trouxera de Islamabad em seu iPhone. Estava dobrada para eliminar a metade que ele não queria. Mas ele a queria agora. O outro estudante sorridente, há 15 anos.

Como filho único, o Rastreador sabia que, quando dois garotos formam uma amizade durante toda a vida escolar como melhores amigos, o vínculo algumas vezes nunca morre. Ele se lembrou do aviso de Ariel — alguém enviando tráfego eletrônico para o armazém em Kismayo. O Troll respondendo para indicar o recebimento com um agradecimento. O Pregador tinha um amigo no Ocidente.

O capitão Mason estudou o suposto rosto do Pregador, ex-Zulfiqar Ali Shah, ex-Abu Azzam, como ele se pareceria agora. E, ao seu lado, a foto do desavisado Tony Suarez, o ator que fazia pontas e vivia em uma casa em Malibu.

— Claro, pode ser feito — disse o capitão, após algum tempo. — Com maquiagem, um penteado, figurino, lentes de contato, roteiro ensaiado, *teleprompter*. — Ele bateu na foto do Pregador. — Este cara fala?

— Ocasionalmente.

— Não posso garantir a voz.

— Deixe a voz por minha conta — murmurou o Rastreador.

O capitão Mason, em trajes civis e estilizado como o Sr. Mason, voou para Hollywood com um pacote cheio de dólares e retornou com o Sr. Suarez. Ele ficou hospedado em uma suíte muito confortável em uma cadeia de hotéis a 36 quilômetros do Forte Eustis. Para garantir que ele não saísse vagando por aí, foi designada uma cuidadora na forma de uma estonteante cabo loura a quem asseguraram que tudo o que precisava fazer para servir o país era evitar que o hóspede californiano saísse do hotel ou entrasse no quarto dela durante 48 horas.

Era irrelevante se o Sr. Suarez realmente acreditava que seus serviços eram desejados por causa da pré-produção de um filme independente, produzido para um cliente do Oriente Médio com muito dinheiro para gastar. Se o filme tinha um enredo, não lhe dizia respeito. Ele estava simplesmente satisfeito por estar em uma suíte luxuosa com um bar com champanhe, dólares suficientes para comprar equipamentos para churrasco que durariam vários anos e na companhia de uma loura de parar o trânsito. O capitão Mason reservara uma grande sala de reuniões no mesmo hotel e disse a ele que o "teste" seria realizado no dia seguinte.

A equipe do TRADOC chegou no dia seguinte em dois carros não identificados e em uma pequena caminhonete de mudanças. Tomaram conta da sala de reuniões e cobriram todas as janelas com papel preto e fita adesiva. Com isso feito, construíram o set de filmagem mais simples do mundo.

Basicamente, era um lençol preso à parede. Este também era preto e continha inscrições corânicas em escrita árabe cursiva. O lençol fora preparado na oficina de um dos estúdios de Fort Eustis. Era uma réplica do pano de fundo de todas as transmissões do Pregador. Diante dele, havia uma cadeira simples de madeira com braços.

Na outra extremidade da sala, cadeiras, mesas e luzes criavam dois ambientes de trabalho para "figurino" e "maquiagem". Ninguém fazendo aquilo tinha a menor ideia do motivo.

O técnico de câmera montou a *camcorder* voltada para a cadeira. Um de seus colegas sentou-se na cadeira para auxiliar com a distância, o foco e a claridade. O engenheiro de som conferiu os "níveis". O operador de *teleprompter* colocou sua tela logo abaixo da lente da câmera, de modo que a linha de visão do orador parecesse direcionada para a câmera. O Sr. Suarez foi levado até a sala e conduzido ao lado do "figurino", onde uma sargento sênior com ar de matrona, em roupas civis como todo mundo, aguardava com a túnica e o turbante que ele usaria. Os trajes também foram selecionados pelo Rastreador dentre os recursos do TRADOC, com alterações executadas pela chefe de figurino que tinha estudado as fotografias do Pregador.

— Não preciso falar árabe, preciso? — perguntou Tony Suarez. — Ninguém mencionou árabe.

— Absolutamente. — Ele foi confortado pelo "Sr. Mason", que parecia agora estar dirigindo. — Bem, um par de palavras, mas não importa como as pronuncie. Aqui, você pode conferi-las apenas para que tenhamos a sincronia labial mais ou menos correta.

Ele entregou a Suarez um cartão com várias palavras em árabe.

— Que merda, cara, elas são complicadas.

Um homem mais velho que aguardava, calmamente, recostado em uma parede se aproximou.

— Tente me imitar — disse ele, e pronunciou as palavras estrangeiras como um árabe.

Suarez tentou. Não era o mesmo, mas os lábios se moveram na direção correta. A dublagem completaria o trabalho. Tony Suarez foi para a cadeira de maquiagem. Demorou uma hora.

O maquiador experiente escureceu o tom de pele para deixá-lo um pouco mais moreno. A barba e o bigode escuros foram colocados. O turbante *shemagh* cobria o cabelo no topo da cabeça. Por fim, as lentes de contato deram ao ator aqueles hipnóticos olhos cor de âmbar. Quando ele se levantou e se virou, o Rastreador teve certeza de que estava encarando o Pregador.

Tony Suarez foi conduzido à cadeira e se sentou. A *camcorder* e os níveis de som, o foco e o *teleprompter* sofreram ajustes mínimos. O ator havia passado uma hora na cadeira de maquiagem, estudando o texto que leria do *teleprompter*. Ele havia memorizado a maior parte, e, apesar de o árabe não soar como o de um arabófono, tinha parado de gaguejar nas palavras.

— Ação — disse o capitão Mason. Um dia, ele sonhou, diria aquilo para Brad Pitt e George Clooney. O figurante começou a falar. O Rastreador murmurou no ouvido de Mason.

— Mais solene, Tony — pediu Mason. — É uma confissão. Você é o grão-vizir, dizendo ao sultão que entendeu tudo errado e sente muito. Certo, rodando de novo. E ação.

Depois de oito tomadas, Suarez tinha atingido seu ápice e começava a esmorecer. O Rastreador determinou que parassem.

— Ok, pessoal, terminamos.

Ele amava aquela frase. A equipe desmontou tudo que havia construído. Tony Suarez foi devolvido ao seu jeans e agasalho, barba feita, e retornou ao jipe. O lençol foi retirado da parede, enrolado e removido. O papel preto e a fita adesiva foram retirados das janelas.

Enquanto isso ocorria, o Rastreador pediu ao operador da *camcorder* que reproduzisse para ele as cinco melhores tomadas do breve discurso. Ele escolheu a que queria e ordenou que o restante fosse apagado.

A voz do ator ainda era puramente californiana. Mas o Rastreador sabia que havia um imitador na TV inglesa que alcançava altos pontos de audiência com suas imitações impressionantes de vozes de celebridades. Ele voaria através do oceano por um dia e seria bem-remunerado. Técnicos tornariam a sincronia labial exata.

Eles entregaram a sala de reuniões alugada de volta ao hotel. Tony Suarez deixou pesarosamente a suíte e foi levado de carro para o aeroporto doméstico de Washington e seu voo noturno para Los Angeles. A equipe do Fort Eustis estava muito mais perto de casa e chegaram lá ao pôr do sol.

Eles passaram um dia divertido, porém nunca tinham ouvido falar sobre o Pregador e não faziam a menor ideia do que haviam produzido. Mas o Rastreador sabia. Ele sabia que, quando lançasse o que estava no cassete em sua mão, haveria caos absoluto entre as forças do jihadismo.

O homem que desceu com um punhado de somalis do avião de passageiros turcos no aeroporto de Mogadíscio tinha um passaporte que declarava ser dinamarquês e outros documentos em cinco línguas, incluindo somali, que o identificavam como trabalhador do Fundo Save the Children.

O nome real dele não era Jensen, e ele trabalhava para a Divisão de Recolhimento (espionagem geral) da Mossad. No dia anterior, ele tinha voado do aeroporto Ben Gurion para Larnaca, no Chipre, trocado de nome e nacionalidade, depois voara para Istambul.

Houve uma longa e cansativa espera no *lounge* executivo de passageiros em trânsito para o voo rumo à Somália com uma escala de fachada em Djibuti. Mas a Turkish Airlines continuava sendo a única empresa aérea nacional a voar para Mogadíscio.

Eram oito horas da manhã e já fazia calor no asfalto, enquanto os cinquenta passageiros se arrastavam para o interior do prédio de desembarque, os somalis da classe econômica empurrando com os ombros os três passageiros da classe executiva. O dinamarquês não tinha pressa; esperou por sua vez diante do oficial de imigração.

Ele não tinha visto, claro. Vistos são adquiridos na chegada, como ele bem sabia, já tendo estado lá. O oficial da imigração estudou os carimbos de entrada e saída anteriores e consultou uma lista. Não havia nenhum banimento para ninguém chamado Jensen.

O dinamarquês deslizou uma nota de 50 dólares sob a tela de vidro.

— Para o visto — murmurou em inglês.

O oficial puxou a nota em sua direção e então reparou em outra nota de 50 dólares entre as páginas do passaporte.

— Um pequeno presente para seus filhos — explicou o dinamarquês.

O oficial de imigração assentiu com um gesto de cabeça. Ele não sorriu, mas carimbou o visto, olhou para o comprovante de vacinação contra febre amarela, dobrou o passaporte, meneou a cabeça positivamente e o devolveu. Para os filhos dele. Claro. Um presente honorável. Era agradável encontrar um europeu que conhecia as regras.

Havia dois táxis em mau estado na saída do aeroporto. O dinamarquês colocou sua única mala de mão no primeiro, embarcou no veículo e indicou:

—Hotel Peace, por favor.

O motorista seguiu para os portões de entrada do complexo do aeroporto, vigiados por soldados de Uganda.

O aeroporto fica no centro da base militar da União Africana, uma zona interna do enclave de Mogadíscio, cercada por arame farpado, sacos de areia, barreiras antibombas e patrulhada por Caspers blindados. Dentro da fortaleza existe outra fortaleza: Bancroft Camp é onde os "branquelos" vivem, as centenas de empregados de empreiteiras, de agências de assistência, visitantes da mídia e alguns ex-mercenários trabalhando como guarda-costas para os ricaços.

Os americanos viviam no próprio complexo no final da rua, onde ficava a embaixada, alguns hangares com conteúdos não revelados e uma escola de treinamento para jovens somalis que estudavam para, um dia, esgueirarem-se de volta para a perigosa Somália como agentes americanos. Aqueles que conheciam o país, de longas experiências e desencantos, sentiam que aquela era realmente uma esperança muito apreciada.

Também no santuário interior, passando pelas janelas do carro em movimento, havia os outros miniassentamentos das Nações Unidas, dos oficiais superiores da União Africana, da União Europeia e até mesmo a desalinhada embaixada da Inglaterra, que insistia com paixão e falsidade que não se tratava de mais uma "central de espionagem".

O dinamarquês Jensen não ousou ficar dentro de Bancroft. Ele poderia encontrar outro dinamarquês ou um verdadeiro funcionário do Save the Children. Ele estava indo para o único hotel fora das barreiras antibombas, onde um homem branco poderia ficar hospedado razoavelmente em segurança.

O táxi passou por um último portão vigiado — mais cancelas com faixas vermelhas e brancas, mais ugandenses — e saiu pela avenida de um quilômetro e meio até o centro de Mogadíscio. Embora não fosse sua primeira viagem, o dinamarquês estava impressionado com a montanha de escombros a que os vinte anos de guerra civil tinham reduzido a outrora elegante cidade africana.

O veículo pegou um beco; um garoto de rua pago afastou para o lado um emaranhado de arame farpado e um portão de aço com 3 metros de altura se abriu com um rangido. Não houvera nenhuma comunicação; alguém observava através de um buraco.

Com o táxi pago, o dinamarquês fez o *check-in* e foi levado ao seu quarto; pequeno, meramente funcional, com janelas foscas (protegendo o reconhecimento do ocupante) e cortinas cerradas (contra o calor). Ele se despiu, ficou algum tempo sob o gotejar tépido do chuveiro, fez o melhor que pôde para se ensaboar e se secar e trocou de roupas.

Com sandálias de dedo, jeans grossos e uma longa camisa de algodão sem botões, ele estava trajando praticamente o que um somali local poderia vestir. Havia uma mochila pendurada em um ombro e óculos de sol oblíquos. As mãos estavam bronzeadas por causa do sol israelense. O rosto pálido e o cabelo louro eram claramente europeus.

Ele conhecia um lugar que alugava lambretas. Um segundo táxi, chamado pelo Hotel Peace, levou-o até lá. No táxi, ele retirou o *shemagh* da mochila. Envolveu o turbante árabe na cabeça em torno dos cachos louros e puxou a sobra do tecido sobre o rosto, enfiando a ponta na dobra da roupa do outro lado. Não havia nada de suspeito naquilo; aqueles que usam um *shemagh* costumam proteger o nariz e a boca da poeira constante e das lufadas de areia.

Ele alugou uma frágil mobilete Piaggio; o locador o conhecia de visitas anteriores. Sempre um depósito substancial em dólares, o veículo devolvido intacto todas as vezes, sem necessidade de formalidades tolas como licenças.

Juntando-se ao fluxo de carroças puxadas por burros, caminhões caindo aos pedaços e outras lambretas, evitando o camelo ou o pedestre ocasional, parecendo exatamente como um somali cuidando de seus assuntos, o dinamarquês desceu com a mobilete tossindo pela Maka al Mukarama, a estrada que cortava o centro de Mogadíscio.

Ele passou pela reluzente e branca mesquita Isbahaysiga, impressionante pela falta de danos, e olhou para o outro lado da rua para algo menos atraente. O campo de refugiados Darawysha não tinha sido removido ou melhorado desde sua última visita. Permanecia um mar de barracos e imundície, abrigando 10 mil refugiados famintos e assustados. Eles não tinham saneamento, alimentos, empregos ou esperança, e seus filhos brincavam em poças de urina. Eles eram, na verdade, pensou o dinamarquês, aqueles a quem Frantz Fanon tinha chamado de os miseráveis da terra, e Darawysha era uma das 18 cidades de pobreza no interior do enclave. As agências ocidentais de assistência tentavam ajudar, mas era um trabalho impossível.

O dinamarquês olhou para seu relógio barato. Ele estava no horário. Os encontros eram sempre ao meio-dia. O homem que ele viera encontrar olharia para o local habitual. Se ele não estivesse lá — 99 por cento do tempo — o outro homem seguiria com a vida. Se estivesse, haveria uma troca de sinais.

A mobilete o levou ao bairro italiano em ruínas. Um homem branco entrando lá sem uma grande escolta armada seria um tolo. O perigo não era ser assassinado, mas sequestrado. Um europeu ou um americano poderia valer até 2 milhões de dólares. Porém, com sandálias somalis, camiseta africana e o *shemagh* em torno do rosto e da cabeça, o agente israelense sentia-se seguro caso fosse breve.

Os peixes são trazidos para a costa toda manhã numa pequena baía em forma de ferradura diante do Hotel Uruba, onde a ondulação do Oceano Índico joga os esquifes de pescaria para fora da maré alta até a praia. Em seguida, os esquálidos homens de pele escura, que passaram a noite pescando, carregam seus lúcios, xaréus e tubarões até o barracão do mercado na esperança de que haja compradores.

O mercado fica a 200 metros da baía, um barracão de 30 metros não iluminado fedendo a peixe, alguns frescos, outros não. O agente do dinamarquês era o gerente do mercado. Ao meio-dia, como era pago para fazer diariamente, o Sr. Kamal Duale deixava seu escritório e examinava a multidão de olho no mercado.

A maioria tinha vindo comprar, mas ainda não era o momento. Aqueles com dinheiro ficariam com o peixe fresco; no calor de 40 graus, sem qualquer tipo de refrigeração, os peixes começariam a cheirar mal muito rapidamente. Então teriam início as barganhas.

Se o Sr. Duale ficou surpreso ao ver seu orientador na multidão, ele não deu qualquer sinal. Simplesmente ficou olhando. Acenou com a cabeça. O homem montado na Piaggio acenou de volta e levantou a mão direita atravessando o peito. Dedos abriram, fecharam e abriram de novo. Houve mais dois leves acenos de cabeça e o homem na mobilete partiu. O encontro estava marcado: o lugar usual, às dez horas da manhã seguinte.

No dia seguinte, o dinamarquês desceu para tomar o café da manhã às oito horas. Ele estava com sorte, havia ovos. Pegou dois, fritos, com pão e chá. Não queria comer muito; estava tentando não usar o banheiro.

A mobilete estava estacionada ao lado da parede do complexo. Às nove e meia, ele a ligou, esperou que o portão de aço fosse aberto e partiu, seguindo de volta para o portão do Campo da União Africana. Enquanto se aproximava dos blocos de concreto e da guarita, ele estendeu o braço para pegar o *shemagh*. O cabelo louro o entregou de imediato.

Um soldado ugandense emergiu do abrigo, rifle nas mãos. Mas, pouco antes da cancela, o motorista louro deu meia-volta, levantou uma das mãos e gritou "Jambo".

O ugandense, ouvindo seu suaíli nativo, baixou a arma. Mais um *mzungu* louco. Ele só queria voltar para casa, mas o salário era bom e em breve teria o suficiente para comprar gado e conseguir uma esposa. O *mzungu* manobrou até o estacionamento do Village Café, ao lado do portão de entrada, parou e entrou.

O gerente do mercado de peixes estava a uma mesa tomando café. O dinamarquês entrou no bar e pediu o mesmo, pensando no café saboroso e aromático que poderia tomar na cafeteria no escritório em Tel Aviv.

Eles fizeram a entrega no banheiro masculino do Village Café, como sempre. O dinamarquês ofereceu dólares, a moeda comum mundial mesmo em terras hostis. O somali observou com apreciação, enquanto as notas eram contadas.

Uma parte ficaria para o pescador que levaria a mensagem para o sul, em Kismayo, pela manhã, mas ele seria pago em shillings somalis, praticamente sem valor. Duale ficaria com todos os dólares, economizando para o dia em que teria o bastante para emigrar.

E havia o pacote, um tubo curto de alumínio do tipo usado para proteger charutos finos. Mas aquele era feito por encomenda, mais resistente e pesado. Duale o escondeu na cintura.

De volta ao escritório, ele tinha um pequeno gerador resistente, doado secretamente pelos israelenses. Ele funcionava à base do querosene mais duvidoso, porém gerava eletricidade. Podia alimentar seu ar-condicionado e sua geladeira. Ele era o único homem no mercado de peixes que sempre tinha peixe fresco.

Entre eles havia um xaréu de 1 metro, comprado naquela manhã e agora congelado, duro como uma pedra. Ao anoitecer, seu pescador o pegaria, com o tubo enfiado profundamente nas entranhas, e navegaria para o sul, pescando durante todo o percurso, chegando dois dias depois ao píer de pescadores em Kismayo.

Lá, ele venderia o xaréu, não mais tão fresco, para um conferente no mercado, e diria que era de seu amigo. Ele não sabia o motivo, nem se importava. Era apenas mais um somali pobre, tentando criar quatro filhos para assumirem seu esquife quando fossem capazes.

Os dois homens no Village Café surgiram, terminaram separadamente seus cafés e partiram, também separadamente. O Sr. Duale levou o tubo para casa e o enfiou na barriga profunda do xaréu congelado. O louro envolveu seu *shemagh* em torno da cabeça e do rosto e seguiu de mobilete até a garagem da locadora. Lá, devolveu a Piaggo, recuperou boa parte do depósito que havia feito, e o locador lhe deu uma carona até o hotel. Não havia táxis por ali, e ele não queria perder um cliente bom, ainda que irregular.

O dinamarquês precisou aguardar até o voo de partida da Turkish Airlines às oito horas na manhã seguinte. Ele matou o tempo lendo um romance em inglês em seu quarto. Depois, comeu uma tigela de guisado de camelo e foi para a cama.

Ao anoitecer, o pescador colocou o xaréu embrulhado em sacos molhados no armário para peixes em seu esquife. Mas cortou a cauda dele para identificá-lo em meio aos outros que pudesse vir a pescar. Então, zarpou mar afora, voltou-se para o sul e lançou suas linhas.

Às nove horas do dia seguinte, depois do caos usual do embarque, o avião comercial turco decolou. O dinamarquês observou quando os prédios e as fortificações do campo Bancroft ficaram para trás. Ao longe, para o sul, um esquife de pesca, vela latina curvando-se ao vento, passou por Marka. O avião virou para o norte, reabasteceu em Djibuti e, no meio da tarde, aterrissou em Istambul.

O dinamarquês do Fundo Save the Children permaneceu na área de embarque, passou rapidamente pelos procedimentos de trânsito e pegou o último voo para Larnaca. Ele mudou de nome, de passaporte e de passagem em seu quarto do hotel e pegou o primeiro voo do dia seguinte para Tel Aviv.

— Algum problema? — perguntou o major conhecido como Benny. Fora ele quem tinha enviado "o dinamarquês" para Mogadíscio com novas instruções para Opala.

— Não. Rotina — respondeu o dinamarquês, que agora havia se tornado Moshe novamente.

Foi enviado um e-mail criptografado do gabinete para Simon Jordan, chefe de Estação em Washington. Como resultado, ele se encontrou com o americano conhecido como Rastreador. Ele preferia bares de hotéis, mas não o mesmo duas vezes seguidas. O segundo encontro foi no Four Seasons, em Georgetown.

Era pleno verão. Eles se encontraram no bar do jardim, sob os toldos. Havia outros homens de meia-idade tomando coquetéis sem seus ternos. Mas todos pareciam consideravelmente mais roliços do que os dois sentados bem no fundo.

— Eu soube que seu amigo no sul está agora plenamente informado — comentou Simon Jordan. — Portanto, preciso perguntar a você: o que exatamente quer que ele faça?

Ele ouviu atentamente, enquanto o Rastreador explicava o que tinha em mente. Mexeu sua água com gás, pensativo. Não tinha a menor dúvida quanto ao destino que o ex-fuzileiro naval diante dele tinha em mente para o Pregador, e não seria tirar férias em Cuba.

— Se nosso homem for capaz de ajudar você nesse sentido — murmurou, após algum tempo — e, caso ele seja eliminado junto da presa em um ataque com míssil, haverá uma séria recusa de nossa parte em cooperar com você durante um longo período.

— Jamais tive isso em mente — assegurou o Rastreador.

— Quero apenas que sejamos claros quanto a isso, Rastreador. Estamos claros?

— Como o gelo em seu copo. Nenhum ataque com míssil a menos que Opala esteja a quilômetros de distância.

— Excelente. Então providenciarei para que as instruções sejam dadas.

— Você quer ir aonde? — perguntou Raposa Cinzenta.

— Apenas Londres. Eles estão tão ansiosos quanto nós para ver o Pregador silenciado. Seu aparente homem externo reside lá. Quero estar mais próximo do centro dos acontecimentos. Creio que estamos caminhando para o encerramento com esse tal de Pregador. Mencionei isso a Konrad Armitage. Ele diz que eu seria bem-vindo e que o pessoal dele vai fazer tudo que puder. Basta um telefonema.

— Mantenha contato, Rastreador. Preciso reportar isso ao almirante.

No píer de pesca em Kismayo, um jovem de pele escura com uma prancheta examinou os rostos dos pescadores que chegavam do mar. Kismayo, perdida para forças do governo em 2012, fora reconquistada pela al Shabaab após combates violentos no ano anterior, e a vigilância dos fanáticos era feroz. A polícia religiosa deles estava em todas as partes para assegurar fidelidade absoluta da população. A paranoia relativa a espiões do norte era pandêmica. Até mesmo os pescadores, normalmente ruidosos ao descarregarem o que pescavam, foram calados pelo medo.

O jovem de pele escura detectou um rosto conhecido, um que ele não via fazia semanas. Com a prancheta e uma caneta pronta para anotar o volume da pesca sendo descarregado, ele se aproximou do homem conhecido.

— *Allahu Akbar* — entoou. — O que você tem?

— Lúcios e apenas três xaréus, *inshallah* — respondeu o pescador. Ele apontou um dos xaréus, que havia perdido o brilho prateado do peixe recém-pescado e tinha um corte na cauda. — De seu amigo — murmurou.

Opala registrou que todos estavam permitidos para a venda. Conforme os peixes eram removidos para as lajotas, ele colocou o peixe marcado em uma saca de juta. Mesmo em Kismayo, era permitido ao conferente pegar um peixe para o jantar.

Quando estava sozinho em sua barraca na beira da praia, logo na saída da cidade, ele extraiu o tubo de alumínio e desenroscou o topo. Havia dois rolos, um de dólares e outro com instruções. O último seria memorizado e queimado. Os dólares foram enterrados sob o chão de terra.

O dinheiro totalizava 1.000 dólares, na forma de dez notas de 100, e as instruções eram simples.

"Você utilizará os dólares para comprar uma lambreta confiável, bicicleta para trilhas ou mobilete e recipientes de combustível para prender à garupa. Há uma viagem a ser feita.

"Adquira um bom rádio com alcance para captar a Kol Israel. Aos domingos, segundas, quartas e quintas-feiras, há um talk show noturno no Channel Eight. Ele entra no ar às onze e meia. Chama-se *Yanshufim* (Corujas Noturnas).

"Ele sempre é precedido por uma previsão do tempo. Em algum lugar na estrada costeira na direção de Marka há um novo ponto de encontro marcado para um encontro cara a cara. Você o localizará no mapa incluso. É impossível errar.

"Quando ouvir a instrução codificada, aguarde até o dia seguinte. Parta ao anoitecer. Dirija até o ponto de encontro, chegando ao amanhecer. Seu contato estará lá com mais fundos, equipamentos e instruções.

"As palavras que deve procurar na previsão do tempo são: 'Amanhã haverá leve chuva sobre Ashkelon.' Boa sorte, Opala."

CAPÍTULO OITO

O BARCO DE PESCA ERA VELHO E SURRADO, MAS ESSA ERA A ideia. Estava enferrujado e precisava de uma ou mais camadas de tinta, no entanto isso também era intencional. Em um mar repleto de barcos de pesca próximos à costa, ele não deveria chamar atenção.

O pesqueiro içou âncora no meio da noite na enseada, onde ficava o bar de praia de Rafi Nelson, nos arredores de Eilat. Ao amanhecer, ele estava no golfo de Aqaba, roncando rumo ao mar Vermelho e passando pelos resorts para mergulhadores da costa egípcia na costa do Sinai. O sol estava alto quando passou por Taba Heights e Dahab; havia um par de barcos de mergulhadores nos arrecifes que saíram bem cedo, mas nenhum deles reparou no imundo pesqueiro israelense.

Havia um capitão no timão e seu primeiro tripulante fazendo café na cozinha. Apenas dois marinheiros de verdade estavam a bordo. Eram os dois pescadores que manuseavam as longas linhas e as redes quando o barco puxava a rede de emalhar. Mas os outros oito eram comandos da Sayeret Matkal.

O porão de peixes tinha sido lavado e limpo do velho fedor para criar acomodação para eles: oito camas ao longo das paredes e uma área de uso comum no convés. As escotilhas estavam fechadas para que o ar-condicionado no espaço apertado pudesse fazer seu trabalho, enquanto o sol ardente subia no céu.

Quando a embarcação cruzou o mar Vermelho entre a Arábia Saudita e o Sudão, ela mudou de identidade, tornando-se a *Omar al Dhofari*, oriunda do porto Omani de Salalah. A tripulação parecia de acordo; pela aparência e pelo domínio da língua, todos podiam se passar por árabes do golfo.

Nos estreitos entre Djibuti e o Iêmen, o barco contornou a ilha iemenita de Perim e rumou para o golfo de Aden. A partir dali, ele estaria em território pirata, mas praticamente imune ao perigo. Piratas somalis procuram presas com valor comercial e proprietários preparados a pagar o preço para recuperá-las. Um barco omani de pesca não se encaixava no perfil.

Os homens a bordo viram uma fragata da flotilha naval internacional que tornava a vida extremamente difícil para os piratas, mas esta sequer foi desafiada. O sol captava o brilho das lentes dos poderosos binóculos que a estudavam, mas foi tudo. Sendo omani, a embarcação não tinha nenhum interesse para os caçadores de piratas.

No terceiro dia no mar, a embarcação contornou o cabo da Guarda, o ponto mais oriental do continente africano, e virou para o sul com somente a Somália a estibordo, continuando a descer para a estação operacional distante da costa entre Mogadíscio e Kismayo. Quando o barco alcançou a estação, baixou as velas. As redes foram lançadas para preservar a dissimulação e uma mensagem breve e inofensiva foi enviada por e-mail à namorada imaginária Miriam no escritório para dizer que estavam prontos e a aguardando.

O chefe da divisão, Benny, também rumou para o sul, porém muito mais rápido. Ele voou pela El-Al até Roma e trocou de avião rumo a Nairóbi. A Mossad tem uma presença particularmente forte no Quênia, e Benny foi recebido pelo chefe de Estação local à paisana e em um carro sem identificações. Tinha se passado uma semana desde que o pescador somali com o xaréu malcheiroso entregara a carga a Opala, e Benny esperava que alguma espécie de motocicleta tivesse sido adquirida àquela altura.

Era quinta-feira e, perto da meia-noite, o talk show *Corujas Noturnas* foi transmitido como de costume. Foi precedido pela previsão do tempo. Ela avisava que, apesar de uma onda de calor em quase todas as partes, haveria uma leve chuva sobre Ashkelon.

A colaboração total dos ingleses com o Rastreador já era prevista. O Reino Unido sofrera quatro assassinatos por jovens fanáticos em busca de glória, ou do paraíso, ou de ambos, inspirados pelo Pregador, e as autoridades desejavam que ele fosse eliminado tão ansiosamente quanto os americanos.

O Rastreador estava instalado em uma das casas seguras da embaixada americana, uma pequena mas bem-equipada casa de campo descendo uma viela pavimentada com paralelepípedos em Mayfair. Houve uma breve reunião com o chefe do J-Soc sobre a equipe de Defesa na embaixada e com o chefe de Estação da CIA. Em seguida, ele foi levado para conhecer o Serviço Secreto de Inteligência em seu quartel-general em Vauxhall Cross. O Rastreador já estivera duas vezes no monte de pedras verdes e de arenito ao lado do Tâmisa, mas o homem que encontrou era novo para ele.

Adrian Herbert tinha aproximadamente a mesma idade que ele, em torno de 45 anos, de modo que estava na faculdade quando Boris Yeltsin acabara com a União Soviética e o comunismo soviético em 1991. Ele era um novato que havia ascendido rapidamente após obter um diploma em história na Lincoln College, em Oxford, e um ano na SOAS, a Escola de Estudos Orientais e Africanos em Londres. Sua especialidade era a Ásia Central, e ele falava urdu e pachto, além de um pouco de árabe.

O chefe do SIS, muitas vezes porém erroneamente chamado de MI6, é sempre e somente conhecido como o chefe. Ele colocou a cabeça para dentro da porta para dizer "olá" e deixou Adrian Herbert a sós com os convidados. Também presente, a título de cortesia, estava um membro do Serviço de Segurança, ou MI5, da Thames House, a 500 metros descendo o Tâmisa na margem norte. Houve o quase ritualístico oferecimento de chá e biscoitos, depois Herbert olhou para os três hóspedes americanos e murmurou:

— Como acham que podemos ajudar?

Os dois da embaixada americana deixaram a resposta para o Rastreador. Nenhum dos presentes ignorava o encargo do homem da TOSA. O Rastreador não viu necessidade de explicar o que havia feito até o momento, até que ponto chegara ou o que pretendia fazer em seguida. Mesmo entre amigos e aliados, há sempre o "precisar saber".

— O Pregador não está no Iêmen, ele está na Somália — disse. — Exatamente onde está abrigado, ainda não sabemos. Mas sabemos que seu computador, e, portanto, a fonte de suas transmissões, está em um armazém transformado em engarrafadora no porto de Kismayo. Estou praticamente certo de que ele não está lá pessoalmente.

— Acredito que Konrad Armitage lhe disse que não temos ninguém em Kismayo — murmurou Herbert.

— Aparentemente, ninguém tem — mentiu o Rastreador. — Mas não é o que procuro aqui. Já sabemos que alguém mantém contato com o armazém e tem recebido confirmações de recebimento e agradecimentos por suas mensagens. O armazém é de propriedade da Masala Pickles, baseada em Karachi. Talvez tenha ouvido a respeito.

Herbert assentiu com um gesto de cabeça. Ele apreciava comida indiana e paquistanesa e às vezes levava seus "recursos" para restaurantes de *curry* quando visitavam Londres. O *mango chutney* da Masala era conhecido.

— Por uma coincidência extraordinária, que nenhum de nós acredita, a Masala é de propriedade integral do Sr. Mustafá Dardari, que era amigo de infância do Pregador em Islamabad. Eu gostaria que esse homem fosse investigado.

Herbert olhou para o homem do MI5, que meneou a cabeça em concordância.

— Caso seja possível — murmurou. — Ele mora aqui?

O Rastreador sabia que, apesar de o MI5 ter representantes nas principais estações estrangeiras, suas obrigações fundamentais eram domésticas. O SIS, embora fosse o mais importante encarregado de espionagem internacional e contraespionagem contra aparentes inimigos de Sua Majestade no exterior, também tinha facilidade para montar uma operação em casa.

Ele também sabia que, como ocorria com a CIA e com o FBI nos Estados Unidos, houve períodos em que a rivalidade entre o serviço secreto "interno" e "externo" levou a animosidade, mas a ameaça comum do extremismo jihadista e o terrorismo gerado por ele conduziram ao longo de dez anos a um nível muito maior de cooperação.

— Ele migra — respondeu o Rastreador. — Possui uma mansão em Karachi e uma casa geminada de dois andares em

Londres. Em Pelham Crescent. Acredito que ele tenha 33 anos, seja solteiro, apresentável e presente no mapa social.

— Talvez eu tenha sido apresentado a ele — comentou Herbert. — Em um jantar privado, há dois anos, oferecido por um diplomata paquistanês. Muito tranquilo, se bem me lembro. E você quer que ele seja vigiado?

— Quero que seja roubado — retorquiu o Rastreador. — Quero que roubem o apartamento dele, com som e imagem. Mas, acima de tudo, quero seu computador.

Herbert olhou para Laurence Firth, o homem do MI5.

— Operação conjunta? — sugeriu ele.

Firth aquiesceu.

— Temos os recursos, é claro. Vou precisar do ok da autoridade superior. Não deve ser um problema. Ele está na cidade no momento?

— Não sei — respondeu o Rastreador.

— Bem, não vai ser um problema descobrir. E presumo que a grande celebração deva ser invisível e permanecer assim.

Sim, pensou o Rastreador, uma grande celebração muito invisível mesmo. Ficou combinado que os dois serviços obteriam autorização para uma operação ultrassecreta sem sanção de nenhum magistrado — em outras palavras, totalmente ilegal. Mas os dois espiões ingleses estavam confiantes de que, com o rastro de sangue e morte deixado pelo Pregador através do país, não haveria qualquer objeção nem mesmo ministerial caso fosse necessário. O único porém político seria o habitual: faça o que você achar que deve, mas não quero saber nada a respeito. Liderando como sempre.

Enquanto era levado de volta para casa no carro da embaixada, o Rastreador calculou que havia agora duas rotas possíveis para a localização exata do Pregador. Uma era o computador pessoal de Dardari, caso conseguissem penetrá-lo; a outra ele estava guardando na manga, para o momento certo.

Foi logo após o amanhecer no dia seguinte que o MV *Malmö* zarpou do porto de Gotemburgo e seguiu para o mar aberto. A embarcação era um cargueiro de utilidades gerais de 22 mil toneladas, o que no mundo do transporte marítimo é chamado de "tamanho conveniente". A bandeira amarela e azul da Suécia tremulava da popa.

O navio fazia parte da considerável frota mercante de Harry Andersson, um dos últimos magnatas do transporte marítimo na Suécia. Andersson tinha fundado sua frota de cargueiros muitos anos antes, com um único e velho navio de carga a vapor, e construiu mais de quarenta embarcações, tornando-se o maior empresário marítimo do país.

Apesar dos impostos, ele nunca se instalou em outro país; apesar das tarifas, jamais adotou bandeiras de conveniência em suas embarcações. Ele jamais "flutuou", a não ser no mar; nunca no mercado de ações. Era o único proprietário da Andersson Line e, como é raro na Suécia, um bilionário por direito. Andersson se casou duas vezes e teve sete filhos, mas somente um, o filho mais novo, jovem o bastante para ser seu neto, estava ansioso para ser um marinheiro como o pai.

O *Malmö* tinha uma longa viagem pela frente. Transportava uma carga de carros da Volvo, com destino a Perth, na Austrália. No passadiço estava o capitão Stig Eklund; o primeiro e o segundo oficiais eram ucranianos, e o engenheiro-chefe, polonês. Havia uma tripulação de dez filipinos: um cozinheiro, um servente na cabine e oito trabalhadores no convés.

O único excedente era o cadete Ove Carlsson, estudando para obter a carteira de oficial mercante e em sua primeira viagem de longa distância. Ele tinha apenas 19 anos. Somente dois homens no navio sabiam quem ele realmente era: o próprio rapaz e o capitão Eklund. O velho empresário estava determinado a evitar provocações causadas por ressentimentos e submissão por parte daqueles em busca de favores, caso o filho mais novo fosse para o mar em um de seus navios.

Por isso, o jovem cadete trabalhava sob a identidade do nome de solteira da mãe. Um amigo no governo autorizara a emissão de um passaporte genuíno com o nome falso, que continha documentos assinados pelas autoridades da marinha mercante sueca sob o mesmo nome.

Os quatro oficiais e o cadete estavam no passadiço naquela manhã de verão quando o criado de bordo lhes serviu café e o *Malmö* mergulhou a proa arredondada na onda que se formava em Skagerrak.

O agente Opala tinha realmente conseguido adquirir uma motocicleta resistente para trilhas de um somali desesperado para deixar o país com a esposa e o filho que precisava dos dólares para recomeçar do zero no Quênia. O que o somali estava fazendo era absolutamente ilegal sob a lei da al Shabaab, que poderia açoitá-lo ou fazer algo ainda pior caso fosse pego. Mas ele também possuía uma picape imunda e acreditava que conseguiria alcançar a fronteira se viajasse à noite e passasse o dia inteiro deitado na vegetação densa entre Kismayo e a fronteira com o Quênia.

Opala também havia amarrado ao assento do carona uma cesta de palha no qual qualquer um poderia transportar suas compras limitadas, mas que no seu caso esconderia um grande recipiente com gasolina.

O mapa retirado da barriga do xaréu mostrava que o ponto de encontro escolhido por seu operador ficava na costa quase

100 quilômetros ao norte. Na via esburacada e cheia de sulcos em que se tornara a estrada costeira, ele conseguiria cobrir a distância entre o anoitecer e o amanhecer.

Sua outra aquisição foi um velho porém utilizável rádio transistor em que poderia ouvir várias estações estrangeiras — o que também era proibido pela al Shabaab. Mas, vivendo sozinho em sua cabana fora da cidade, pressionando o rádio contra a orelha com o volume reduzido, ele era capaz de sintonizar a Kol Israel e não ser ouvido por ninguém em um raio de alguns metros. Foi assim que Opala soube sobre as chuvas ao longo de Ashkelon.

Os habitantes daquele alegre bairro olhariam para o céu no dia seguinte e ficariam perplexos diante do céu azul sem nenhuma nuvem em vista, mas aquilo era problema deles.

Benny já estava com o barco pesqueiro. Ele havia chegado de helicóptero, um veículo de propriedade de outro israelense e que supostamente seria um charter particular para um turista rico de Nairóbi para o Hotel Oceans Sports, em Waitamu, na costa norte de Malindi.

Na verdade, o helicóptero tinha voado sobre a costa, virado para o norte após a ilha Lumu, a leste da ilha somali de Ras Kamboni, até o GPS localizar o barco pesqueiro abaixo deles.

O helicóptero manteve a posição a 7 metros de altitude, enquanto Benny desceu rapidamente por uma corda até o convés oscilante, onde mãos aguardavam para agarrá-lo.

Naquela noite, Opala partiu sob a cobertura da escuridão. Era noite de sexta-feira, as ruas estavam quase vazias, a população estava em suas orações e o tráfego rodoviário era escasso. Por duas vezes, o agente viu faróis vindo atrás dele. Ele saiu da estrada e se escondeu até que o veículo passasse. Fez o mesmo ao ver o brilho das luzes no horizonte a sua frente. E dirigiu somente sob a luz da lua.

Ele estava adiantado. Quando soube que se encontrava a poucos quilômetros do ponto de encontro, parou de novo e aguardou pelo amanhecer. Com a primeira luz do dia, Opala avançou, mas lentamente; e lá estava. Um leito de rio seco vindo do deserto a sua esquerda mas grande o suficiente para merecer uma ponte para atravessar. Aquilo inundaria na próxima monção e se tornaria uma torrente enfurecida passando sob a extensão de concreto da construção. E o aglomerado de grandes árvores de casuarina entre a estrada e a costa.

Ele deixou a estrada e empurrou a motocicleta pelos 100 metros até a beira d'água. Então ficou escutando. Depois de 15 minutos, ouviu o ronco baixo de um motor de popa. Piscou suas luzes duas vezes: para cima, para baixo, para cima, para baixo. O zumbido se virou em sua direção, e a forma do inflável rígido surgiu no mar negro. Opala olhou para a estrada atrás dele. Ninguém.

Benny pisou em terra firme. As senhas foram trocadas. Então ele abraçou seu agente. Havia notícias de casa, ansiosamente aguardadas. Instruções e equipamento.

Os últimos eram extremamente bem-vindos. Ele precisaria enterrá-los, é claro, sob o chão de terra de sua cabana, e depois cobrir a marca na terra com placas de compensado. Um radiotransmissor pequeno mas de última geração. O aparelho receberia mensagens de Israel e as preservaria durante trinta minutos, enquanto fossem transcritas ou memorizadas. Depois, seriam apagadas automaticamente.

E ele enviaria mensagens do agente Opala para o escritório, que, faladas "claramente", seriam comprimidas a um único "zunido" tão curto que qualquer ouvinte precisaria de ultratecnologia para captar a transmissão de um décimo de segundo e gravá-la. Em Tel Aviv, o zunido seria estendido de volta à fala normal.

E havia as instruções. O armazém, a necessidade de saber quem morava lá, se jamais deixavam o local e, caso o fizessem, aonde iam. Se qualquer visitante morasse afastado do armazém, uma descrição completa de sua residência e sua localização exata.

Opala não precisava saber, e Benny podia somente presumir, mas haveria um *drone* americano em algum lugar lá no alto: um Predator, ou Global Hawk, ou talvez o novo Sentinel, girando lentamente, hora após hora, olhando para baixo, vendo tudo. Mas, no emaranhado das ruas de Kismayo, os observadores ainda podiam perder um veículo entre centenas de outros, a menos que ele fosse precisamente descrito nos mínimos detalhes.

Com outro abraço, eles se despediram. O bote inflável conduzido pelos quatro comandos armados deslizou de volta para o mar. Opala reabasteceu a motocicleta e seguiu para o sul, rumo a sua cabana, para enterrar o radiotransmissor e a bateria, energizada pelo sol através de uma célula fotovoltaica.

Benny foi içado do mar por uma escada de corda que pendia do helicóptero. Quando ele se foi, os comandos se prepararam para mais um dia de exercícios pesados, nadando e pescando para afastar o tédio. Eles poderiam não ser necessários novamente, mas, caso fossem, tinham que estar ali.

O agente foi deixado no aeroporto de Nairóbi e pegou um voo para a Europa e de lá para Israel. Opala devassou as ruas ao redor do armazém e encontrou um quarto para alugar. De uma fresta em suas cortinas retorcidas, ele podia controlar a única entrada de dois portões.

Precisaria continuar com o trabalho como conferente ou levantaria suspeitas. E precisava comer e dormir. Enquanto isso, ele vigiaria o armazém da melhor maneira possível. Esperava que algo acontecesse.

Muito longe, em Londres, o Rastreador estava se esforçando ao máximo para fazer com que algo acontecesse.

Os instaladores do sistema de segurança na casa em Pelham Crescent eram suficientemente confiantes em suas habilidades e renome para se anunciar. Presa à parede exterior sob o beiral da casa havia uma plaqueta com os dizeres: *Esta propriedade é protegida pela Daedalus Security Systems*. Ela foi discretamente fotografada a partir do frondoso parque no centro crescente de casas.

Daedalus, refletiu o Rastreador quando viu a imagem, tinha sido o engenheiro grego que projetara um par não muito seguro de asas para o filho, que caiu no mar quando a cera que prendia as penas derreteu. Mas ele também havia construído um labirinto de engenhosidade diabólica para o rei Minos de Creta. Sem dúvida, o Daedalus moderno tentava evocar a habilidade do construtor de um quebra-cabeça que ninguém conseguiria solucionar.

Ele revelou ser Steve Bamping, fundador e ainda administrador da própria companhia, que era de luxo e prestava serviços a uma lista de clientes ricos com proteção antirroubo. Com a permissão do diretor do Setor G da MI5, Firth e o Rastreador foram vê-lo. Sua primeira reação ao que eles desejavam foi recusar terminantemente.

Firth falou até que o Rastreador pegou um maço de fotos e as dispôs em duas fileiras sobre a mesa do Sr. Bamping. Eram 12 fotos. O chefe da Daedalus Security olhou para elas sem compreender. Cada uma era de um homem morto, em uma bancada de necrotério, olhos fechados.

— Quem são? — perguntou ele.

— Homens mortos — respondeu o Rastreador. — Oito americanos e quatro ingleses. Todos cidadãos inofensivos, fazendo o melhor por seus países. Todos assassinados a sangue-frio por assassinos jihadistas inspirados e impelidos por um pregador da internet.

— O Sr. Dardari? Com certeza não.

— Não. O Pregador lança sua campanha de ódio do Oriente Médio. Temos uma prova consideravelmente boa de que seu ajudante baseado em Londres seja seu cliente. Foi o que me fez atravessar o Atlântico.

Steve Bamping continuava a olhar para os 12 rostos mortos.

— Meu bom Deus — murmurou. — Então o que vocês desejam?

Firth disse a ele.

— Isso é autorizado?

— Nível de Gabinete — respondeu Firth. — E não, eu não tenho a assinatura do ministro do Interior em um pedaço de papel que confirme isso. Mas, caso deseje falar com o diretor-geral do MI5, posso lhe dar o número de sua linha direta.

Bamping meneou a cabeça. Ele já havia visto a identificação pessoal de Firth da divisão de antiterrorismo do MI5.

— Nenhuma palavra sobre isso deve sair daqui — avisou ele.

— De nenhum de nós — assegurou Firth. — Sob nenhuma circunstância, seja qual for.

O sistema instalado em Pelham Crescent era do Menu Ouro. Foram instalados em todas as portas e janelas alarmes baseados em raios invisíveis ligados ao computador central.

O próprio proprietário só poderia entrar pela porta da frente quando o sistema estivesse ativado.

A porta da frente parecia normal, com uma tranca Bramah operável por uma chave. Quando aberta com o sistema de alarme ligado, um bipe começaria a soar. Ele não alertaria ninguém por trinta segundos. Em seguida, seria desligado, mas dispararia um alarme silencioso no Centro de Emergência da Daedalus. Eles alertariam a polícia e enviariam a própria van.

Mas, para confundir qualquer possível ladrão que pudesse querer arriscar a sorte, o bipe soaria de um armário em um local, enquanto o computador estaria na direção completamente oposta. O dono da casa teria trinta segundos para ir até o armário certo, abrir o computador e digitar um código de seis dígitos em um painel iluminado, o que proporcionava milhões de possibilidades. Somente alguém que soubesse o código correto poderia interromper o bipe em menos de trinta segundos e evitar a ativação.

Caso cometesse um engano e os trinta segundos transcorressem, havia um telefone e uma chamada de quatro dígitos que o conectaria à Central. Ele, então, precisaria dizer seu número de identificação pessoal, o PIN, memorizado, para cancelar o alarme. Um número errado informaria à Central que ele estava sob coerção, e, apesar da cortesia da resposta, o procedimento de "intruso armado nas dependências" seria levado adiante.

Havia mais duas precauções. Raios invisíveis cruzando as salas de recepção e as escadas dispariam alarmes caso fossem rompidos, porém o botão que os desligava era muito pequeno e ficava escondido atrás da caixa do computador. Mesmo com uma pistola apontada para sua cabeça, o proprietário ameaçado não precisaria desativar os feixes.

Finalmente, uma câmera oculta atrás de um buraco do tamanho de um furo de alfinete cobria todo o saguão e nunca era desligada. De qualquer lugar no mundo, o Sr. Dardari poderia discar um número telefônico que exibiria seu próprio saguão em seu iPhone.

Mas, conforme o Sr. Bamping explicou ao cliente mais tarde com muitas desculpas, até mesmo sistemas de alta tecnologia apresentam defeitos ocasionalmente. Quando um alarme falso foi registrado, enquanto o Sr. Dardari estava em Londres, mas fora de casa, ele precisou ser chamado e não ficou satisfeito. A equipe da Daedalus foi apologética, a Polícia Metropolitana, muito cortês. Tranquilizaram-no, e ele concordou que um técnico consertasse o pequeno defeito.

O Sr. Dardari os deixou entrar, viu-os ligarem o computador no armário, ficou entediado e foi para a sala de estar preparar um coquetel.

Quando os dois técnicos, ambos do escritório especializado em computadores do MI5, terminaram, ele pousou o drinque e concordou com um tom de diversão altiva em fazer um teste. Ele saiu e depois entrou de volta. O bipe soou. Ele foi até o armário e o silenciou. Para se assegurar, ficou de pé no saguão e discou o número de sua própria câmera espiã. Na tela do celular, viu a si mesmo e os dois técnicos no meio do saguão. O Sr. Dardari agradeceu aos técnicos e eles partiram. Dois dias depois, ele também partiu, mas para passar uma semana em Karachi.

O problema com sistemas baseados em computadores é que o computador controla tudo. Se o computador "muda de lado", ele não apenas se torna inútil, ele colabora com o inimigo.

Quando chegou, a equipe do MI5 não usou o antigo sistema do caminhão da companhia de gás ou da van de telefonia. Os vizinhos poderiam saber que o homem da casa ao lado teria partido por algum tempo. Eles chegaram às duas horas da manhã em silêncio absoluto, roupas escuras e sapatos de borracha. Até a iluminação da rua falhou por alguns minutos. Eles atravessaram a porta em segundos e nenhuma luz acendeu acima ou abaixo na Crescent.

O líder da equipe prontamente desativou o alarme, colocou a mão atrás da caixa e desligou os raios infravermelhos. Mais alguns toques no painel do computador mandaram a câmera "congelar" em uma imagem do saguão completamente vazio, e ela obedeceu. O Sr. Dardari poderia ligar do Punjab e veria um saguão vazio. Na verdade, ele ainda estava no avião.

Havia quatro homens desta vez, e eles agiram rápido. Microfones e câmeras minúsculas foram instalados nos cômodos mais importantes: a sala de estar, a de jantar e o estúdio. Quando terminaram, permanecia escuro como breu na rua. Uma voz no fone de ouvido do líder da equipe confirmou que a via estava vazia e eles partiram sem ser vistos.

O único problema remanescente era o computador pessoal do homem de negócios paquistanês. Ele o tinha levado consigo. Mas retornou em seis dias e, dois dias após a volta, saiu para um jantar de gala. A terceira visita foi a mais breve de todas. O computador estava na mesa dele.

O disco rígido foi removido e inserido em um duplicador de discos conhecido pelos técnicos como "a caixa". O HD do Sr. Dardari entrava em um lado da caixa e um disco vazio ia no outro. Levou 45 minutos para recolher todo o banco de dados e uma imagem ser criada na duplicata, depois o disco rígido original foi recolocado no computador sem deixar nenhum rastro. E foi como se nada tivesse acontecido.

Um drive USB foi inserido e o computador foi ligado. Depois, o *malware* foi transmitido para ele, instruindo-o a monitorar cada tecla pressionada e o mesmo para cada e-mail recebido. Tais dados seriam então enviados ao computador de monitoração do próprio Serviço de Segurança, que gravaria um arquivo com o histórico de atividades sempre que o paquistanês o utilizasse. E ele não perceberia nada.

Felizmente, o Rastreador estava preparado para reconhecer que o pessoal do MI5 era bom. Ele sabia que o material roubado também iria para um prédio em forma de rosquinha nos arredores da cidade de Cheltenham, em Gloucestershire, lar do quartel-general do Centro de Comunicações do Governo, o equivalente inglês a Fort Meade. Lá, criptógrafos estudariam o arquivo recebido para determinar se estaria "limpo" ou codificado. No último caso, o código precisaria ser decifrado. Entre eles, os dois especialistas seriam capazes de revelar totalmente a vida do paquistanês.

No entanto, havia algo mais que ele desejava e seus anfitriões não tinham qualquer objeção. O Rastreador queria que tanto a colheita de transmissões antigas quanto todas as teclas pressionadas no futuro fossem transmitidas para um jovem debruçado sobre sua máquina em um sótão sombrio em Centreville. Ele possuía instruções especiais que deveriam ser encaminhadas somente para Ariel.

A primeira informação foi muito rápida. Não havia a menor dúvida de que Mustafá Dardari mantinha contato constante com o computador localizado em um armazém de enlatamento em Kismayo, na Somália. Ele trocava informações e avisos com o Troll, e era o representante cibernético pessoal do Pregador.

Enquanto isso, os decifradores de código tentavam descobrir exatamente o que o Sr. Dardari tinha dito e o que o Troll dissera a ele.

* * *

O agente Opala vigiou o armazém durante uma semana antes que sua vigília privada de sono fosse recompensada. Era noite quando o portão do armazém foi aberto. O que surgiu não foi um caminhão de entregas vazio, mas sim uma picape, velha e surrada, com cabine e caçamba aberta. É o veículo padrão para as duas metades da Somália, norte e sul. Quando a traseira é ocupada por meia dúzia de combatentes de um clã posicionados em torno de uma metralhadora, ela é chamada de "técnica". A picape que passou pela rua onde Opala espiava através da brecha na cortina tinha a caçamba vazia com um motorista ao volante.

O homem era o Troll, mas Opala não tinha como saber isso. Ele só possuía as ordens de seu comandante. Se algo sair, exceto caminhões com produtos, siga. Ele deixou o quarto alugado, destrancou a corrente da moto e seguiu a picape.

Foi uma viagem longa e brutal, atravessando a noite até o amanhecer. A primeira parte ele já conhecia. A estrada costeira conduzia para o nordeste, ao longo da costa, passando pelo rio seco e pelo aglomerado de casuarinas onde tinha encontrado Benny, e seguia na direção de Mogadíscio. Já era meio da manhã e até mesmo seu tanque reserva estava quase vazio, quando a picape entrou na cidade costeira de Marka.

Como Kismayo, Marka tinha sido uma fortaleza sólida da al Shabaab até 2012, quando forças federais com enormes reforços de tropas da Missão Africana para a Somália (AMISOM) a retomaram dos jihadistas. Mas em 2013 houve uma reversão. Os fanáticos contra-atacaram e, em uma batalha sangrenta, recuperaram as duas cidades e a terra entre elas.

Tonto de cansaço, Opala seguiu a picape até ela parar. Havia um portão guardando uma espécie de jardim. O motorista do veículo tocou a buzina. Uma portinhola se abriu no portão de madeira e metade de um rosto olhou para fora. Em seguida, o portão começou a se mover.

Opala desceu da moto, agachou-se atrás da máquina, fingindo consertar o pneu dianteiro e espiando entre os raios. O motorista parecia ser conhecido, pois houve saudações e ele entrou. O portão começou a fechar. Antes de impedir sua visão, Opala viu um complexo com um pátio central e três casas, pintadas de branco e com janelas fechadas.

Parecia um dos milhares de complexos de Marka, um amplo local de baixos cubos brancos entre as colinas ocre e a costa arenosa com o oceano azul brilhante mais além. Somente os minaretes das mesquitas eram mais altos do que as casas.

Opala seguiu por mais alguns becos sujos, encontrou um ponto de sombra contra o calor crescente, cobriu a cabeça com seu *shemagh* e dormiu. Ao despertar, patrulhou a cidade até encontrar um homem com um barril de gasolina e uma bomba de mão. Desta vez não havia dólares. Muito perigoso. Ele poderia ter sido denunciado à *mutawa*, a polícia religiosa com olhos cheios de ódio e bastões. Opala pagou com um punhado de shillings.

Opala viajou novamente na moto durante o frescor da noite e chegou bem a tempo para seu turno no mercado dos pescadores. Somente à tarde ele conseguiu compor uma breve mensagem oral, escavou o radiotransmissor enterrado envolto em lona, fixou-o na bateria recém-carregada e pressionou o botão "enviar". A mensagem foi recebida no escritório no norte de Tel Aviv e, como combinado, foi encaminhada para a TOSA, na Virgínia.

Em menos de um dia, um Global Hawk enviado do campo de lançamentos americano no Iêmen encontrou o complexo. Demorou um pouco, mas a mensagem da Mossad mencionou um mercado de frutas com barracas e mercadorias espalhadas no chão a apenas poucas centenas de metros do complexo. E o minarete a duas quadras de distância. Além da rotatória com várias saídas construída pelos italianos, 600 metros em linha reta ao norte, onde a estrada de Mogadíscio beirava a cidade. Só poderia haver um como aquele.

O Rastreador providenciara para que um link do centro operador de *drones* nos arredores de Tampa fosse transmitido para a embaixada dos Estados Unidos. Ele ficou ali sentado, olhando para as três casas que formavam o complexo. Qual delas? Nenhuma delas? Mesmo se o Pregador estivesse lá, ele estava a salvo de ataques de *drones*. Um Hellfire ou um Brimstone arrasaria até uma dúzia das casas erguidas nas proximidades. Mulheres, crianças. Essa guerra não era contra eles, e o Rastreador não tinha nenhuma prova.

Ele queria essa prova, precisava dessa prova, e, quando os criptógrafos terminassem, acreditava que o fabricante de *chutney* que vivia em Karachi a forneceria.

Opala estava dormindo em sua barraca em Kismayo quando o MV *Malmö* se juntou à fila de navios mercantes, aguardando para entrar no canal de Suez. Imóvel sob o sol egípcio, o calor era sufocante. Dois dos filipinos tinham lançado linhas na esperança de pegar peixes frescos para o jantar. Os outros se sentaram debaixo das coberturas armadas a sota-vento dos contêineres marítimos de aço para se refrescar. Mas os europeus ficaram no interior da embarcação, onde o ar-condicionado funcionava ativado pelo segundo motor, tornando a vida suportável. Os ucranianos jogavam cartas, o polonês estava na casa de máquinas. O capitão Eklund digitava um e-mail para a esposa, e o cadete Ove Carlsson estudava suas lições de navegação.

Mais ao sul, um fanático jihadista, tomado de ódio pelo Ocidente e por todos os seus feitos, analisava as impressões de mensagens trazidas para ele de Kismayo.

E, em uma fortaleza de tijolos nas colinas atrás da baía de Garacad, um sádico chefe de clã conhecido como Al Afrit, o Demônio, planejava enviar uma dúzia de seus homens jovens de volta ao mar, apesar dos riscos, em busca de presas.

CAPÍTULO NOVE

Havia realmente um código nas mensagens de Dardari em Londres e nas de Troll em Kismayo, e ele foi decifrado. Os dois homens se comunicavam aparentemente "de forma clara", pois tanto o GCHQ na Inglaterra quanto o Fort Meade em Maryland suspeitam de transmissões claramente codificadas.

Tão vasto é o tráfego comercial e industrial através do ciberespaço que nem tudo pode ser submetido a um escrutínio rigoroso. Assim, os dois centros de interceptação tendem a priorizar os suspeitos evidentes. Por ser a Somália um local altamente suspeito, apenas as transmissões aparentemente inofensivas seriam estudadas, mas não submetidas aos testes mais elaborados de decodificação. Até agora, o tráfego entre Londres e Kismayo tinha passado despercebido. Mas isso havia chegado ao fim.

O tráfego era supostamente entre o presidente de um grande fabricante de alimentos com sede em Londres e seu gerente em uma locação que produzia matéria-prima. O tráfego oriundo de Londres parecia ser constituído de perguntas relativas à disponibilidade de frutas, legumes e temperos, todos cultivados localmente, e seus preços. O enviado de Kismayo aparentava ser as respostas do gerente.

A chave para o código estava nas listas de preço. Cheltenham e Ariel decifraram mais ou menos ao mesmo tempo. Havia discrepâncias. Às vezes, os preços eram altos demais; em outras situações, muito baixos. Eles não estavam de acordo com os valores reais dos produtos nos mercados mundiais para aquela época do ano. Alguns valores eram genuínos, outros, irreais. Na segunda categoria, os valores eram letras, as letras formavam palavras e as palavras formavam mensagens.

Os meses de correspondência entre uma elegante casa geminada de dois andares no West End de Londres e um armazém em Kismayo provaram que Mustafá Dardari era o homem do Pregador no exterior. Ele era ao mesmo tempo financiador e informante. Aconselhava e advertia.

Ele assinava publicações técnicas que lidavam intensamente com o pensamento ocidental contra o terrorismo. Estudava o trabalho de grandes pensadores sobre o tópico, tomando artigos técnicos do Instituto Real de Serviços Unidos em Londres e do Instituto Internacional para Estudos Estratégicos em Londres e de seus equivalentes nos Estados Unidos.

Seus e-mails para o amigo revelavam que ele frequentava, na sociedade, as mesas daqueles que poderiam ter um servidor civil superior, militar ou figura de segurança como convidado. Em resumo, era um espião. Também era, por trás da fachada urbana, ocidentalizada, um salafista e jihadista extremista como o amigo de infância na Somália.

Ariel detectou mais uma coisa. Havia erros de digitação de uma única letra nos textos, mas não eram aleatórios. Pouquíssimos não profissionais conseguem escrever longos trechos sem apertar ocasionalmente uma tecla errada e cometer um erro de digitação. No mundo jornalístico e editorial, a correção desses erros fica a cargo dos subeditores. Mas, desde que o significado seja claro, muitos amadores não se importam.

O Troll se importava, mas Dardari não. Porque seus erros de digitação eram propositais. Eles ocorriam uma ou duas vezes a cada "envio", mas a aparência era rítmica; nem sempre no mesmo lugar, mas sempre em sequência com os da mensagem anterior. Ariel deduziu que se tratavam de "dicas" — pequenos sinais que, caso não estivessem lá, serviriam para avisar ao leitor que o remetente estava sob coação ou que o computador estava sendo operado por um inimigo.

O tráfego não confirmou duas coisas de que o Rastreador precisava. As mensagens se referiam a "meu irmão", mas aquilo poderia ser uma saudação entre amigos muçulmanos. Elas se referiam a "nosso amigo", mas jamais a Zulfiqar Ali Shah ou a Abu Azzam pelo nome. E nunca confirmaram que "nosso amigo" estava morando não em Kismayo, mas sim em um complexo no coração de Marka.

O único meio de obter as duas provas e a autoridade para efetuar um ataque final seria uma identificação positiva através de uma fonte confiável ou que o Pregador fosse instigado a cometer um erro terrível e entrasse on-line de casa. O Global Hawk muito acima do complexo de Marka ouviria o sinal instantaneamente e o captaria do espaço.

Para realizar o primeiro feito, ele precisaria de alguém usando um turbante determinado que lhe fosse reconhecível ou um boné na cabeça e que ficasse de pé no pátio, olhasse para o céu e fizesse um movimento de positivo com a cabeça. Tampa veria o rosto olhando para o alto, como Creech tinha visto Anwar al Awlaki olhar fatalmente para cima, seu rosto exposto preenchendo uma tela inteira de TV em um abrigo subterrâneo em Nevada.

Quanto ao segundo, o Rastreador ainda tinha um ás na manga para colocar em jogo.

O MV *Malmö* atravessou com cuidado o canal de Suez e entrou no mar Vermelho. O capitão Eklund ofereceu seus agradecimentos e despedidas, enquanto o comandante egípcio deslizava sobre a lateral para sua partida prevista. Em poucas horas, ele estaria em outro cargueiro rumo ao norte.

O *Malmö*, de volta sob seu próprio comando, virou rumo ao sul, na direção de Bab el-Mandeb e da curva a leste, entrando no golfo de Aden. O capitão Eklund estava satisfeito. Ele tinha realizado a viagem em uma duração boa, até o momento.

Opala retornou do trabalho no píer dos pescadores, verificou se estava completamente sozinho e não sendo observado, e retirou o radiotransmissor enterrado no chão. Ele sabia que aquelas conferências diárias para ver se havia alguma mensagem nova eram os pontos perigosos em sua vida de espião no interior da fortaleza da al Shabaab.

Ele pegou o aparelho, ligou-o à bateria carregada, colocou os fones de ouvido, pegou uma caneta e um bloco de papel e se preparou para transcrever. A mensagem, quando reduzida à velocidade de leitura, durava somente alguns minutos, e a caneta de Opala corria sobre o papel em caracteres hebraicos.

A mensagem era breve e ia direto ao assunto. Congratulações calorosas por rastrear a picape do armazém até Marka. Da próxima vez que ocorrer, não siga imediatamente. Retorne ao transmissor e nos alerte de que ela está seguindo para o norte. Depois, esconda o transmissor e a siga. Transmissão encerrada.

* * *

A traineira tailandesa estava bem a leste da costa da Somália e não tinha sido parada. Não havia motivo. Um avião de patrulha voando baixo em busca de alguma das forças navais internacionais atualmente tentando proteger o transporte marítimo dos piratas somalis havia mergulhado para dar uma olhada, mas seguiu voando.

A embarcação era claramente o que aparentava — um barco pesqueiro de águas profundas e de longa distância vindo de Taipei. A rede não estava estendida, porém não havia nada de estranho quanto a isso se estivesse em busca de águas melhores e mais frescas. Ela havia sido capturada por Al Afrit semanas antes e aquilo fora registrado, mas sob seu nome verdadeiro. Esse nome tinha sido alterado. A tripulação chinesa, sob ameaça, fora forçada a pintar um novo nome na proa e na popa.

Dois membros da mesma tripulação, tudo que era necessário, estavam agora no passadiço. Os dez piratas somalis estavam agachados, fora de vista. A tripulação do avião de patrulha, vigiando com binóculos, tinha visto os dois homens orientais no timão e não suspeitou de coisa alguma. Os dois homens foram avisados de que qualquer tentativa de gesticular pedindo ajuda resultaria em morte.

O truque não era novo, mas permanecia extremamente difícil de ser detectado pela força internacional. Esquifes somalis, fingindo ser pescadores inocentes, caso fossem vistos e interceptados, não demoravam muito para se expor. Poderiam alegar que precisavam de suas Kalashnikovs AK-47s para a própria proteção, mas aquilo dificilmente poderia se aplicar a um lança-granadas foguete. O que os entregava era sempre a escada leve de alumínio. Não se precisa dela para pescar, mas é necessária para se escalar a lateral de um navio mercante.

A pirataria somali levara alguns golpes devastadores. A maioria dos grandes e valiosos navios tinha passado a contar com equipes de ex-soldados profissionais que carregavam rifles e sabiam como usá-los. Cerca de oitenta por cento eram protegidos dessa maneira. Os *drones* que agora decolavam de Djibuti eram capazes de escanear até 40 mil milhas quadradas de mar em um dia. Os navios de guerra das quatro frotas internacionais eram auxiliados por helicópteros que agiam como batedores de longo alcance, e, finalmente, os piratas, capturados em números maiores, estavam sendo julgados, considerados culpados e detidos nas ilhas Seychelles com apoio internacional. Os dias de glória haviam terminado.

Mas uma tática ainda funcionava: o navio principal. O *Shan-Lee 08*, como se chamava agora, era um deles. Ele podia permanecer no mar muito mais tempo do que um esquife aberto, e seu alcance era imenso. Os esquifes de ataque, com os velozes motores de popa, ficavam armazenados abaixo do convés. O navio parecia inocente, no entanto os esquifes poderiam estar no convés e ir para a água em poucos minutos.

Saindo do mar Vermelho e entrando no golfo de Áden, o capitão Eklund foi meticuloso ao seguir o Corredor de Trânsito recomendado internacionalmente para proporcionar o máximo de proteção aos navios mercantes que passassem pelo perigoso golfo de Áden.

O corredor segue paralelo às costas adeni e omani, entre as longitudes 45 e 53 graus leste. Essas oito zonas longitudinais conduzem o navio mercante pela costa norte de Puntland, o início do paraíso dos piratas, até muito além do chifre. Para navios que desejam contornar a extremidade sul da Índia, tal percurso os leva muitos quilômetros ao norte antes que possam virar para o sul para a longa viagem através do Oceano Índico. Mas ele é fortemente patrulhado por embarcações navais que mantêm os navios em segurança.

O capitão Eklund seguiu a passagem prescrita até a longitude 53 graus, depois, convencido de que estava seguro, virou para o sudeste da Índia. Os *drones* realmente eram capazes de patrulhar 40 mil milhas quadradas de oceano por dia, mas o Oceano Índico possui muitos milhões de quilômetros quadrados, e, nessa imensidão, um navio pode desaparecer. As embarcações navais da OTAN e da Força Naval da União Europeia (EU Navfor) poderiam estar densamente reunidas no corredor, mas elas estavam espalhadas muito distantes entre si no oceano aberto. Somente os franceses possuem uma força dedicada ao Oceano Índico. Eles chamam isso de *A L'Indien*.

O mestre do *Malmö* estava convencido de que agora se encontrava muito a leste para que qualquer coisa da costa somali o ameaçasse. Os dias e até as noites eram sufocantemente quentes.

Quase todos os navios viajando naquelas águas têm utilizado engenheiros da casa para construir uma fortaleza interna protegida por portas de aço trancadas por dentro e equipadas com alimentos, água, beliches e banheiros, o suficiente para vários dias. Também estão incluídos sistemas para desconectar os motores de interferências externas e controlar ambos e o mecanismo do leme do interior. Por fim, há uma mensagem de socorro fixa que será enviada do topo do mastro.

Protegidos no interior da cidadela da tripulação, se eles conseguem se isolar lá dentro a tempo, podem aguardar o resgate praticamente na certeza de que este está a caminho. Os piratas, apesar de terem o comando do navio, não são capazes de controlá-lo, tampouco a tripulação. Mas tentarão entrar. A tripulação só pode esperar pela chegada de uma fragata ou um destróier.

Mas, quando o *Malmö* seguia para o sul, passando pelas ilhas Laccadive, a tripulação dormia no maior conforto de suas cabines. Eles não viram nem ouviram o ruído das escadas contra a popa, enquanto os piratas somalis embarcaram sob o luar. O timoneiro disparou o alarme, mas era tarde demais. Figuras escuras e ágeis com armas estavam correndo para o interior da superestrutura e subindo para o passadiço. Em cinco minutos, o *Malmö* foi capturado.

Opala observava os portões do complexo do armazém abrirem quando o sol se pôs e a picape surgiu. Era a mesma de antes. Ela virou na mesma direção de antes. Ele montou em sua moto e a seguiu até os limites de Kismayo ao norte da cidade, até ter certeza de que estava na estrada costeira rumo a Marka. Então voltou para sua barraca e retirou o radiotransmissor do buraco sob o chão. Opala já tinha composto a mensagem e a comprimido em uma transmissão rápida com a duração de uma fração de segundo. Após remover a bateria do recarregador fotovoltaico e conectá-la, ele apenas pressionou o botão "enviar".

A mensagem foi recebida pelo vigia permanente na escuta dentro do escritório. Ela foi decodificada pelo oficial de vigia, que a encaminhou para Benny, que permanecia em sua mesa no mesmo fuso horário de Kismayo. Ele redigiu uma instrução curta, que foi codificada e enviada para um barco disfarçado de pesqueiro baseado em Salalah a 32 quilômetros da costa somali.

O bote inflável rígido abandonou o barco pesqueiro alguns minutos depois e acelerou rumo à costa. Ele continha sete comandos e um capitão. Somente quando as dunas de areia na costa se tornaram visíveis sob o luar que a potência do motor foi reduzida para um rosnado lento para o caso de haver ouvidos escutando mesmo naquele trecho desolado de areia.

Quando o nariz do bote sulcou a areia, o capitão e os seus homens desembarcaram e correram para a estrada. Eles já conheciam o local; era onde um rio seco passava sob uma ponte de concreto e crescia um aglomerado de casuarinas. Um dos homens correu lentamente pelos 300 metros, subindo a estrada na direção de Kismayo, encontrou um local na vegetação à beira da estrada, deitou-se e fixou seus poderosos óculos de visão noturna na estrada para o sul. Ele havia sido informado sobre qual veículo deveria procurar e tinha inclusive sua placa. Atrás dele, o grupo de tocaia também estava deitado sob a grama na beira da estrada e aguardava.

O capitão estava deitado com o comunicador na mão onde seria impossível não perceber a luz vermelha pulsante quando ela surgisse. Quatro veículos passaram, mas não o que eles queriam.

Então ele apareceu. Na meia-luz verde dos óculos de visão noturna, o comando estrada abaixo não tinha como confundi-lo. Sua cor original branca e suja era irrelevante no brilho totalmente verde dos óculos. Mas a grade amassada do radiador estava lá junto do para-choque dianteiro retorcido que claramente não realizara seu trabalho. E a placa com os números na frente era a que o homem procurava. Ele pressionou o botão "enviar" em seu transmissor de pulso.

Atrás dele, o capitão viu o brilho vermelho em sua mão e sussurrou "Kadima" para seus homens. Eles levantaram do solo, nos dois lados da estrada, segurando a larga fita branca e vermelha entre eles. Na escuridão, parecia um poste horizontal. O capitão parou diante dela, iluminando o chão com uma lanterna sombreada, a outra mão erguida.

Eles não estavam usando trajes camuflados, e sim longas túnicas brancas e turbantes somalis nas cabeças. Todos carregavam Kalashnikovs. Nenhum somali ousaria furar um bloqueio na estrada controlado pelos religiosos *mutawa*. O motor da picape que se aproximava engasgou, enquanto o motorista reduzia uma marcha e depois outra.

Os piratas deixaram dois do grupo para manter o capitão tailandês e seu primeiro companheiro prisioneiros. Os outros oito tinham embarcado no *Malmö*. Um deles falava rudimentos de inglês. Ele vinha do ninho de piratas de Garacad, e aquela era sua terceira captura. Ele conhecia a rotina. O capitão Eklund a desconhecia, apesar das instruções dadas por um oficial naval sueco em Gotemburgo.

Ele sabia que tivera tempo de pressionar o botão "enviar" do sinal perpétuo de socorro em sua cabine. Sabia que o sinal seria transmitido do topo do mastro, alertando a um mundo que estivesse ouvindo que ele havia sido capturado.

O líder dos piratas, que tinha 24 anos e se chamava Jimali, também sabia disso e não se importava. Que viessem as Marinhas infiéis; era tarde demais agora. Eles jamais atacariam e detonariam um banho de sangue. Ele conhecia a obsessão dos *kuffar* com a vida humana e a desprezava. Um bom somali não temia nem a dor nem a morte.

Os cinco oficiais e os dez filipinos foram reunidos no convés. O capitão Eklund foi informado de que, caso mais alguém estivesse escondido, um dos oficiais seria lançado ao mar.

— Não há mais ninguém — garantiu o capitão. — O que vocês querem?

Jimali apontou para seus homens.

— Comida. Nada de porco.

O capitão Eklund ordenou que o cozinheiro filipino fosse para a cozinha preparar algo. Um dos piratas o acompanhou.

— Você. Vem. — Jimali chamou o capitão, e eles foram para o passadiço. — Você navega Garacad, você vive.

O capitão consultou os mapas, presumindo que se tratava da costa da Somália, e encontrou a aldeia, 160 quilômetros ao sul de Eyl, outra concentração de piratas. Ele calculou uma orientação aproximada e virou o timão. Uma fragata francesa da *A L'Indien* foi a primeira a encontrá-los, logo após o amanhecer. Ela se postou a vários cabos do porto e manteve velocidade reduzida para permanecer em formação. O capitão francês não pretendia usar seus fuzileiros navais para abordar o *Malmö*, e Jimali sabia disso. Ele olhou para a água da asa do passadiço, quase desafiando os infiéis a arriscar uma tentativa.

Muito distante do aparentemente indefeso espetáculo marítimo de uma fragata francesa escoltando um cargueiro sueco com um pesqueiro taiwanês vindo atrás, um turbilhão de comunicações eletrônicas estava em atividade.

O sistema automático de identificação do *Malmö* tinha sido captado instantaneamente. Ele foi monitorado pelo serviço inglês de Operações Comerciais Marítimas em Dubai e pelo americano MARLO — Intermediário Marítimo em Bahrein. Duas dezenas de navios de guerra da OTAN e da União Europeia foram alertados sobre o problema, mas, como Jimali sabia, nenhum deles atacaria.

As Linhas Andersson mantinham uma sala de operações 24 horas em Estocolmo, que foi imediatamente informada. O quartel-general de navegação contatou o *Malmö*. Jimali indicou que o capitão Eklund poderia atender a chamada, mas deveria colocá-la no alto-falante do passadiço e conversar somente em inglês. Antes mesmo que ele falasse qualquer coisa, Estocolmo sabia que o capitão estava na presença de somalis armados e que cada palavra deveria ser cautelosa.

O capitão Eklund confirmou que o *Malmö* tinha sido tomado durante a noite. Todos os seus homens estavam em segurança e sendo bem-tratados. Ninguém tinha sido ferido. Estavam navegando, conforme ordens, rumo à costa da Somália.

O proprietário do navio, Harry Andersson, foi chamado durante o café da manhã em sua suntuosa casa em um parque murado em Östermalm, Estocolmo. Ele terminou de se vestir, enquanto seu carro era trazido à porta, depois dirigiu diretamente para a sala de operações. O controlador da frota do turno noturno tinha permanecido no trabalho. Ele explicou tudo que os serviços de emergência e o capitão Eklund foram capazes de lhe dizer.

O Sr. Andersson havia se tornado um homem muito bem-sucedido e, portanto, muito rico, pois possuía dois talentos muito úteis, entre outros. Um era sua capacidade de assimilar com extrema rapidez uma situação e, tendo feito isso, elaborar um plano de ação baseado em realidades, não em fantasias; e o segundo era segui-lo com determinação.

Ele ficou de pé no meio da sala de operações, imerso em pensamentos. Ninguém ousou perturbá-lo. Seu navio fora tomado por piratas, e era a primeira vez que aquilo acontecia. Um ataque armado no mar dispararia um massacre, e isso simplesmente não devia ser tentado. O *Malmö*, dessa forma, chegaria à costa da Somália e ancoraria lá. A primeira obrigação dele era com seus 15 empregados, depois recuperar o navio e a carga, se possível. E havia também a questão de um dos empregados, que era seu filho.

— Tragam meu carro para a porta — ordenou ele. — Telefonem para Bjorn, onde quer que esteja, e digam a ele para preparar o avião para decolar imediatamente. Plano de voo para Northolt, Londres. Reservem uma suíte para mim no Connaught. Hannah, está com seu passaporte? Então venha comigo.

Minutos depois, na parte de trás de seu Bentley, com a assistente pessoal, Hannah, ao seu lado, em alta velocidade rumo ao Aeroporto Bromma, Andersson usou seu celular para planejar o futuro imediato.

Agora era uma questão para as seguradoras. Ele estava assegurado por um consórcio especializado de seguradoras na Lloyds. Elas teriam a superioridade porque o dinheiro em risco era delas. Era por isso que o Sr. Andersson lhes pagava uma pequena fortuna anual.

Antes de decolar, ele descobriu que o negociador favorito de sua seguradora — e eles definitivamente já haviam trilhado aquele caminho — era uma firma chamada Chauncey Reynolds, que possuía um histórico de recuperações negociadas. O Sr. Andersson sabia que já estaria em Londres quando seu navio alcançasse a costa somali. Antes de seu Learjet chegar à costa sueca, ele teve uma reunião com os advogados às seis horas da tarde. Bem, eles definitivamente iam precisar fazer hora extra.

Enquanto ele estava na planagem de pouso em Northolt, Chauncey Reynolds se preparava. Eles estavam tentando a casa em Surrey de seu negociador favorito, o ás parcialmente aposentado daquela estranha profissão. A esposa dele foi buscá-lo entre as colmeias no jardim.

Ele havia aprendido suas habilidades de negociador de recuperação de reféns para a Polícia Metropolitana. Era um galês de fala enganosamente lenta chamado Gareth Evans.

* * *

O Troll estava incontestavelmente morto quando Opala chegou. Ele tinha sido visto pelo observador no caminho e reconhecido porque o capitão já o vira antes, no primeiro encontro na praia com Benny. Mais uma vez o pulso luminoso ficou vermelho na mão do capitão e o bloqueio na estrada foi montado.

Opala, de repente, viu o grupo de figuras vestindo túnicas sob a fraca luz de seu farol, a lanterna balançando, os rifles apontando. Assim como todos os agentes secretos muito além das linhas inimigas e diante de uma morte ruim caso fosse desmascarado, ele sofreu um leve ataque de pânico.

Estariam seus documentos em ordem? Será que sua história de que estava procurando trabalho em Marka convenceria? O que a *mutawa* poderia possivelmente querer naquela estrada no meio da noite?

O homem com a lanterna se aproximou e olhou para o rosto de Opala. A lua saiu de trás de uma massa de nuvens, prenúncio da monção que chegaria em breve. Dois rostos negros a centímetros de distância na noite, um escuro por natureza, o outro untado com o creme de combate noturno dos comandos.

— Shalom, Opala. Venha, saia da estrada. Um caminhão se aproxima.

Os homens desapareceram por entre as árvores e a grama rasteira, levando a moto com eles. O caminhão passou. Então o capitão mostrou a Opala o local do acidente. Aparentemente, o pneu dianteiro da picape do Troll tinha explodido completamente. O prego ainda despontava num pedaço de pneu onde mãos humanas o tinham martelado. Fora de controle, a picape devia ter girado para um lado. Por má sorte, aquilo havia acontecido no centro da ponte de concreto.

A picape tombara em alta velocidade sobre a murada, colidindo com o barranco muito íngreme do rio. O impacto arremessou o motorista contra o para-brisa e o volante contra seu peito com força suficiente para esmagar a cabeça e o tórax. Aparentemente, alguém o retirara da cabine e o deitara ao lado do veículo. Na morte, ele olhava cegamente para o topo indefinido das árvores entre ele e a lua.

— Agora vamos conversar — disse o capitão. Ele contou a Opala exatamente o que Benny lhe havia dito na linha segura entre o barco pesqueiro e Tel Aviv. Palavra por palavra. Depois, entregou a ele um maço de papéis e um boné vermelho. — Foi isso que o moribundo lhe deu antes de morrer. Você fez o que pôde, mas não havia esperanças. Ele estava muito ferido. Alguma pergunta?

Opala balançou a cabeça. A história era verossímil. Ele enfiou os papéis dentro de seu casaco. O capitão da Sayeret Matkal estendeu uma das mãos.

— Precisamos retornar ao mar. Boa sorte, amigo. *Mazel tov.*

Demorou alguns minutos para apagar as últimas pegadas da terra, todas menos as de Opala. Então eles se foram, de volta ao oceano escuro rumo ao barco pesqueiro que os aguardava. Opala puxou sua moto de volta para a estrada e continuou a viagem para o norte.

As pessoas reunidas no escritório da Chauncey Reynolds eram todas experientes no que, no decorrer de uma década de pirataria, se tornara um ritual de mútuo acordo. Os piratas eram todos chefes de clãs de Puntland, operando a partir de uma costa com 1.280 quilômetros de extensão, entre Bonasso, ao norte, e Mareeg, logo acima da costa de Mogadíscio.

Eles praticavam pirataria por dinheiro e nada mais. A desculpa era que, anos atrás, frotas de barcos pesqueiros da Coreia do Sul e de Taiwan tinham vindo e arrasado suas fontes de pesca, que era o meio de subsistência. Quaisquer que fossem os erros e os acertos, eles se voltaram para a pirataria e, desde então, conseguiram lucros enormes, muito mais do que aqueles gerados por um pouco de atum.

Eles haviam começado a invadir e capturar navios cargueiros de passagem pela costa. Com o tempo e a experiência, o alcance aumentou gradualmente para o leste e o sul. No início, suas captações eram pequenas, as negociações atrapalhadas e malas com notas de dólares foram jogadas de aviões leves que decolavam do Quênia rumo a um ponto predeterminado de lançamento no mar.

Mas ninguém confiava em ninguém naquela costa. Não existia honra entre aqueles ladrões. Navios capturados por um grupo eram roubados por outro clã quando estavam atracados. Facções rivais lutavam pelas malas flutuantes cheias de dinheiro. Finalmente, um tipo de acordo foi feito.

A tripulação de uma embarcação capturada era raramente, quando muito, trazida para terra firme. A menos que uma âncora fosse arrastada pelo marretar das ondas, os navios capturados ficavam ancorados a até 3,5 quilômetros da costa. Os oficiais e a tripulação viviam a bordo em condições parcamente razoáveis, mas com uma dúzia de guardas, enquanto as negociações entre os líderes — proprietário do navio e chefe de clã — se arrastavam.

No lado ocidental, certas companhias de seguradoras, advogados e negociadores se tornaram experientes especialistas. No lado somali, negociadores educados — não simplesmente somalis, mas do clã correto — assumiam o diálogo. Isso agora era feito com tecnologia moderna — computadores e iPhones. Até o dinheiro raramente era jogado como bombas do alto; os somalis possuíam contas bancárias numeradas, das quais o dinheiro desaparecia imediatamente.

Com o passar do tempo, negociadores de ambos os lados começaram a se conhecer mutuamente, cada um preocupado com que o trabalho fosse feito. Mas os somalis tinham os trunfos.

Para as seguradoras, uma carga atrasada era uma carga perdida. Para os proprietários dos navios, uma embarcação sem gerar faturamento era uma perda operacional. Acrescente-se a isso o nervosismo da tripulação e suas famílias desesperadas, e uma conclusão rápida se tornava o objetivo premente. Os piratas somalis sabiam disso e tinham todo o tempo do mundo. Essa era a base da chantagem: tempo. Algumas embarcações ficaram atracadas nas proximidades daquela costa durante anos.

Gareth Evans tinha negociado dez libertações de navios e de cargas de valores variados. Ele havia estudado Puntland e suas estruturas tribais labirínticas como se estivesse se preparando para um doutorado. Quando ouviu que o *Malmö* estava navegando rumo a Garacad, ele sabia qual tribo controlava aquele trecho da costa e quantos clãs constituíam a tribo. Muitos deles usavam o mesmo negociador, um tranquilo somali urbano graduado em alguma universidade do Centro-Oeste dos Estados Unidos chamado Ali Abdi.

Tudo isso foi explicado a Harry Andersson, enquanto um crepúsculo de verão caía sobre Londres e, a meio mundo de distância, o *Malmö* seguia para o oeste rumo a Garacad. Jantares para viagem foram mordiscados na mesa polida da sala de reuniões, e a Sra. Bulstrode, a senhora que servia o chá e tinha concordado em ficar até mais tarde no trabalho, passava rodadas e rodadas de café.

Uma sala foi reservada como controle de operações para Gareth Evans. Caso um novo negociador somali fosse nomeado, o capitão Eklund seria informado de Estocolmo para qual número deveria telefonar a fim de colocar a bola em jogo.

Gareth Evans estudou os detalhes do *Malmö* e de sua carga de carros sedã brilhando de novos e calculou privadamente que eles deveriam ser capazes de fechar um acordo em torno de 5 milhões de dólares. Ele também sabia que a primeira exigência seria quilometricamente exagerada. Mais do que isso, sabia que concordar com entusiasmo seria desastroso. O valor seria imediatamente dobrado. Exigir rapidez seria igualmente prejudicial; o preço também seria aumentado. Quanto à tripulação aprisionada, azar deles. Eles só tinham que esperar pacientemente.

Relatos de marinheiros repatriados falavam que, à medida que as semanas se arrastavam ao lado dos somalis a bordo, a maioria homens com pouca educação das tribos da montanha, eles transformavam a embarcação outrora asseada em um buraco fedorento e pestilento. Lavatórios eram ignorados, eles urinavam como e quando a natureza chamasse e onde quer que fosse, dentro ou fora. O calor fazia o resto. O combustível para alimentar os geradores e o ar-condicionado acabaria. A comida descongelada apodreceria, submetendo a tripulação a uma dieta somali à base de bodes abatidos no convés. As únicas distrações eram pescar, jogos de tabuleiro, cartas e leitura, mas isso continha o tédio apenas até certo ponto.

A reunião terminou às dez horas da noite. Se navegasse a todo vapor, o que provavelmente aconteceria, o *Malmö* deveria entrar na baía de Garacad em torno do meio-dia no horário de Londres. Logo depois, eles descobririam quem o havia tomado e quem seria o negociador nomeado. Então

Gareth Evans iria se apresentar, caso fosse necessário, e teria início a dança.

Opala chegou a Marka enquanto a cidade dormia no escaldante calor da tarde. Ele encontrou o complexo e bateu com força à porta. O complexo não dormia. Opala ouviu vozes e passos correndo, como se alguém fosse esperado, mas estivesse atrasado.

A portinhola no pesado portão de madeira se abriu e um rosto espiou para fora. Era um rosto árabe, mas não somali. Os olhos varreram a rua, porém não viram nenhuma picape. Em seguida, pousaram em Opala.

— Sim — inquiriu uma voz, irritada por um mero ninguém tentar ser admitido.

— Tenho documentos para o xeique — anunciou Opala, em árabe.

— Que documentos? — A voz era claramente hostil com curiosidade.

— Não sei — respondeu Opala. — Foi o que o homem na estrada me mandou dizer.

Houve um burburinho de conversa atrás da porta de madeira. O primeiro rosto foi puxado para o lado e outro tomou seu lugar. Nem somali nem árabe, mas de língua árabe. Paquistanês?

— De onde você vem, e quais documentos?

Opala tateou sob o casaco e pegou uma bolsa amarrada com documentos.

— Venho de Marka. Conheci um homem na estrada. Ele tinha batido com sua picape. Ele me pediu para trazer isto e disse como encontrar este lugar. É tudo que sei.

Ele tentou enfiar a bolsa pela abertura.

— Não, espere — gritou uma voz, e o portão começou a abrir.

Quatro homens estavam lá, ferozmente barbudos. Ele foi agarrado e puxado para dentro. Um adolescente saiu correndo, pegou a moto e a empurrou para o interior. O portão foi fechado. Dois homens o seguravam. O homem que poderia ser um paquistanês se elevou sobre Opala. Ele estudou a bolsa e deu um profundo suspiro.

— Onde conseguiu isso, cachorro? O que você fez com nosso amigo?

Opala interpretava o papel de alguém aterrorizado, o que não era difícil.

— O homem que dirigia o veículo, senhor. Receio que ele esteja morto...

Isso foi tudo o que ele conseguiu falar. Um tapa com a mão direita desferido com força brutal o derrubou no chão. Houve gritos confusos em uma língua que não compreendia, apesar de falar inglês, somali e árabe, além do hebraico, sua língua natal. Meia dúzia de mãos o pegou e o empurrou para longe. Havia uma espécie de galpão construído no muro do complexo. Ele foi jogado lá dentro e ouviu um trinco sendo fechado. Estava escuro e o lugar fedia. Opala sabia que precisava permanecer no papel. Ele afundou sobre uma pilha de sacos velhos e enterrou a cabeça nas mãos, a postura universal de derrota desnorteada.

Meia hora se passou antes que eles voltassem. Os dois ou três com estatura de guarda-costas estavam lá, mas também havia alguém novo. Era realmente somali e tinha uma voz aculturada. Alguma educação, talvez. Ele gesticulou para que Opala se aproximasse. Opala tropeçou, piscando os olhos sob o sol forte.

— Venha — disse o somali. — O xeique quer vê-lo.

Ele foi escoltado até a construção principal, que ficava de frente para o portão. No saguão de entrada, revistaram-no com habilidade e minúcia. Sua carteira surrada foi tomada e entregue ao somali. Este extraiu os documentos habituais e passou os olhos por eles, comparando a fotografia granulada com o rosto. Então balançou a cabeça, guardando a carteira no bolso, virou-se e seguiu em frente. Opala foi empurrado em seu rastro.

Entraram em uma sala de estar bem-mobiliada onde um ventilador girava no teto. Havia uma mesa com documentos e materiais de escrita. Um homem estava sentado em uma cadeira giratória de costas para a porta. O somali se aproximou e murmurou algo no ouvido dele. Opala poderia jurar que tinha falado árabe. Ele ofereceu ao homem sentado a carteira e os documentos de identidade.

Opala podia ver que a bolsa que havia trazido estava aberta e várias folhas de papel estavam sobre a mesa. O homem sentado se virou, levantou os olhos da carteira e o encarou. Ele tinha uma barba negra cerrada e olhos cor de âmbar.

CAPÍTULO DEZ

Mal o *Malmö* havia jogado sua âncora em vinte braças de água na baía de Garacad, três esquifes de alumínio foram vistos vindo da aldeia em sua direção.

Jimali e seus sete copiratas ansiavam por estar de novo em terra firme. Estavam no mar fazia vinte dias, boa parte deles empoleirados no pesqueiro taiwanês. Seus suprimentos de comida fresca acabara havia tempos e eles estavam sobrevivendo à base das cozinhas europeia e filipina, de que não gostavam, fazia duas semanas. Queriam voltar para sua dieta nativa de guisado de bode e a sensação de areia sob os pés.

As cabeças escuras agachadas nos esquifes que vinham da costa a pouco mais de um quilômetro de distância eram da tripulação substituta que guardaria o navio ancorado pelo tempo que fosse necessário.

Somente um entre os que se aproximavam do *Malmö* não era um homem tribal esfarrapado. Com um ar austero, sentado na popa do terceiro esquife, havia um somali muito bem-vestido com calça e jaqueta de pele de gamo. Ele trazia uma maleta pousada em seus joelhos. Era o negociador escolhido por Al Afrit, o Sr. Abdi.

— Agora é que começa — declarou o capitão Eklund. Ele falou em inglês, a língua comum entre os suecos, os ucranianos, o polonês e os filipinos a bordo. — Precisamos ser pacientes. Deixem a conversa comigo.

— Não falar — retrucou Jimali. Ele não gostava que os reféns falassem nem mesmo em inglês, pois sua compreensão não era muito boa.

Uma escada foi baixada sobre a murada e os guardas substitutos, a maioria adolescentes, subiram por ela, parecendo mal tocar nos degraus. Abdi, que não gostava de estar no mar nem mesmo a pouco mais de um quilômetro da costa, sem pressa, se agarrou com firmeza às cordas de cabo enquanto subia. Sua maleta executiva lhe foi entregue quando seus pés tocaram o convés.

O capitão Eklund não sabia quem ele era, mas reconheceu pela roupa e pelos modos que aquele era ao menos um homem educado. Ele deu um passo à frente.

— Sou o capitão Eklund, mestre do *Malmö*.

Abdi estendeu a mão.

— Sou Ali Abdi, o negociador nomeado para o lado somali da questão — apresentou-se. Seu inglês era fluente com uma ligeira entonação americana. — Você nunca foi... como posso dizer?... um hóspede do povo somali?

— Não — respondeu o capitão. — E preferiria não ser agora.

— É claro. Muito estressante do seu ponto de vista. Mas foi informado, não é mesmo? Há certas formalidades que precisam ser realizadas, e depois as negociações significativas podem começar. Quanto antes um acordo for alcançado, mais cedo você estará a caminho de casa.

O capitão Eklund sabia que, muito longe, seu empregador estaria em conclave com seguradoras e advogados, e eles também apontariam um único negociador. Ambos, ele esperava, seriam habilidosos e experientes e chegariam a um rápido pagamento do resgate para a libertação. Ele claramente não sabia as regras. Rapidez, agora, era uma preocupação somente dos europeus.

A primeira inquietação de Abdi foi ser escoltado até o passadiço para fazer contato com o telefone do navio via satélite com o centro de controle em Estocolmo e, em seguida, com o escritório de negociação, presumivelmente em Londres, lar da Lloyds, que seria o epicentro de todo o processo de negociação. Ao examinar o convés do alto do passadiço, Abdi murmurou:

— Seria inteligente afixar coberturas de lona nos espaços entre a carga no convés. Assim a tripulação pode receber o ar marinho sem ser tostada pelo sol.

Stig Eklund tinha ouvido falar da síndrome de Estocolmo, na qual sequestradores e reféns formam um laço de amizade baseado na proximidade compartilhada. Ele não tinha nenhuma intenção de relaxar seu desprezo interior pelas pessoas que tomaram seu navio. Por outro lado, o somali bem-vestido e educado que se expressava bem, na forma de Ali Abdi, era pelo menos alguém com quem poderia se comunicar em um nível civilizado.

— Obrigado — disse ele. Seu primeiro e segundo oficiais estavam atrás dele. Eles tinham ouvido e compreendido. O capitão fez um gesto com a cabeça para eles e os dois deixaram o passadiço para pendurar as coberturas.

— E agora, por favor, preciso falar com seu pessoal em Estocolmo — murmurou Abdi.

O telefone via satélite se conectou com Estocolmo em segundos. O rosto de Abdi se iluminou quando ouviu que o proprietário do navio já se encontrava em Londres com Chauncey Reynolds. Ele negociara duas vezes, embora para outros chefes de clãs, a libertação de embarcações por intermédio de Chauncey Reynolds, e ambas foram bem-sucedidas com apenas algumas poucas semanas de demora. Ao receber o número, ele pediu ao capitão Eklund para contatar os advogados em Londres. Julian Reynolds atendeu.

— Ah, Sr. Reynolds, nos falamos mais uma vez. Aqui é o Sr. Ali Abdi no passadiço do *Malmö* com o capitão Eklund ao meu lado.

Em Londres, Julian Reynolds parecia aliviado. Ele cobriu o bocal do telefone e disse:

— É Abdi de novo. — Houve um suspiro de alívio, incluindo Gareth Evans. Todos em Londres ouviram falar da terrível reputação de Al Afrit, o velho e cruel tirano que governava Garacad. A nomeação do urbano Abdi gerou uma centelha de luz na escuridão. — Bom dia, Sr. Abdi. *Salaam aleikum.*

— *Aleikum as-salaam* — respondeu Abdi através das ondas aéreas. Ele suspeitava de que os suecos e os ingleses torceriam seu pescoço alegremente se tivessem liberdade de escolha, mas a saudação muçulmana era uma boa tentativa de civilidade. Ele apreciava a civilidade.

— Vou passar você para alguém que imagino que já conheça — avisou Reynolds.

Ele passou o fone para Gareth Evans e mudou para o viva voz. A voz da costa somali estava cristalina. Estava igualmente clara para os ouvidos em Fort Meade e em Cheltenham, que gravavam tudo.

— Olá, Sr. Abdi. Aqui é Gareth. Nos encontramos novamente, ainda que somente por nossas vozes. Me pediram para assumir o lado londrino da situação.

Em Londres, cinco homens, o proprietário do navio, dois advogados, um representante da seguradora e Gareth Evans ouviram a gargalhada de Abdi através do viva voz.

— Sr. Gareth, meu amigo. Fico feliz que seja o senhor. Tenho certeza de que podemos conduzir esta questão a uma boa conclusão.

O hábito de Abdi de colocar o "senhor" antes do primeiro nome era sua maneira de se posicionar entre o friamente formal e o exageradamente íntimo. Ele sempre se referia a Gareth Evans como Sr. Gareth.

— Tenho um quarto separado para mim no escritório de advocacia aqui em Londres — disse Evans. — Devo ir para lá para que possamos começar?

Foi muito rápido para Abdi. As formalidades tinham que ser respeitadas. Ele deveria frisar para os europeus que a pressa estava toda do lado deles. Abdi sabia que Estocolmo já teria calculado exatamente quanto o *Malmö* estava lhes custando agora por dia; o mesmo valia para as seguradoras, que seriam três no total.

Uma empresa iria cobrir o casco e o maquinário, outra cobriria a carga, e a terceira empresa seria a seguradora de risco de guerra cobrindo a tripulação. Todos teriam cálculos diferentes dos prejuízos, correntes ou futuros. Deixe-os ferver com seus valores mais um pouco, pensou ele. O que disse foi:

— Ah, Sr. Gareth, meu amigo, o senhor está mais adiantado do que eu. Preciso de um pouco mais de tempo para estudar o *Malmö* e a carga antes que possa propor um valor razoável que o senhor poderá apresentar confiantemente aos seus superiores pelo acordo.

Abdi já tinha estado on-line no quarto pessoal separado para ele na fortaleza revestida com areia de quartzo nas montanhas atrás de Garacad, que era o quartel-general de Al Afrit. Ele sabia que havia fatores a serem computados como idade e estado de conservação do cargueiro, perecibilidade da carga e perda de prováveis lucros futuros.

Mas ele já havia avaliado tudo aquilo e determinara o valor inicial em 25 milhões de dólares. Sabia que provavelmente fecharia o acordo em 4 milhões, talvez 5 se o sueco estivesse com pressa.

— Sr. Gareth, deixe-me propor que comecemos amanhã de manhã. Digamos, nove horas no horário de Londres? Isso seria meio-dia aqui. Nesse horário eu já deverei estar de volta ao meu escritório em terra.

— Muito bem, meu amigo. Estarei aqui para receber sua ligação.

Seria uma chamada via satélite feita através de um computador. Utilizar o Skype estava fora de cogitação. Expressões faciais podem revelar muita coisa.

— Há uma última coisa antes de encerrarmos por hoje. Tenho sua confirmação de que a tripulação, incluindo os filipinos, ficará detida em segurança a bordo e não será molestada de nenhuma maneira?

Nenhum outro somali ouviu isso, pois os que estavam a bordo do *Malmö* se encontravam fora do alcance do som do passadiço e não falavam inglês mesmo. Mas Abdi compreendeu o sentido.

De modo geral, os senhores da guerra e os chefes de clãs somalis tratavam os reféns humanitariamente, porém havia uma ou duas exceções. Al Afrit era uma, e a pior, um velho bruto e perverso com má reputação.

No nível pessoal, Abdi trabalharia para Al Afrit, e sua comissão seria de vinte por cento. Seus trabalhos como negociador para piratas estavam fazendo dele um homem rico muito mais jovem do que o normal. Mas Abdi não precisava gostar de seu superior, e não gostava. Ele o abominava. No entanto, não tinha uma unidade de guarda-costas em torno de si.

— Estou confiante de que a tripulação permanecerá a bordo e será bem-tratada — entoou ele, encerrando a chamada. Abdi só rezava para que estivesse certo.

Os olhos cor de âmbar olharam para o jovem prisioneiro por alguns segundos. O silêncio imperava na sala. Opala podia sentir atrás dele o somali educado que o deixara entrar no pátio e dois guarda-costas paquistaneses. Quando a voz surgiu, era surpreendentemente suave e em árabe.

— Qual é o seu nome?

Opala disse.

— É um nome somali?

Atrás de Opala, o somali meneou a cabeça. Os paquistaneses não entendiam.

— Não, xeique, sou da Etiópia.

— Esse é um país essencialmente *kuffar*. Você é cristão?

— Graças a Alá, o Misericordioso, o Compassivo, não, não, xeique, não sou. Sou do Ogaden, logo além da fronteira. Somos muçulmanos e muito perseguidos por isso.

O rosto com olhos cor de âmbar assentiu em aprovação.

— E por que veio à Somália?

— Havia rumores na minha aldeia de que o exército etíope estava vindo para alistar nosso povo à força para lutar na invasão da Somália. Escapei e vim para cá para me juntar aos meus irmãos filhos de Alá.

— Você veio de Kismayo para Marka ontem à noite?

— Sim.

— Por quê?

— Estou em busca de trabalho, xeique. Tenho um emprego como conferente no píer dos pescadores, mas esperava algo melhor em Marka.

— E como obteve esses documentos?

Opala contou a história ensaiada. Ele estava viajando de moto durante a noite para evitar o calor ofuscante e as tempestades de areia do dia. Percebeu que estava com pouca gasolina e parou para reabastecer com o que trazia em seu latão reserva. Por acaso, aquilo ocorreu em uma ponte de concreto sobre um rio seco.

Ele ouviu um grito fraco. Pensou que fosse o vento nas árvores altas, mas logo depois ouviu de novo. O grito parecia vir de debaixo da ponte.

Ele desceu o barranco do rio e viu uma picape severamente danificada. Havia um homem ao volante que se encontrava gravemente ferido.

— Tentei ajudá-lo, xeique, mas não havia nada que pudesse fazer. Minha motocicleta jamais carregaria duas pessoas, e eu não conseguiria trazê-lo para cima da margem. Puxei-o para fora da cabine, caso o carro pegasse fogo. Mas ele estava morrendo, *inshallah*.

O homem agonizante tinha implorado a ele como um irmão para pegar aquela bolsa e entregá-la em Marka. Ele descreveu o complexo: próximo à rua do mercado, descendo a rotatória italiana, um portão duplo de madeira com uma portinhola para observar o exterior.

— Abracei-o enquanto ele morria, xeique, mas não pude salvá-lo.

A figura de túnica ponderou sobre aquilo durante algum tempo, depois se virou para examinar os documentos que estavam na bolsa.

— Você abriu a bolsa?

— Não, xeique, ela não me dizia respeito.

Os olhos cor de âmbar pareciam pensativos.

— Havia dinheiro na bolsa. Talvez tenhamos um homem honesto, o que acha, Jamma?

O somali sorriu afetadamente. O Pregador disparou uma torrente de urdu para os paquistaneses. Eles avançaram e pegaram Opala.

— Meus homens retornarão ao local. Eles examinarão os destroços que certamente ainda devem estar lá. E o corpo do meu empregado. Caso tenha mentido, com certeza você desejará jamais ter vindo aqui. Enquanto isso, você fica e aguarda o retorno deles.

Opala foi novamente aprisionado, mas não no galpão decrépito do pátio onde um homem ágil poderia escapar durante a noite. Ele foi levado para um porão com chão de terra e trancado. Ficou lá por dois dias e uma noite. Era escuro como breu. Deram-lhe uma garrafa plástica com água, que ele bebericava moderadamente na escuridão. Quando foi libertado e trazido para o andar superior, seus olhos franziram e piscaram furiosamente diante da luz do sol que penetrava através das janelas. Ele foi levado novamente ao Pregador.

A figura de túnica segurava um objeto na mão direita, o qual girava sem parar com os dedos. Seus olhos cor de âmbar se moveram para o prisioneiro e pousaram no atemorizado Opala.

— Parece que você estava certo, meu jovem amigo — comentou ele, em árabe. — Meu empregado realmente colidiu com o veículo contra a margem do rio e morreu lá. A causa...

— Ele ergueu o objeto entre os dedos. — Este prego. Meus homens o encontraram no pneu. Você contou a verdade. — Ele se levantou e atravessou a sala para parar diante do jovem etíope, olhando especulativamente do alto. — Como é que você fala árabe?

— Estudei no meu tempo livre, senhor. Eu desejava ler e compreender melhor nosso Corão Sagrado.

— Alguma outra língua?

— Um pouco de inglês, senhor.

— E como isso aconteceu?

— Havia uma escola perto da minha aldeia. Ela era coordenada por um missionário da Inglaterra.

O Pregador ficou perigosamente calado.

— Um infiel. Um *kuffar*. E com ele você também aprendeu a amar o Ocidente?

— Não, senhor. Justamente o contrário. Aquilo me ensinou a odiá-los pelos séculos de miséria que infligiram ao nosso povo e a estudar somente as palavras e a vida do nosso profeta Maomé, que ele descanse em paz.

O Pregador considerou o que Opala disse e, finalmente, sorriu.

— Então temos um jovem — ele falava claramente para seu secretário somali — que é honesto o bastante para não tomar dinheiro, suficientemente compassivo para cumprir o desejo de um homem agonizante e que deseja somente servir ao Profeta. E que fala somali, árabe e um pouco de inglês. O que acha, Jamma?

O secretário caiu na armadilha. Visando agradar, ele concordou que a descoberta era realmente afortunada. Mas o Pregador tinha um problema. Havia perdido seu homem especialista em computadores e responsável por lhe trazer as mensagens de Londres sem jamais revelar que estava em Marka, não em Kismayo. Somente Jamma poderia substituí-lo em Kismayo; o restante dos homens era analfabeto com computadores.

Aquilo o deixava sem um secretário, mas diante de um jovem que era alfabetizado, falava três línguas além do dialeto nativo ogaden e procurava trabalho.

O Pregador havia sobrevivido dez anos baseado em uma cautela que beirava a paranoia. Ele tinha visto a maioria de seus contemporâneos da Lashkar-e-Taiba, da Brigada 313, dos carrascos de Khorasan, do clã Haqqani e da al Qaeda na Península Arábica e do grupo do Iêmen ser perseguida, rastreada, localizada e eliminada.

Ele havia evitado câmeras como a peste, mudado de residência constantemente, alterado seu nome, coberto seus olhos. E permanecera vivo.

Ele iria tolerar em seu círculo pessoal somente aqueles nos quais estivesse convencido de que poderia confiar. Seus quatro guarda-costas paquistaneses morreriam por ele, mas não tinham cérebro. Jamma era esperto, porém precisava dele agora para supervisionar os dois computadores em Kismayo.

O recém-chegado era de seu agrado. Havia provas de sua honestidade, de que dizia a verdade. Caso o assumisse como empregado, o jovem poderia ser monitorado dia e noite e não se comunicaria com ninguém. E ele precisava de um secretário pessoal. A ideia de que o jovem diante de si fosse um judeu e um espião era inconcebível. Decidiu assumir o risco.

— Você gostaria de se tornar meu secretário? — perguntou, gentilmente.

Houve um suspiro de decepção por parte de Jamma.

— Seria um privilégio para o qual eu não teria palavras, senhor. Eu lhe serviria fielmente, *inshallah*.

As ordens foram dadas. Jamma deveria pegar uma das picapes do complexo e viajar até Kismayo para assumir o gerenciamento do armazém de Masala e do computador transmissor dos sermões do Pregador. Opala ocuparia o quarto de Jamma e aprenderia seus deveres. Uma hora depois, ele colocou o boné vermelho com o logotipo de Nova York que lhe fora dado ao lado do carro destruído. Este havia pertencido ao capitão israelense do barco pesqueiro que precisou abrir mão dele quando novas ordens foram recebidas de Tel Aviv.

Saindo para o pátio, ele empurrou sua moto até a parede do galpão para protegê-la do sol. No meio do caminho, parou e olhou para o alto. Então moveu lentamente a cabeça como se concordasse com algo e continuou a andar. Em uma sala de controle subterrânea nos arredores de Tampa, a figura muito abaixo do Global Hawk foi vista e registrada. Um sinal de alerta foi disparado e a imagem transferida para uma sala na embaixada dos Estados Unidos em Londres.

O Rastreador olhou para a figura esguia que usava um *dishdasha* e um boné vermelho, olhando para o céu na distante aldeia de Marka.

— Bom trabalho, garoto — murmurou. O agente Opala estava dentro da fortaleza e acabara de confirmar tudo o que o Rastreador precisava saber.

O último assassino não estocava prateleiras tampouco atendia em uma oficina mecânica. Era sírio de nascença, bem-educado e com diploma em odontologia, e trabalhava como técnico para um ortodontista bem-sucedido em Fairfax, Virgínia. Seu nome era Tariq Hussein.

Ele não era nem refugiado nem estudante quando chegou de Aleppo dez anos antes, mas um imigrante legal que tinha passado em todos os testes para entrada legítima no país. Jamais foi verificado se ele trazia consigo, desde então, o ódio furioso pelos Estados Unidos em particular e pelo Ocidente em geral que seus escritos revelaram quando seu arrumado bangalô suburbano foi invadido pela polícia estadual da Virgínia e pelo FBI, ou se desenvolveu isso durante sua residência no país.

Seu passaporte revelou três viagens de volta ao Oriente Médio durante essa década, e especulou-se se ele poderia ter sido "infectado" pela fúria e pelo ódio durante tais visitas. Seu diário e seu laptop revelaram algumas das respostas, mas não todas.

Seus empregadores, vizinhos e círculo social foram todos intensamente interrogados, mas parecia que ele havia enganado a todos. Por trás do exterior educado e sorridente, ele era um salafista dedicado que aderia ao tipo mais feroz e agressivo de jihadismo. Em seus escritos, o desdém e o desprezo pela sociedade americana emergiam em cada frase.

Como outros salafistas, ele não via necessidade de vestir túnicas muçulmanas tradicionais nem em cultivar uma barba ou fazer uma pausa para as cinco orações diárias. Ele fazia a barba diariamente e usava o cabelo preto curto e bem-cortado. Morando sozinho em seu bangalô suburbano isolado, ele socializava com colegas de trabalho e outros amigos. Com o amor americano por diminutivos sonoramente amigáveis para primeiros nomes, ele era Terry Hussein.

Entre esses amigos, no bar local, ele podia explicar ser abstêmio como um desejo por "permanecer em forma" e a explicação era aceita. A recusa em tocar em carne de porco ou de se sentar a uma mesa onde estivesse sendo consumida sequer era percebida.

Como era solteiro, diversas garotas se interessavam por ele, mas suas recusas eram sempre educadas e gentis. Havia um ou dois homossexuais que frequentavam o bar da vizinhança, e ele foi questionado mais de uma vez se seria um deles. Ele permanecia educado ao negar, dizendo simplesmente que estava esperando pela garota certa.

Seu diário deixava claro que ele acreditava que homens gays deveriam ser apedrejados até a morte da maneira mais lenta possível, e o pensamento de se deitar ao lado de uma vaca gorda infiel, branca e comedora de porco o enchia de repulsa.

Não foram os ensinamentos do Pregador que criaram sua raiva e fúria, mas eles os canalizaram. Seu laptop mostrou que ele havia acompanhado avidamente o Pregador durante dois anos, mas jamais traíra a si mesmo juntando-se à *fanbase*, apesar de ter ansiado por contribuir. Finalmente, decidiu seguir as incitações do Pregador; aperfeiçoar sua adoração por Alá e seu profeta através do ato de sacrifício supremo e ir juntar-se a eles no paraíso eterno.

Mas também levar consigo o máximo de americanos que conseguisse e morrer como um *shahid* nas mãos da polícia dos infiéis. Para isso, ele precisaria de uma arma.

Ele já tinha uma carteira de motorista do estado da Virgínia, a principal identificação com foto, mas esta estava no nome de Hussein. Considerando a cobertura da mídia que diversos atentados na última primavera e no verão já haviam gerado, ele pensou que aquilo poderia ser um problema.

Olhando para seu rosto no espelho, percebeu que com cabelo preto, olhos escuros e pele morena parecia ter vindo do Oriente Médio. O sobrenome provaria aquilo.

Mas um de seus colegas de trabalho no laboratório tinha aparência semelhante e era de origem hispânica. Tariq Hussein estava determinado a obter uma carteira de motorista com um nome que soasse mais hispânico e começou a vasculhar a internet.

Ele ficou surpreso com a simplicidade. Sequer precisou se apresentar pessoalmente, tampouco redigir uma carta. Apenas fez uma solicitação on-line em nome de Miguel "Mickey" Hernandez, do Novo México. Havia uma taxa, é claro: 79 dólares para a Soluções de Carteiras de Identidade Global Intelligence, mais 55 dólares pelo custo do envio expresso. A identidade do estado da Virgínia que substituiria a sua "perdida" chegou pelo correio.

Mas a principal pesquisa on-line tinha sido pela arma ideal. Ele passou horas debruçado nas milhares de páginas sobre armas de fogo e revistas que abordavam o assunto. Sabia mais ou menos o que procurava e o que precisava que a arma fizesse. Ele apenas procurava conselhos sobre qual arma adquirir.

Ficou em dúvida sobre a Bushmaster, usada em Sandy Hook, mas a descartou devido às balas de baixo calibre, de 5,6 milímetros. Queria algo mais pesado e penetrante. Finalmente, decidiu pela Heckler and Koch G3, uma variante do rifle de ataque militar A4, usando artilharia padrão da Otan de 7,62 milímetros, que, asseguraram-lhe, perfuraria placas de estanho sem rasgá-las.

A ferramenta de pesquisa on-line informou que seria improvável obter a versão totalmente automática sob as leis dos Estados Unidos, mas a versão semiautomática serviria ao seu propósito. Ela dispararia um projétil cada vez que o gatilho fosse pressionado — rápido o bastante para o que ele tinha em mente.

Se ficou surpreso com a facilidade de obter uma carteira de motorista, ficou chocado com a simplicidade de comprar um rifle. Ele foi até uma exposição de armas nas Feiras do Condado de Prince William, na Virgínia. Andou com certa perplexidade pelos salões de vendas, que ofereciam uma variedade de armamentos letais suficientes para iniciar várias guerras. Finalmente, encontrou a HK G3. Ao apresentar sua carteira de motorista, o vendedor corpulento ficou encantado em lhe vender o "rifle de caça" em dinheiro. Ele simplesmente saiu com a arma e a colocou no bagageiro de seu carro. Ninguém levantou uma sobrancelha sequer.

A munição para o pente de vinte balas foi igualmente fácil, mas comprada em uma loja de armas em Church Falls. Ele comprou cem balas, um pente adicional e um grampo para encaixar dois pentes, obtendo quarenta tiros sem precisar recarregar. Quando tinha tudo de que precisava, dirigiu tranquilamente de volta para sua pequena casa e se preparou para morrer.

Foi na terceira tarde que Al Afrit foi visitar seu novo troféu. Do passadiço do *Malmö*, o capitão Eklund viu o grande barco de pesca quando ele já se encontrava na metade do caminho entre a costa e o navio. Seus binóculos captaram os trajes de Abdi ao lado de uma figura vestida de branco sob uma cobertura no meio do barco.

Jimali e os colegas piratas tinham sido substituídos por outra dúzia de jovens que estavam cedendo à prática somali que o marinheiro sueco jamais tinha visto. Quando subiram a bordo, os novos membros da tripulação de guarda trouxeram consigo grandes fardos de folhas verdes, não gravetos, mas sim arbustos. Tratava-se do *khat*, que eles mastigavam constantemente. Stig Eklund percebeu que, ao pôr do sol, eles estavam chapados sob o efeito da planta. Então oscilavam entre a sonolência e a irritabilidade.

Quando o somali de pé ao lado dele seguiu sua linha de visão e detectou o barco, ele ficou sóbrio rapidamente, desceu correndo a escada até o convés e gritou para os companheiros que estavam descansando sob as coberturas de lona. O velho chefe do clã subiu a escada de alumínio até o convés, aprumou-se e olhou ao redor. O capitão Eklund tirou seu boné e o saudou. Melhor prevenir do que remediar, ele pensou. Abdi, que fora trazido como intérprete, fez as apresentações.

Al Afrit tinha um rosto vincado e quase preto como carvão sob seu turbante, mas a crueldade lendária era visível em sua boca. Em Londres, Gareth Evans ficara tentado a avisar ao capitão Eklund, mas não tinha como saber quem estaria de pé ao lado dele. Abdi também não tinha dito nada. Desse modo, o capitão estava incerto quanto a exatamente de quem ele era prisioneiro.

Com Abdi como intérprete, eles passaram pela ponte e pela área comum dos oficiais. Então Al Afrit ordenou que todos os estrangeiros se alinhassem no convés. Ele caminhou lentamente diante da fileira, ignorando os dez filipinos, mas encarando os cinco europeus.

Seu olhar permaneceu por um longo tempo sobre o cadete de 19 anos, Ove Carlsson, vestido com roupa de brim branco tropical. Através de Abdi, ele ordenou ao jovem que tirasse o quepe. Ele encarou os olhos azuis, depois estendeu a mão e acariciou o cabelo louro-claro. Carlsson empalideceu e recuou. O somali aparentou ficar com raiva, mas retirou a mão.

Enquanto o grupo deixava o convés em direção à escada, Al Afrit finalmente disse algumas frases em somali. Quatro dos guardas que ele tinha trazido consigo saltaram para a frente, agarraram o cadete e o jogaram no chão. O capitão Eklund saiu da fileira prontamente para protestar. Abdi agarrou seu braço.

— Não faça nada — sussurrou ele. — Está tudo bem, tenho certeza de que ficará tudo bem. Conheço o homem. Não desperte sua ira.

O cadete foi forçado a descer a escada de encontro a mais mãos que o aguardavam no barco.

— Capitão, me ajude — gritou ele.

O capitão se acercou de Abdi, o último homem a deixar seu navio. Ele estava com o rosto rubro de raiva.

— Responsabilizo você pela segurança desse rapaz — sibilou. — Isso não é civilizado.

Abdi, com as pernas já na escada, estava pálido de aflição.

— Vou intervir com o xeique — disse ele.

— Informarei Londres — advertiu o capitão.

— Não posso permitir que faça isso, capitão Eklund. Diz respeito às nossas negociações. Elas são muito delicadas. Me deixe lidar com o problema.

Então ele se foi. No caminho de volta para a praia, Abdi ficou sentado em silêncio e amaldiçoou o velho demônio ao seu lado. Se o infeliz pensava que capturar o cadete pressionaria Londres a aumentar o valor do resgate, então arruinaria tudo. Ele era o negociador; sabia o que estava fazendo. Além disso, temia pelo garoto. Al Afrit tinha uma péssima reputação com os prisioneiros.

Naquela noite, o Rastreador telefonou para Ariel em seu sótão em Centreville.

— Se lembra do curta-metragem que deixei com você?

— Sim, coronel Jackson.

— Quero que o exiba no canal jihadista na internet, o que o Pregador sempre usa.

O filme foi exibido mundialmente uma hora mais tarde. O Pregador estava sentado em sua cadeira habitual, falando diretamente para a câmera e, assim, para o mundo muçulmano. Com uma hora de anúncio prévio, toda a *fanbase* estaria assistindo, além de milhões que não estavam convertidos ao extremismo, mas se interessavam, e cada agência de combate ao terrorismo no mundo.

Todos ficaram surpresos, depois fascinados. A figura que viam era um homem de aparência dura que tinha entre 30 e 35 anos, mas dessa vez ele não usava uma cobertura de seu turbante puxado sobre a parte inferior do rosto. Ele tinha uma barba negra cerrada, e seus olhos eram de um estranho tom âmbar.

Somente um homem que assistia sabia que os olhos usavam lentes de contato e que o orador era Tony Suarez, que vivia em uma casa em Malibu e era incapaz de compreender uma palavra sequer das inscrições corânicas no pano atrás dele.

O sotaque da voz era perfeito. O imitador inglês tinha ouvido os sermões anteriores somente por duas horas antes de produzir uma réplica idêntica da voz. E a imagem era em cores, não monocromática. Mas, para os fiéis, aquele era sem dúvida o Pregador.

— Meus amigos, irmãos e irmãs de Alá, tenho estado ausente de suas vidas. Mas não desperdicei meu tempo. Tenho lido e estudado nossa linda fé, o islã, e contemplado muitas coisas. E mudei, *inshallah*.

"Pergunto-me quantos de vocês já ouviram falar das *Muraaja'aat*, as revisões da causa salafista-jihadista. São elas que tenho estudado.

"Muitas vezes, no passado, insisti com todos vocês para se dedicarem não apenas à adoração de Alá, que seu nome seja louvado, mas também a odiarem outras pessoas. Mas as revisões nos ensinam que isso é errado, que nosso lindo islã não é verdadeiramente um credo de amargura e ódio, nem mesmo para aqueles que pensam diferente de nós.

"As mais famosas das revisões são aquelas da Série para as Correções de Conceitos. Assim como aqueles que nos ensinaram o ódio vieram do Egito, também vieram os al Gama al Islamiyas que escreveram as Correções, e agora compreendo que eram eles, e não os professores do fanatismo e do ódio, que estavam certos."

O telefone do Rastreador na sala da embaixada tocou. Era Raposa Cinzenta, da Virgínia.

— Estou ouvindo direito ou algo muito estranho aconteceu? — perguntou ele.

— Escute um pouco mais — disse o Rastreador, desligando o telefone.

Na tela, sem compreender o que dizia, Tony Suarez prosseguia.

— Já li as revisões vinte vezes na tradução em inglês, o que recomendo a todos que não falam e não leem árabe, e para aqueles que o fazem recomendo que as leiam na língua original.

"Pois está claro para mim que o que nossos irmãos al Gama dizem é verdade. O sistema de governo conhecido como democracia é perfeitamente compatível com o verdadeiro islã, e o ódio e a sede de sangue são alheios a cada palavra jamais proferida pelo profeta Maomé, que ele descanse em paz.

"Aqueles que agora alegam ser os verdadeiros fiéis e clamam por assassinatos em massa, crueldade, tortura e morte de milhares são na verdade como os rebeldes kharjitas que lutaram contra os companheiros do profeta.

"Devemos considerar todos os jihadistas e salafistas como iguais aos kharjitas, e nós que adoramos somente o único e verdadeiro Alá e seu abençoado profeta Maomé devemos destruir os hereges que transviaram Seu povo durante todos esses anos.

"E nós, verdadeiros fiéis, devemos definitivamente destruir esses defensores do ódio e da violência como os companheiros destruíram os kharjitas tanto tempo atrás.

"Mas agora chegou minha hora de declarar quem realmente sou. Nasci Zulfiqar Ali Shah em Islamabad e fui criado como um bom muçulmano. Mas caí e me tornei Abu Azzam, assassino de homens, mulheres e crianças."

O telefone tocou outra vez.

— Que diabos é esse homem? — gritou Raposa Cinzenta.

— Escute o que ele tem a dizer — respondeu o Rastreador. — Está quase no fim.

— Então, diante do mundo, e especialmente diante de vocês, meus irmãos e irmãs em Alá, pronuncio minha *tawba*, meu verdadeiro arrependimento por tudo que fiz e disse por uma falsa causa. E declaro minha completa *baraa'a*. Meu retraimento de tudo que disse e preguei contra os verdadeiros ensinamentos de Alá, o Piedoso, o Misericordioso.

"Pois não demonstrei piedade nem compaixão e devo agora implorar a vocês que me demonstrem que tal piedade, tal compaixão que o Corão Sagrado nos ensina pode ser aplicada ao pecador que realmente se arrepende de seus caminhos pecaminosos de outrora. Que Alá os abençoe e esteja com todos vocês."

A imagem sumiu. O telefone tocou mais uma vez. Na verdade, telefones estavam tocando em toda a *umma*, a comunidade mundial do islã, muitos deles para dar vazão aos gritos de fúria.

— Rastreador, o que diabos você fez? — quis saber Raposa Cinzenta.

— Espero ter acabado de destruí-lo — respondeu o Rastreador. Ele se lembrou do que o velho e sábio acadêmico da universidade de al Azhar tinha lhe dito anos antes quando ele era estudante no Cairo.

— Os mercadores do ódio possuem quatro níveis de abominação. Você pode pensar que os cristãos estão no nível superior. Errado, pois vocês também acreditam no único e verdadeiro Deus e, portanto, junto dos judeus, também são o Povo do Livro.

"Acima de vocês estão os ateus e os idólatras, que não possuem nenhum deus além de ídolos esculpidos. É por isso que os *mujahidin* do Afeganistão odiavam os comunistas mais do que vocês. Eles são ateus.

"Ainda acima deles, para os fanáticos, estão os muçulmanos moderados que não os seguem e é por isso que buscam derrubar todo governo muçulmano amigável ao Ocidente, explodindo bombas em seus mercados e matando irmãos muçulmanos que não fizeram qualquer mal.

"Mas, acima de todos, um cão acima dos imperdoáveis, está o apóstata, aquele que abandona ou denuncia o jihadismo e se retrata e retorna à fé de seus pais. Para ele, o perdão está fora de cogitação e somente a morte o aguarda."

Em seguida, ele serviu o chá e rezou.

Abdi estava sentado sozinho em seu quarto e escritório no forte atrás de Garacad, os nós dos dedos brancos sobre o tampo da mesa. As paredes de 60 centímetros eram à prova de som, mas não as portas, e ele podia ouvir o som das chicotadas no corredor. Ele se perguntava qual criado infeliz tinha despertado o desagrado do anfitrião.

Não era possível disfarçar o estalo enquanto o instrumento de tortura, provavelmente um tufo rígido de pelos de camelo, subia e descia, nem as portas de madeira áspera mascaravam os gritos estridentes após cada açoite.

Ali Abdi não era um homem brutal e, embora estivesse ciente da aflição dos marinheiros aprisionados em suas embarcações ancoradas sob o sol, apesar de não ter pressa se mais dinheiro pudesse ser extraído por conta de atrasos, não via motivos para maus-tratos — nem mesmo de criados somalis. Ele começava a se arrepender de sempre ter concordado em negociar para aquele comandante pirata. O homem era um estúpido.

Ele empalideceu quando, em uma pausa no flagelo, a vítima implorou por piedade. Ele estava falando sueco.

A reação do Pregador à transmissão em escala mundial das palavras devastadoras de Tony Suarez foi quase histérica.

Como não divulgava um sermão on-line havia quase três semanas, ele não estava assistindo à transmissão jihadista quando esta foi ao ar. Ele foi alertado por um de seus guarda-costas paquistaneses que falava um inglês rudimentar e ouviu o final da transmissão em atordoado descrédito, depois a reproduziu novamente do início.

Ele permaneceu sentado diante do computador e assistiu à transmissão com horror. Era falsa, claro que era falsa, mas era convincente. A semelhança era impressionante, a barba, o rosto, a roupa, o tecido negro, até os olhos — ele estava olhando para o seu próprio sósia. E ouvindo a própria voz.

Mas aquilo não era nada em comparação com as palavras; a abjuração formal era uma sentença de morte. Levaria muitas semanas para convencer os fiéis de que haviam sido enganados por uma fraude engenhosa. Do lado de fora do estúdio, os empregados podiam ouvi-lo gritar para a figura na tela, que a *tawba* era uma mentira, a abjuração uma inverdade imunda.

Quando o rosto do ator americano desapareceu, ele ficou sentado, exaurido, durante quase uma hora. Depois cometeu seu erro. Desesperado para ser acreditado por pelo menos uma pessoa, ele contatou seu único amigo verdadeiro, seu aliado em Londres. Por e-mail.

Cheltenham estava na escuta, e também Fort Meade. E um silencioso coronel dos Fuzileiros Navais em um escritório na embaixada dos Estados Unidos em Londres. E Raposa Cinzenta, na Virgínia, que tinha a solicitação do Rastreador sobre a mesa. O Pregador poderia ser destruído agora, o Rastreador lhe dissera. Mas aquilo não seria o bastante. Ele tinha sangue demais nas mãos. Agora precisava ser morto, e o Rastreador estabelecera diversas opções. Raposa Cinzenta as transmitiria ao almirante McRaven, que comandava pessoalmente a J-Soc, e estava confiante de que elas seguiriam para discussão e julgamento no Salão Oval.

Minutos após o envio do email de Marka, o texto exato e a localização precisa de cada computador e os proprietários de cada um deles foram confirmados como genuínos. A localização do Pregador estava inteiramente confirmada; o mesmo valia para a cumplicidade em todos os níveis de Mustafá Dardari.

Raposa Cinzenta foi capaz de retornar ao Rastreador dentro de 24 horas, através da linha segura da TOSA para a embaixada.

— Tentei, Rastreador, mas a resposta é não. Há um veto presidencial em relação a mísseis para aquele complexo. É, em parte, pela densa população civil ao redor dele e, em parte, pela presença de Opala no interior.

— E a outra proposta?

— Não para ambas. Não haverá desembarque na praia pelo mar. Agora que a Shabaab reinfestou Marka, não sabemos quantos são nem o quanto estão bem-armados. O primeiro escalão concluiu que ele poderia escapar naquele labirinto de becos e que o perderíamos para sempre. E o mesmo se aplica a uma investida aérea de helicópteros no telhado ao estilo Bin Laden. Não para os Rangers, não para os Seals, nem mesmo para os Night Stalkers. Fica longe demais de Djibuti e do Quênia, público demais para Mogadíscio. E há o risco de troca de tiros. As palavras Blackhawk Down ainda causam pesadelos.

"Lamento, Rastreador. Excelente trabalho. Você o identificou, localizou e desacreditou. Mas creio que esteja terminado. O canalha está no interior de Marka e é improvável que saia, a menos que você possa encontrar uma isca incrível. E há o problema com Opala. Creio que seja melhor fazer as malas e voltar para casa."

— Ele ainda não está morto, Raposa Cinzenta. Ele tem um oceano de sangue nas mãos. Pode não pregar mais, mas continua sendo um canalha perigoso. Ele poderia se mudar para o oeste, para Mali. Me deixe concluir o trabalho.

Silêncio na linha. Então, Raposa Cinzenta respondeu:

— Certo, Rastreador. Mais uma semana. Depois faça as malas.

Quando desligou o telefone, o Rastreador percebeu que tinha calculado mal. Ao destruir a credibilidade do Pregador em todo o mundo fundamentalista islâmico, ele tinha a intenção de obrigar o alvo a sair de sua toca para o campo aberto. Queria vê-lo fugindo do próprio povo, sem proteção, novamente um refugiado. Jamais havia pretendido que seus próprios superiores o retirassem da caçada.

Ele se viu enfrentando uma crise de consciência. Não importava se voltasse como cidadão, oficial ou fuzileiro naval dos Estados Unidos, seu comandante tinha sua total lealdade. O que significava sua obediência. Contudo, ele não poderia obedecer àquilo.

O Rastreador havia recebido uma missão. Ela não fora cumprida. E tinha sido alterada. Era agora uma vingança pessoal. Ele tinha uma dívida com um velho homem, muito amado, deitado numa cama de hospital em Virginia Beach, e pretendia pagá-la.

Pela primeira vez desde a escola de cadetes, ele contemplou se demitir dos Fuzileiros. Sua carreira foi salva poucos dias depois por um técnico de prótese dentária de que ele nunca tinha ouvido falar.

Al Afrit manteve sua imagem de horror por dois dias, mas, quando esta iluminou repentinamente a tela no centro de operações em Chauncey Reynolds, causou um choque atordoante. Gareth Evans estivera conversando com Abdi. As questões, obviamente, eram o valor do resgate e prazos.

Abdi havia reduzido de 25 milhões de dólares para 20 milhões, mas o tempo se arrastava — para os europeus. Já havia se passado uma semana, o que para os somalis era uma picada cronológica de mosquito. Al Afrit exigia todo o dinheiro e o queria imediatamente. Abdi explicara que o proprietário sueco não contemplaria 20 milhões. Evans permanecia com a visão privada de que finalmente fechariam o acordo em torno de 5 milhões.

Então Al Afrit assumiu e enviou sua foto. Por acaso, Reynolds também estava no escritório, e Harry Andersson, que fora aconselhado a ir de avião para casa e aguardar, em Estocolmo. A fotografia deixou os três homens nauseados e calados.

O cadete estava sendo segurado com o rosto para baixo sobre uma mesa de madeira áspera por um grande somali que prendia seus pulsos. Seus tornozelos estavam afastados, cada um amarrado a uma perna da mesa. Suas calças e cuecas tinham sido removidas.

As nádegas tinham sido açoitadas até se tornarem uma massa ensanguentada. O rosto, voltado para o lado sobre a madeira, estava claramente gritando.

A reação de Evans e de Reynolds foi perceber que estavam lidando com um louco sádico. Nada como aquilo tinha acontecido antes. A reação de Harry Andersson foi mais extrema. Ele soltou um grito mais parecido com um uivo e foi às pressas para o banheiro da suíte. Os outros ouviram o vômito quando ele se ajoelhou com a cabeça sobre o vaso sanitário. Ao voltar, seu rosto estava pálido, exceto por duas manchas vermelhas, uma em cada bochecha.

— Esse garoto é o meu filho — gritou. — Meu filho, usando o nome de solteira da mãe. — Ele agarrou Gareth Evans pelo colarinho e o levantou da cadeira até ficarem cara a cara, a poucos centímetros um do outro. — Traga o meu filho de volta, Gareth Evans, traga-o de volta. Pague ao porco o que querem. Qualquer coisa, está ouvindo? Diga a eles, pago 50 milhões de dólares pelo meu filho, diga a eles.

Harry Andersson saiu furioso, deixando os dois ingleses pálidos e abalados. A foto horrenda ainda aparecia na tela.

CAPÍTULO ONZE

Na manhã de seu martírio, Tariq "Terry" Hussein se levantou muito antes do amanhecer. Por trás de cortinas cerradas, ele purificou o corpo de acordo com os rituais antigos, sentou-se diante do lençol pendurado na parede do quarto com as passagens corânicas adequadas, ligou sua câmera e gravou suas últimas palavras para o mundo. Depois se conectou ao canal jihadi e enviou a mensagem para todo o mundo. Antes que as autoridades percebessem, seria tarde demais.

Ele dirigiu durante um adorável amanhecer de verão para se juntar aos primeiros que viajavam diariamente para o trabalho naquela manhã, alguns indo de Maryland para Virgínia, outros no sentido contrário, e muitos seguindo para o Distrito de Columbia. Ele não tinha pressa, mas queria calcular o tempo corretamente.

Não era possível estacionar por muito tempo na pista interna de uma via principal para quem seguia rumo ao trabalho. Chegar cedo demais significaria que os trabalhadores em trânsito atrás do carro parado cairiam sobre suas buzinas e chamariam atenção. Uma viatura da polícia estadual poderia muito bem ser chamada por um dos helicópteros circulando sobre o trânsito. A viatura enfrentaria problemas ao penetrar no congestionamento, mas chegaria com dois policiais armados a bordo. Era o que Hussein pretendia, mas não prematuramente.

Agir tarde demais poderia significar que os alvos em mente já teriam passado e ele não seria capaz de esperar muito pelo próximo. Logo após as sete e dez da manhã ele chegou à Key Bridge.

Existem oito arcos nesse marco de Washington. Cinco cobrem a extensão do rio Potomac, separando a Virgínia de Georgetown em Washington, D.C. Outros dois, no lado de Washington, cruzam o canal C e O e a rua K. O oitavo, no lado da Virgínia, cobre a extensão da autoestrada do George Washington Memorial, outra rota em constante uso por trabalhadores em trânsito.

Hussein, na rota US 29, aproximou-se da ponte e pegou a faixa interna da autoestrada de seis faixas. No ponto central sobre a estrada do GW Memorial, ele desligou o motor. Seu carro compacto desacelerou até parar. Imediatamente, carros furiosos que vinham atrás começaram a desviar e a passar por ele. Ele saiu do carro, foi até a traseira e abriu o bagageiro, de onde pegou dois triângulos vermelhos que sinalizavam "veículo quebrado" e os colocou no asfalto.

Ele abriu as duas portas no lado do passageiro para criar uma pequena caixa entre o carro e o parapeito. Estendendo o braço, sacou o rifle, totalmente carregado com quarenta balas em dois pentes intercambiáveis, inclinou-se sobre o parapeito e olhou através da mira telescópica para as colunas de aço passando abaixo. Se alguém que viesse por trás pudesse ver o que o homem entre as duas portas abertas estava fazendo ou não acreditaria ou estaria ocupado demais lutando com o volante e olhando por sobre os ombros para evitar uma colisão ao desviar.

Naquela hora, às sete e quinze, praticamente quase um décimo dos veículos abaixo da ponte é um ônibus transportando trabalhadores. O serviço metropolitano de D.C. é responsável por vários, alguns azuis, outros laranja. Os de cor laranja estão na rota 23C, que corre da estação de metrô Rosslyn até Langley, Virgínia, onde termina nos portões do enorme complexo conhecido simplesmente como CIA, ou a Agência.

O tráfego sob a ponte não estava congestionado, mas se movia com lentidão, um veículo colado ao outro. A pesquisa realizada por Tariq Hussein na internet informara qual ônibus deveria procurar e ele quase tinha desistido quando viu um teto laranja a distância. Um helicóptero girou e fez uma curva acima do rio. A qualquer momento, ele veria o veículo parado no meio da ponte. Tariq desejou que o ônibus laranja se aproximasse.

As primeiras quatro balas, em linha reta através do para-brisa, mataram o motorista. O ônibus abaixo desviou, bateu em um carro ao lado, afogou e parou. Havia uma figura em um uniforme do serviço metropolitano caída sobre o volante, morta. Começaram as reações.

Lá embaixo, o carro atingido também parou. O motorista desceu e começou a discutir com o ônibus que se chocara contra ele. Então reparou no motorista caído, presumiu que se tratava de um ataque cardíaco e sacou o celular.

Motoristas atrás dos dois veículos parados começaram a buzinar. Alguns também saíram de seus carros. Um deles olhou para cima, viu a figura no parapeito e gritou alarmado. O helicóptero girou sobre Arlington e virou para a Key Bridge. Hussein disparou diversas vezes através do teto do ônibus parado. Depois de vinte tiros, o pente de munição encontrou uma câmara vazia. Tariq destacou o pente, inverteu-o e inseriu o reserva. Em seguida, voltou a disparar.

Abaixo dele, o caos dominava. A notícia tinha se espalhado. Motoristas saltavam de seus carros e se agachavam atrás deles. Pelo menos dois gritavam em seus celulares. Na ponte, duas mulheres gritavam mais atrás na pista. O teto do ônibus 23C estava sendo estraçalhado. O interior estava se tornando uma mortuária de sangue, corpos e pessoas histéricas. Então o segundo pente terminou.

Não foi o atirador com o rifle no helicóptero quem pôs fim ao ataque, mas um policial de folga que estava dez carros atrás do carro parado na pista da rota 29. Ele estava com a janela aberta para que a fumaça de seu cigarro saísse e evitar que a esposa sentisse o cheiro. Ele ouviu os tiros e reconheceu o estampido de um rifle de alta potência. Saltou do carro, sacou a pistola automática e começou a correr, não na direção oposta dos tiros, mas de encontro a eles.

O primeiro momento em que Tariq Hussein notou a presença dele foi quando a janela da porta aberta ao seu lado quebrou. Ele se virou, viu o homem correndo e ergueu o rifle. Estava descarregado. O policial que corria não tinha como saber disso. A 7 metros de distância, ele parou, agachou-se, segurou a pistola com as duas mãos e esvaziou o pente na porta do carro e no homem atrás dela.

Mais tarde, ficou provado que três balas atingiram o atirador, e foi o suficiente. Quando o policial alcançou o carro, o atirador estava na beira da pista, arfando já sem forças. Ele morreu trinta segundos depois.

Durante quase o dia inteiro, houve caos na rota 29, fechada enquanto equipes forenses removiam o corpo, a arma e, finalmente, o carro. Mas aquilo não era nada em comparação com o que ocorria abaixo na autoestrada do GW Memorial. O interior do ônibus de trabalhadores da linha Rosslyn-Langley era um açougue. Posteriormente, os números divulgados ao público falavam de sete mortos, nove gravemente feridos, com cinco amputações graves e vinte ferimentos leves. Dentro do ônibus, simplesmente não houvera proteção do ataque vindo de cima.

Em Langley, o choque entre os milhares de funcionários quando a notícia chegou foi como uma declaração de guerra — mas de um inimigo já morto. A polícia do estado da Virgínia e o FBI não perderam tempo. O carro do assassino foi facilmente rastreado pela central de licenciamento. Equipes da SWAT invadiram a casa nos arredores de Fairfax. Ela estava vazia, porém equipes forenses cobertos em suas roupas de proteção vasculharam do teto ao chão, em seguida foram para a fundação.

Dentro de 24 horas, a rede de interrogadores tinha se espalhado por toda parte. Especialistas em antiterrorismo se debruçaram sobre o laptop e o diário. A declaração de morte foi exibida para salas repletas de homens e mulheres calados no Edifício Hoover, do FBI, com cópias para a CIA.

Nem todos no ônibus atingido trabalhavam para a Agência, pois o veículo cobria outros pontos. Mas a maioria seguia para o fim da linha — Langley/McLean.

Antes do anoitecer, o diretor da CIA exercitou sua prerrogativa e obteve uma reunião privada com o presidente no Salão Oval. Funcionários nos corredores disseram que ele ainda estava pálido de raiva.

É muito raro que chefes de espionagem em um país tenham qualquer consideração por seus oponentes entre os inimigos, mas acontece. Durante a Guerra Fria, muitos no Ocidente tinham uma consideração rancorosa pelo homem que administrava o serviço de espionagem da Alemanha Oriental.

Markus "Mischa" Wolf tinha um orçamento pequeno e um grande inimigo — a Alemanha Ocidental e a OTAN. Ele sequer se dava ao trabalho de tentar corromper os ministros de Gabinete a serviço de Bonn. Ele visava àqueles deselegantes, deslocados, ratos invisíveis nos escritórios dos grandes e poderosos, sem os quais nenhum escritório pode funcionar: as secretárias particulares confidenciais dos ministros.

Ele estudava suas vidas monótonas e muitas vezes solitárias e as alvejava com jovens e belos amantes. Esses Romeus começavam lentos e pacientes, avançando para calorosos abraços em vidas frias, promessas de companheirismo para sempre em lugares ensolarados após a aposentadoria; e tudo por apenas uma espiada naqueles documentos bobos que sempre passavam pelas mesas dos ministros.

E elas faziam, aquelas Ingrids e Waltrauds. Entregavam as cópias de tudo que fosse confidencial e secreto e que tivesse sido deixado abandonado quando o ministro escapava para seu almoço de quatro pratos. Aquilo chegou a tal ponto que os aliados da OTAN não ousavam dizer a Bonn que dia da semana era, porque em um dia a informação seguiria para Berlim Oriental e depois para Moscou.

Finalmente, a polícia chegava, o Romeu desaparecia e a secretária, encolhida e chorando, aparecia fugaz entre dois policiais enormes. Depois, ela trocaria um minúsculo e solitário apartamento por uma minúscula e solitária cela na prisão.

Ele era um canalha cruel, Mischa Wolf, mas, depois do colapso da Alemanha Oriental, aposentou-se no Ocidente e morreu na cama, de causas naturais.

Quarenta anos depois, o SIS britânico teria adorado escutar o que foi feito e dito nos escritórios de Chauncey Reynolds, mas Julian Reynolds tem sua suíte regularmente examinada por uma equipe de alto nível de magos da eletrônica, alguns deles realmente aposentados do serviço governamental.

Assim, a empresa não possuía tecnologia de ponta ocultada no escritório particular de Gareth Evans naquele verão, mas possuía Emily Bulstrode. Ela via tudo, lia tudo e ouvia tudo, e ninguém reparava nela carregando sua bandeja com xícaras.

No dia em que Harry Andersson gritou na cara de Gareth Evans, a Sra. Bulstrode comprou seu sanduíche habitual na delicatéssen da esquina e seguiu para sua cabine telefônica favorita. Ela não gostava daquelas coisas modernas que as pessoas carregavam nos bolsos, sempre tocando durante reuniões. Ela preferia visitar uma das poucas cabines de ferro fundido pintadas de vermelho, onde se colocam moedas em um temporizador. Quando se conectou com Vauxhall Cross, ela pediu uma conexão, disse algumas palavras e retornou para sua mesa.

Após o trabalho, a Sra. Bulstrode foi a pé para o parque St. James, sentou-se no banco combinado e alimentou os patos com migalhas do pão que havia sobrado de seu sanduíche, enquanto esperava por seu contato. Tempos atrás, ela refletiu, seu amado Charlie tinha sido o homem em Moscou que todos os dias ia para o parque Gorky e pegava microfilmes ultrassecretos do traidor soviético Oleg Penkovsky. Aqueles segredos de Estado, encaminhados para a mesa do presidente Kennedy, capacitaram-no a lograr Nikita Khruschov e a remover aqueles malditos mísseis de Cuba no outono de 1962.

Um jovem se aproximou e sentou-se ao lado dela. A troca habitual de amenidades confirmou a identidade verdadeira. Ela olhou para ele e sorriu. Um jovem, a Sra. Bulstrode pensou, provavelmente um estagiário, que sequer era nascido quando ela costumava espreitar pela Cortina de Ferro e entrar na Alemanha Oriental para a Firma.

O jovem fingia ler o *Evening Standard*. Ele não fazia anotações, porque tinha um gravador ativo porém silencioso no bolso do paletó. Emily Bulstrode tampouco tinha anotações; ela possuía seus dois recursos: um ar totalmente inofensivo e uma memória como uma armadilha de aço.

Ela contou ao estagiário tudo o que havia acontecido naquela manhã nos escritórios de advocacia, detalhe por detalhe, palavra por palavra. *Verbatim*. Em seguida, ela se levantou e caminhou para a estação para pegar o trem até sua pequena casa em Coulsdon. Sentou-se sozinha e observou os subúrbios do sul passarem. Uma vez, ela escapara da temerosa Stasi; agora, tinha 75 anos e preparava café para advogados.

O jovem de Vauxhall Cross retornou ao anoitecer e redigiu seu relatório. Ele percebeu que havia uma marcação relacionada ao fato de que o chefe havia concordado que notícias relativas à Somália deveriam ser compartilhadas com o pessoal na embaixada dos Estados Unidos. Ele não conseguia ver qual relação um brutal senhor da guerra em Guaracad poderia ter com uma caçada pelo Pregador, mas uma ordem em vigor é uma ordem em vigor, portanto ele encaminhou uma cópia para a CIA.

Em sua casa a 800 metros da embaixada, o Rastreador tinha quase terminado de fazer as malas quando seu celular vibrou discretamente. Ele olhou para a mensagem, rolou-a para baixo até o final, desligou e pensou durante algum tempo. Então desfez as malas. Uma entidade benigna tinha acabado de lhe dar sua isca.

* * *

Gareth Evans solicitou uma conferência com Ali Abdi na manhã seguinte. O somali, quando atendeu o telefone, estava dócil.

— Sr. Abdi, meu amigo, sempre o tomei por um homem civilizado — começou ele.

— Eu sou, Sr. Gareth, eu sou — disse o negociador em Garacad.

Evans poderia dizer que a voz dele estava tensa de aflição. Acreditava que o tom era provavelmente genuíno. Claro, ninguém jamais poderia ter cem por cento de certeza. Afinal de contas, Abdi e Al Afrit eram da mesma tribo, a Habar Gidir, ou Abdi não teria sido confiado como negociador.

Evans se lembrou do conselho que tinham lhe dado anos antes, quando trabalhava na Alfândegas e Impostos e tinha sido enviado para o Chifre da África. Seu tutor era um velho *wallah* colonial com pele de pergaminho e olhos amarelados pela malária. Os somalis, ele lhe dissera, tinham seis prioridades que nunca variavam.

No topo estava o Interesse Próprio. Depois vinha a Família, em seguida o Clã, e depois a Tribo. Abaixo ficavam a Nação e a Religião. As duas últimas só eram invocadas para combater o estrangeiro. Sem serem incomodados, eles simplesmente lutariam entre si, mudando constantemente de alianças e lealdades de acordo com a percepção e vinganças de acordo com rancores percebidos.

A última coisa que o velho disse ao jovem Gareth Evans antes de estourar os próprios miolos quando o Serviço Colonial ameaçou removê-lo de volta à chuvosa Inglaterra foi:

— Não se pode comprar a lealdade de um somali, mas geralmente se pode alugá-la.

A ideia nas profundezas da mente de Gareth Evans, naquela manhã de final de verão em Mayfair, era descobrir se a lealdade de Ali Abdi aos irmãos da tribo excedia a lealdade a si mesmo.

— O que ocorreu com um dos prisioneiros de seu chefe foi vergonhoso, inaceitável. Isso poderia desencaminhar toda nossa negociação. E devo dizer que antes eu estava satisfeito que a questão estivesse entre mim e o senhor, pois acredito que ambos somos homens honrados.

— Penso o mesmo, Sr. Gareth.

Evans não tinha como saber o quanto a linha era segura. Ele não estava pensando em Fort Meade e em Cheltenham — sabia que aquela era uma conclusão precipitada —, mas, se algum dos criados do senhor da guerra estivesse na escuta, seria fluente em inglês. Ainda assim, precisava apostar que Abdi entenderia uma única palavra.

— Porque, compreenda, meu amigo, creio que possamos ter atingido o ponto de Thuraya.

Houve uma longa pausa. A aposta de Gareth era de que, se qualquer outro somali menos educado estivesse na escuta, não saberia o que era aquilo, mas Abdi saberia. Finalmente, ele respondeu:

— Creio que compreendo o que quer dizer, Sr. Gareth.

O telefone Thuraya é um comunicador via satélite. Quatro companhias de telefonia controlam o uso de celulares na Somália: Nation Link, Hormud, Semafone e France Telecom. Todos possuem antenas. O Thuraya só necessita dos satélites dos Estados Unidos, girando lentamente no espaço.

O que Evans estava dizendo para Ali Abdi era que, caso ele tivesse, ou conseguisse obter, um telefone Thuraya, deveria ir de carro sozinho até o deserto e, atrás de uma rocha, telefonar para Evans para que pudessem conversar de modo extremamente privado. A resposta indicava que Abdi tinha compreendido e tentaria.

Os dois negociadores conversaram durante mais trinta minutos, reduzindo o valor do resgate para 18 milhões de dólares e com a promessa de ambos de que retomariam o contato após consultarem seus respectivos chefes.

O almoço era por conta do governo americano; o Rastreador insistira. Mas seu contato no SIS, Adrian Herbert, fizera a reserva. Ele tinha escolhido o Shepherd's na Marsham Street e insistido em uma cabine a fim de terem privacidade.

Foi afável, amigável, mas os dois homens perceberam que o ponto central de tudo só seria levantado na hora do café mentolado. Quando o americano apresentou a ideia, Herbert pousou sua xícara de café, surpreso.

— O que quer dizer por "pegar"?

— Pegar de modo abstrato, como arrancar, sequestrar.

— Você quer dizer sequestrar. Das ruas de Londres? Sem mandato ou acusação?

— Ele está auxiliando um terrorista conhecido que motivou quatro assassinatos no seu país, Adrian.

— Sim, mas uma detenção violenta criaria caos absoluto, caso jamais fosse descoberta. Precisaríamos de uma autoridade para fazer isso, e seria necessária a assinatura da secretária do Interior. Ela consultaria advogados. Eles exigiriam uma acusação formal.

— Vocês já nos ajudaram com execuções extraordinárias, Adrian.

— Sim, mas eles foram capturados nas ruas de lugares que já se encontravam completamente sem lei. Knightsbridge não é Karachi, você sabe. Dardari é considerado um respeitável homem de negócios.

— Você e eu sabemos que isso não é verdade.

— De fato sabemos. Mas apenas porque invadimos a casa dele, grampeamos seu lar e estupramos seu computador. Isso pareceria maravilhoso ao ser revelado em um julgamento aberto. Lamento, Rastreador, tentamos ser úteis, mas isso é o máximo que podemos fazer. — Ele pensou por algum tempo, olhando para o teto. — Não, isso não é tudo, meu velho. Precisaríamos trabalhar como troianos para obter permissão para esse tipo de coisa.

Eles pagaram a conta e seguiram por caminhos diferentes na calçada. Adrian Herbert caminharia de volta até o escritório em Vauxhall. O Rastreador chamou um táxi. Sentado no banco de trás, ele refletiu sobre aquela última frase.

O que diabos alusões clássicas tinham a ver com aquilo tudo? Ao chegar em casa, consultou a internet. Levou algum tempo, mas estava lá. Efeitos Cavalo de Troia, uma pequena companhia de segurança especializada com sede nos arredores de Hamworthy, em Dorset.

Ali, ele sabia, era território da Marinha Real. A grande base da Marinha ficava na vizinha Poole, e muitos homens que tinham passado a vida trabalhando nas Forças Especiais se aposentavam e iam morar perto de suas antigas bases. Com frequência, eles reuniam alguns camaradas e formavam uma companhia privada de segurança — a habitual ladainha: guarda-costas, proteção de patrimônios, trabalho de escolta próxima. Se o dinheiro para financiamento fosse apertado, eles trabalhariam em casa. Um pouco mais de pesquisa revelou que a Efeitos Cavalo de Troia estava sediada em um distrito residencial.

O Rastreador telefonou para o número indicado e marcou uma consulta para a manhã do dia seguinte. Depois, telefonou para uma locadora de automóveis em Mayfair e alugou um VW Golf para três horas mais cedo. Explicou que era um turista americano chamado Jackson com uma carteira de motorista americana válida e que precisaria do carro por um dia para visitar um amigo na Costa Sul.

Ao desligar, seu celular vibrou. Era uma mensagem de texto da TOSA, protegida contra interceptações. O identificador dizia que era de Raposa Cinzenta. O que a mensagem não podia revelar era que o general de quatro estrelas no comando da J-Soc tinha acabado de deixar o Salão Oval com novas ordens.

Raposa Cinzenta não perdeu tempo. Sua mensagem tinha apenas quatro palavras. Ela dizia: "O Pregador. Sem Prisioneiros."

PARTE TRÊS

Acordo

CAPÍTULO DOZE

Gareth Evans praticamente tinha assumido residência nos escritórios de advocacia. Uma cama havia sido trazida para a sala de operações. Ele usava o banheiro da suíte, que tinha chuveiro, pia e vaso sanitário. Comida para viagem e saladas da delicatéssen na esquina proporcionavam seu sustento. Ele havia abandonado o procedimento usual de conferências em horários fixos com seu opositor na Somália. Queria estar na sala de operações caso Abdi seguisse seu conselho e telefonasse do deserto. Talvez ele não passasse muito tempo sem ser vigiado. E pouco antes do meio-dia o telefone tocou. Era Abdi.

— Sr. Gareth? Sou eu. Encontrei um telefone por satélite. Mas não tenho muito tempo.

— Então sejamos breves, amigo. O que seu chefe fez com o garoto nos indica uma coisa: ele quer nos pressionar para que cheguemos rapidamente a um acordo. Isso não é usual. Normalmente são os somalis que possuem todo o tempo do mundo. Desta vez, ambos os lados estão interessados em uma conclusão rápida. Não é isso?

— Sim, creio que sim — respondeu a voz do deserto.

— Meu chefe tem a mesma opinião. Mas não por causa do cadete. Aquilo foi chantagem, mas muito bruta para funcionar. Meu chefe quer seu navio de volta em operação. O ponto central é o preço final para a liberação, e seu conselho para o seu chefe será crucial nesse sentido. — Evans sabia que seria suicídio deixar escapar que o garoto valia dez vezes mais que o navio e a carga.

— O que propõe, Sr. Gareth?

— Um acordo final de cinco milhões de dólares. Ambos sabemos que é muito justo. Provavelmente, fecharíamos esse mesmo valor daqui a três meses. Acho que você sabe disso. — Abdi, telefone grudado ao ouvido, agachado no deserto a quase dois quilômetros da fortaleza atrás de Garacad, concordava, mas nada disse. Ele sentia que havia algo vindo em sua direção. — O que proponho é o seguinte. Dos 5 milhões, sua parte seria de cerca de 1 milhão. Minha oferta é pagar 1 milhão imediatamente em sua conta particular. Mais 1 milhão quando o navio zarpar. Ninguém precisa saber disso além de você e eu. O crucial é uma conclusão rápida. Isso é o que espero estar comprando.

Abdi pensou. O terceiro milhão ainda viria de Al Afrit. Três vezes sua comissão habitual. E ele tinha outras ideias. Aquela era uma situação de que ele queria se ver livre independentemente de qualquer outro fator.

Os dias de presas e resgates fáceis estavam acabados. Tinha levado muito tempo para os poderes ocidentais e marítimos se organizarem, mas eles estavam se tornando muito mais agressivos.

Já haviam ocorrido dois ataques distantes da praia por comandos ocidentais. Um navio ancorado fora libertado por fuzileiros navais descendo por cordas de um helicóptero pairando no ar. Os guardas somalis tinham resistido. Dois marinheiros morreram, mas os somalis também — todos, exceto dois, que agora estavam na prisão nas ilhas Seychelles.

Ali Abdi não era um herói e não tinha a menor intenção de se tornar um. Ele empalideceu de horror ao pensar naqueles monstros vestidos de preto com óculos de visão noturna e submetralhadoras flamejantes invadindo a fortaleza de tijolos onde ele atualmente residia.

Além disso, Abdi queria se aposentar; com uma grande fortuna e muito longe da Somália. Em algum lugar civilizado e, acima de tudo, seguro. Ele falou ao telefone via satélite:

— O senhor tem um acordo, Sr. Gareth. — Então ditou o número de uma conta. — Agora trabalho para o senhor, Sr. Gareth. Mas entenda, vou pressionar para o fechamento de um acordo no valor de 5 milhões de dólares, mas mesmo assim precisamos prever uma espera de quatro semanas.

Duas semanas já se passaram, pensou Evans, mas seis semanas estariam entre os períodos mais curtos entre captura e libertação.

— Obrigado, amigo. Vamos encerrar esse negócio terrível e voltar para uma vida civilizada...

Ele desligou o telefone. Longe dali, Abdi fez o mesmo e retornou à fortaleza. Os dois homens poderiam não estar usando a rede telefônica somali, mas aquilo não tinha a mínima importância para Fort Meade ou Cheltenham, que capturaram cada palavra.

Seguindo ordens, Fort Meade encaminhou o texto para a TOSA, que transmitiu uma cópia para o Rastreador, em Londres. Um mês, ele pensou. O relógio estava girando. Ele colocou o celular no bolso, enquanto os subúrbios ao norte de Poole surgiam, e manteve os olhos atentos para uma placa indicando o acesso para Hamworthy.

— É muito dinheiro, chefe.

Efeitos Cavalo de Troia era claramente uma operação muito pequena. O Rastreador presumiu que havia sido nomeada após uma das maiores decepções da história, mas o que o homem diante dele conseguiria reunir era muito menos do que o exército grego.

A empresa era administrada a partir de uma modesta casa com varanda, e o Rastreador calculou o número de homens em torno de dois ou três. O que o olhava do outro lado da mesa na sala de jantar era claramente o líder, e o Rastreador o identificou como um ex-fuzileiro naval Real e um suboficial sênior. No final das contas, ele estava certo nas duas deduções. O nome dele era Brian Weller.

Weller estava se referindo ao maço de notas de 50 dólares da espessura de um tijolo refratário.

— Então o que exatamente você quer que seja feito?

— Quero que um homem seja pego das ruas de Londres sem alvoroço, levado para um local tranquilo e isolado, permaneça detido lá durante um mês e depois seja libertado de volta ao local de onde veio. Sem violência... Apenas umas férias agradáveis distante de Londres ou de qualquer tipo de telefone.

Weller pensou a respeito. Ele não tinha a menor dúvida de que a captura seria ilegal, mas sua filosofia era simples e militar. Havia homens bons e homens maus, e o último grupo livrava a cara com coisas demais.

A pena de morte era ilegal, mas ele tinha duas filhas na escola, e, se qualquer porco molestador mexesse com elas, Weller o enviaria sem hesitação para o outro mundo, que talvez até fosse um mundo melhor.

— O quanto esse cliente é mau?

— Ele ajuda terroristas. Silenciosamente, com finanças. O que ele está ajudando atualmente matou quatro ingleses e 15 americanos. Um terrorista.

Weller grunhiu. Ele tinha cumprido três temporadas em Helmand, no Afeganistão, e vira alguns bons camaradas morrerem diante dele.

— Guarda-costas?

— Não. De vez em quando uma limusine alugada com motorista. Mais habitualmente, táxis pretos pegos na rua.

— Você tem um local para levá-lo?

— Ainda não. Mas vou ter.

— Eu gostaria de fazer um reconhecimento completo antes de tomar uma decisão.

— Eu iria embora daqui neste instante se você não quisesse — declarou o Rastreador.

Weller desviou os olhos do maço de dólares e analisou o americano no outro lado da mesa. Nada foi dito. Nada precisava ser dito. Ele estava convencido de que o ianque também tinha visto o combate, ouvido o chamado de "ataque inimigo", visto camaradas cair. Ele concordou com a cabeça.

— Irei de carro até Londres. Amanhã é adequado, chefe?

O Rastreador conteve um sorriso. Reconheceu o modo pelo qual Weller se dirigiu a ele, a maneira como os soldados das Forças Especiais inglesas se referiam a um oficial — olhando-o nos olhos. Por suas costas era outra questão. Geralmente "Rupert", às vezes pior.

— Amanhã está ótimo. Mil dólares pelo seu incômodo. Mantenha a diferença se disser sim. Devolva se desistir.

— E como sabe que o farei? Devolver?

O Rastreador se levantou para partir.

— Sr. Weller, acho que nós dois sabemos as regras. Já rodamos por aí algumas vezes.

Quando o Rastreador partiu, deixando um ponto de encontro e um horário bem longe da embaixada, Brian Weller examinou o maço de notas. Vinte e cinco mil dólares. Cinco para saídas; o ianque providenciaria o esconderijo. Ele tinha duas filhas para educar, uma esposa para sustentar, comida para colocar na mesa e habilidades que realmente não eram vendáveis no chá da casa paroquial.

Ele compareceu no ponto de encontro, levou um camarada do mesmo comando e passou uma semana verificando o trabalho. Depois disse sim.

Ali Abdi reuniu coragem e foi falar com Al Afrit.

— As coisas estão indo bem — comentou ele. — Vamos garantir um grande resgate pelo *Malmö*. — Em seguida, abordou outro assunto. — O garoto louro. Se ele morrer, complicará a situação, criará atrasos, reduzirá o resgate.

Ali Abdi não mencionou a perspectiva de comandos europeus invadindo a costa em uma missão de resgate, seu pesadelo pessoal. Isso poderia provocar o homem diante dele.

— Por que ele morreria? — rosnou o senhor da guerra.

Abdi deu de ombros.

— Quem sabe? Infecção, septicemia.

Ele conseguiu o que queria. Havia um médico em Garacad com, pelo menos, conhecimentos de primeiros socorros. Os vergões do cadete foram desinfetados e curativos foram feitos.

Ele ainda estava sendo mantido nos porões, e não havia nada que Abdi pudesse ou ousasse fazer a respeito.

— Este é o país de caça aos veados — disse o homem na agência esportiva. — Mas os veados estão entrando no cio, portanto o encerramento da temporada não está distante.

O Rastreador sorriu. Estava novamente interpretando o inofensivo turista americano.

— Não, os veados estão seguros comigo. Só quero escrever meu livro e para isso preciso de absoluta paz e tranquilidade. Nada de telefones, estradas, visitantes ou interrupções. Uma agradável cabana distante da estrada onde eu possa escrever o grande romance americano.

O corretor imobiliário sabia um pouco a respeito de escritores. Pessoas estranhas. Ele digitou de novo em seu teclado e olhou para o monitor.

— Há um pequeno abrigo para tocaia em nossos livros — admitiu. — Estará livre até a reabertura da temporada de caça.

Ele se levantou e foi até um mapa na parede. Conferiu uma grade de referência e bateu em uma seção imaculada do mapa que não era demarcada por cidades, aldeias, nem mesmo por estradas. Algumas trilhas como teias passavam por ela. No norte de Caithness, o último condado da Escócia antes do selvagem Pentland Firth.

— Tenho algumas fotos.

Ele retornou ao monitor do computador e rolou um portfólio de fotografias. Era uma cabana de madeira, localizada em um mar interminável forrado de urze, um vale gigantesco emoldurado por colinas altas; o tipo de lugar onde um cidadão urbano tentando fugir com dois fuzileiros navais em seu encalço talvez conseguisse percorrer 500 metros antes de desmoronar.

A cabana tinha dois quartos, um grande salão, uma cozinha e um banheiro, uma lareira enorme e uma pilha de lenha.

— Com certeza, acredito ter encontrado meu Shangri-la — murmurou o turista/escritor. — Não tive tempo de abrir uma conta-corrente. Aceita dólares em espécie?

Dólares em espécie eram muito bem aceitos. As direções exatas e as chaves seriam enviadas dentro de poucos dias, mas para Hamworthy.

Mustafá Dardari optou por não ter um carro ou dirigir em Londres. O estacionamento era um pesadelo duradouro que ele podia dispensar. Em sua parte de Knightsbridge, táxis de passagem eram constantes e convenientes, ainda que caros. Não que fosse um problema. Mas, para o elegante evento noturno, um jantar *black-tie*, ele usava uma companhia de limusines; sempre a mesma firma e, geralmente, o mesmo motorista.

Ele tinha ido jantar com amigos a quase 2 quilômetros de casa, e, ao se despedir, usou o celular para chamar o motorista para que viesse até o pórtico, onde linhas amarelas duplas proibiam qualquer estacionamento, dia ou noite. Virando a esquina, o motorista respondeu, ligou o motor e pisou no acelerador. O carro se moveu 1 metro antes que um dos pneus traseiros parasse sobre a roda.

Um exame revelou que algum trapaceiro havia colocado um pequeno cubo de madeira compensada perfurada por um prego de aço afiado sob a banda de rodagem, enquanto o motorista cochilava atrás do volante. O motorista telefonou para o cliente e explicou. Ele trocaria o pneu, mas se tratava de uma limusine grande e pesada e demoraria algum tempo.

Enquanto o Sr. Dardari aguardava de pé sob o pórtico com os outros convidados partindo ao seu redor, um táxi apareceu contornando a esquina, com a luz acesa indicando que estava livre. Ele levantou a mão. O carro foi em sua direção. Sorte. Ele entrou no táxi e informou o endereço.

Os taxistas em Londres devem ativar as trancas das portas traseiras assim que o cliente se senta. Isso impede que os passageiros saiam correndo sem pagar mas também impede que sejam molestados por encrenqueiros que tentem embarcar ao lado deles. Mas aquele idiota parecia ter se esquecido.

Eles mal tinham saído do campo de visão do motorista da limusine agachado sobre o macaco quando o carro desviou para o meio-fio e uma figura corpulenta abriu a porta e entrou nele. Dardari protestou, alegando que o táxi estava ocupado. Mas a figura robusta bateu a porta depois de entrar e falou:

— Isso mesmo, doutor. Ao meu lado.

O magnata paquistanês foi envolvido por um abraço de urso por um braço, enquanto o outro pressionava um grande chumaço encharcado de clorofórmio sobre sua boca e nariz. Em vinte segundos, ele havia parado de lutar.

A transferência para a minivan foi efetuada cerca de 2 quilômetros depois, onde o terceiro ex-comando estava ao volante. O táxi, pego emprestado de um camarada que passara a dirigir na praça para ganhar a vida, foi estacionado como prometido com as chaves sob o assento.

Dois dos homens ficaram sentados no banco traseiro com o hóspede adormecido apoiado entre eles até que estivessem consideravelmente distantes de Londres. Depois, ele foi acomodado em uma cama entre os assentos. Por duas vezes, Dardari tentou despertar, mas em ambas foi levado a cair no sono de novo.

Foi uma longa viagem, porém eles a fizeram rapidamente, orientados por um GPS e um navegador via satélite. Foi necessário empurrar e sacudir um pouco a minivan para fazê-la subir o último trecho da trilha, mas finalmente chegaram ao anoitecer, e Brian Weller deu um telefonema. Não havia antenas por ali, mas ele tinha trazido um telefone via satélite.

O Rastreador telefonou para Ariel, mas em sua linha dedicada e segura que nem mesmo Fort Meade ou Cheltenham estariam interceptando. Era o meio da tarde em Centreville, Virgínia.

— Ariel, se lembra do computador em Londres que você invadiu há algum tempo? Você poderia agora enviar algumas mensagens por e-mail que parecessem estar vindo dele?

— É claro, coronel. Tenho o acesso a ele bem aqui.

— E você não precisa deixar a Virgínia, certo?

Ariel ficou perplexo que algum ser vivo pudesse ser tão ingênuo quanto às questões do ciberespaço. Com o que possuía disponível nas pontas dos dedos, ele poderia "se transformar" em Mustafá Dardari transmitindo de Pelham Crescent, Londres.

— E você se lembra do código baseado em preços de frutas e legumes que o usuário costumava enviar? Você conseguiria criptografar o texto usando o mesmo código?

— Claro, senhor. Eu decifrei o código, posso recriá-lo.

— Exatamente como era? Como se o usuário anterior estivesse de volta ao teclado?

— Idêntico.

— Ótimo. Quero que envie uma mensagem do Protocolo em Londres para o destinatário em Kismayo. Tem papel e caneta?

— Se tenho o quê?

— Sei que é antiquado, mas quero me restringir ao telefone seguro, evitando e-mails, só por garantia.

Houve uma pausa, enquanto Ariel deslizou escada abaixo e retornou com peças de equipamentos que mal sabia como utilizar. O Rastreador ditou a mensagem.

Ela foi criptografada exatamente no mesmo código que Dardari teria usado, e então enviada. Como tudo enviado de Dardari para a Somália era agora registrado, ela foi interceptada por Fort Meade e Cheltenham e novamente decodificada.

Houve algumas sobrancelhas erguidas em ambos os postos de escuta, mas as ordens eram para ouvir e não interferir. De acordo com as ordens vigentes, Fort Meade enviou uma cópia para a TOSA, que a encaminhou para o Rastreador, que a recebeu com cara séria.

Em Kismayo, não foi o Troll, agora morto, quem a recebeu, mas seu substituto, Jamma, o ex-secretário. Ele decodificou palavra por palavra, usando o "padrão" deixado pelo Troll. Ele, porém, não era nenhum especialista, mesmo se houvesse um erro. Mas não havia. Até mesmo os erros de digitação exigidos estavam nos lugares certos.

Como é complicado enviar e-mails em urdu ou em árabe, Dardari, o Troll e o Pregador sempre usavam inglês. A nova mensagem era em inglês, o que Jamma, um somali, dominava, mas não com a mesma fluência. Porém, ele conhecia o suficiente para saber que aquilo era importante e deveria ser entregue ao Pregador sem atraso.

Ele era um dos poucos que sabiam que a suposta aparição do Pregador na internet para renegar todos os seus ensinamentos era falsa, pois seu mestre não fazia nenhuma transmissão havia mais de três semanas. Mas Jamma sabia que através da grande diáspora muçulmana no Ocidente a maioria da *fanbase* estava indignada. Ele tinha visto os comentários postados, hora após hora. No entanto, sua lealdade estava intacta. Ele faria a longa e desgastante viagem de volta a Marka com a mensagem de Londres.

Assim como Jamma estava convencido de que recebera notícias de Dardari, Fort Meade e Cheltenham estavam convencidos de que o magnata dos picles estava a sua mesa em Londres, auxiliando o amigo na Somália.

O verdadeiro Dardari estava olhando miseravelmente para a forte chuva de início de setembro, enquanto atrás dele, diante de uma lareira flamejante, três ex-comandos do Corpo dos Fuzileiros Navais conversavam às gargalhadas relembrando o passado e todos os combates de que participaram. Cortinas de nuvens cinzentas desciam sobre o vale e derramavam água sobre o telhado.

No calor sufocante de Kismayo, o leal Jamma enchia o tanque de combustível da picape para a longa viagem daquela noite rumo a Marka.

Em Londres, Gareth Evans transferiu o primeiro milhão dos dólares de Harry Andersson para a conta secreta de Abdi na Grande Cayman e calculou que dentro de três semanas teria o *Malmö*, a carga e a tripulação de volta ao mar aberto, escoltado por um destróier da OTAN.

Em um esconderijo na embaixada em Londres, o Rastreador se perguntava se seu peixe morderia a isca. Ao cair da noite na Virgínia, ele telefonou para o quartel-general da TOSA.

— Raposa Cinzenta, creio que eu possa precisar do Grumman. Você poderia enviá-lo de volta a Northolt para mim? — perguntou ele.

CAPÍTULO TREZE

O Pregador estava sentado em seu estúdio no interior do complexo em Marka e pensava sobre seu inimigo. Ele não era nenhum idiota e sabia que havia um em algum lugar lá fora. O falso sermão em seu site que efetivamente destruíra sua reputação era a prova disso.

Durante dez anos, ele havia se tornado deliberadamente o mais esquivo dos terroristas da al Qaeda. Tinha se mudado de um esconderijo a outro nas montanhas do norte e do sul do Waziristão. Mudara também de nome e de aparência. E proibira qualquer câmera de se aproximar dele.

Diferentemente de pelo menos uma dúzia, todos agora mortos, o Pregador jamais usara um telefone celular, pois sabia do alcance total da capacidade americana de captar o mais ínfimo sussurro do ciberespaço, rastrear a fonte até uma única choupana e explodir tanto construções quanto ocupantes em nuvens de poeira.

Com uma única exceção, que agora lamentava amargamente, ele jamais tinha enviado algum e-mail da casa onde residia. Ele sempre fazia a transmissão de seus sermões de ódio a quilômetros de distância de sua residência.

Ainda assim, alguém a havia penetrado. O ator do falso sermão era muito parecido com ele. O homem que se parecia com ele e falava como ele anunciara ao mundo o seu verdadeiro nome e o pseudônimo que havia utilizado como carrasco em Khorasan.

Ele não sabia como ou por quê, ou quem o tinha traído, mas precisava aceitar que aquele que o perseguia poderia muito bem ter penetrado no Protocolo de Identidade verdadeiro de seu computador em Kismayo. Ele não compreendia como aquilo pudera ser feito, pois o Troll havia lhe assegurado que seria impossível. Mas o Troll estava morto.

Ele sabia a respeito dos *drones*. Tinha lido volumes publicados na imprensa ocidental sobre eles e o que eram capazes de fazer. Mesmo assim, tinha certeza de que havia detalhes que jamais foram divulgados nem mesmo para as publicações técnicas. Ele precisava presumir que fora rastreado e que, muito acima de sua cabeça, havia uma máquina invisível, inaudível, circulando e observando sua cidade e até mesmo seu complexo.

Tudo aquilo o levara à certeza de que precisaria romper todos os contatos com sua vida presente e desaparecer outra vez. Foi quando Jamma chegou de Kismayo com uma mensagem de seu amigo Mustafá em Londres que mudou tudo. A mensagem era a respeito de cinquenta milhões de dólares. Ele convocou o ex-secretário, agora substituto do Troll.

— Jamma, irmão, você está cansado. É uma longa viagem. Descanse, durma, coma bem. Você não retornará a Kismayo. Ela está abandonada. Mas há outra viagem para você. Amanhã, talvez, ou depois de amanhã.

* * *

Raposa Cinzenta estava intrigado. Sua voz na linha segura do quartel-general da TOSA para a sala de operações do Rastreador na embaixada americana em Grosvenor Square revelava isso.

— Rastreador, você está acompanhando o intercâmbio entre o ajudante em Londres e seu colega em Marka?

— Absolutamente. Por quê?

— As coisas que ele tem passado para o Pregador. Ele descobriu aquilo com um advogado de meia-tigela em um jantar de gala da Belgrávia.

O Rastreador refletiu quanto ao que responder. Existe uma sutil diferença entre mentir e ser o que um antigo secretário do Gabinete inglês certa vez descreveu como "ser econômico com a verdade".

— É o que Dardari parece estar dizendo.

— O que os ingleses acham?

— Eles acham — começou o Rastreador, muito honestamente — que o desgraçado está sentado em sua residência em Londres, transmitindo boatos para o amigo no sul. A propósito, minhas solicitações continuam recebendo negativas lá de cima?

Ele queria desviar o assunto da questão dos envios de Dardari a partir de Londres, enquanto olhava para a chuva em Caithness na companhia de três ex-comandos.

— Absolutamente, Rastreador. Nada de mísseis por causa do agente Opala e nada de ataques pela praia. E nada de ataques com helicópteros a partir de nosso complexo em Mogadíscio. Um foguete disparado de um ombro contra um helicóptero parado cheio de Delta Boys e teremos outra catástrofe somali. Você precisará encontrar outro meio.

— Sim, chefe — anuiu o Rastreador antes de desligar o telefone.

O Pregador estava certo quanto à inutilidade de seu computador em Kismayo para transmissões secretas, mas não se deu conta de que seu aliado em Londres, seu amigo de infância e apoiador secreto, também tinha sido desmascarado e que suas mensagens criptografadas, protegidas dentro do código de preços dos legumes, também foram decifradas. Então ele quebrou a segurança outra vez e enviou a Dardari uma solicitação de Marka. Esta foi interceptada e decifrada.

— Coronel Jackson?
— Sim, Ariel?
— Há algo muito estranho ocorrendo entre Marka e Londres.
— Você devia saber, Ariel. Você a está enviando em nome de Dardari.
— Sim, mas Marka acaba de responder. Ele está pedindo ao amigo que lhe empreste 1 milhão de dólares.

Ele deveria ter previsto. Certamente o orçamento conseguiria suportar aquilo. Tal valor era apenas uma fração de um único míssil. Mas por que desperdiçar dólares dos contribuintes?

— Ele diz como quer que seja enviado?
— Algo chamado Dahabshiil.

O Rastreador meneou a cabeça, sozinho em seu escritório em Londres. Ele sabia sobre isso. Astuto, seguro e quase impossível de rastrear. Baseado na figura centenária do homem hundi.

Terrorismo custa dinheiro, muito dinheiro. Por trás dos ingênuos plantadores de bombas, muitas vezes não mais do que crianças, ficam os controladores, normalmente homens maduros que não têm a menor intenção de morrer. Em algum lugar por trás deles ficam os chefes de alianças, por trás dos quais ficam os financiadores, que levam vidas de aparente respeitabilidade.

Para agências antiterroristas, as fontes de dinheiro do terrorismo provaram ser um campo fértil para rastrear a trilha de documentos da conta bancária ativa de volta à origem, pois movimentações em dinheiro deixam rastros de papel. Mas não o homem hundi. No Oriente Médio, o sistema remonta a muitos séculos atrás.

Tudo começou porque, na época, transportar riquezas num cenário repleto de bandidos era perigoso demais sem um pequeno exército. Assim, o homem hundi pega o dinheiro no país A e autoriza seu primo a desembolsar o mesmo valor, descontando sua comissão, para o beneficiário no país B. Nenhum valor atravessa fronteiras; somente telefonemas ou e-mail em código.

A Dahabshiil foi fundada em Burco, Somália, em 1970, atualmente com sede em Dubai. Em somali, significa apenas "fundição de ouro" e principalmente remete o dinheiro recebido pelas centenas de milhares de somalis que trabalham no exterior de volta para suas famílias na terra natal. Muitos da diáspora somali vivem na Inglaterra, justificando a existência de um escritório próspero em Londres.

— Você conseguiria invadir o sistema bancário de Dardari? — perguntou o Rastreador.

— Não vejo por que não, coronel. Poderia me dar um dia?

Ariel se voltou para o monitor luminoso e mergulhou em seu sétimo céu. Ele investigou os investimentos do magnata paquistanês e seus meios de adquiri-los, o que levou a contas além-mar, das quais a principal ficava na Grande Cayman. Era protegida por *firewalls* complexos e sofisticados. O adolescente com síndrome de Asperger em um sótão na Virgínia penetrou nelas em dez horas, transferiu 1 milhão de dólares para a conta pessoal de Dardari em Londres e partiu sem deixar qualquer rastro, exceto a confirmação de que o próprio Dardari realizara legitimamente a operação.

A transferência de um banco de Londres para um escritório da Dahabshiil era uma formalidade, além dos detalhes do beneficiário, como listado pelo Pregador no e-mail interceptado e decodificado por Ariel. O corretor de valores somali avisou que tal valor em dólares americanos dentro da Somália levaria até três dias para ser providenciado. E, sim, eles tinham uma filial em Marka.

Fort Meade e Cheltenham interceptaram e registraram as comunicações enviadas e recebidas pelo computador de Londres, mas não tinham qualquer informação além da presunção de que se tratava de Dardari enviando e recebendo. E a instrução deles era de ouvir, mas não interferir.

— Jamma, tenho uma tarefa para você de extrema delicadeza. Ela só pode ser realizada por um somali, porque envolve pessoas que não falam nenhuma outra língua.

Com toda sua sofisticação, a tecnologia ocidental raramente consegue interceptar o emissário pessoal. Durante dez anos, Osama bin Laden, que não estava de maneira alguma vivendo em uma caverna, e sim em uma série de esconderijos, comunicava-se com apoiadores em todo o mundo sem uma vez sequer usar um celular ou ser grampeado. Ele recorria a mensageiros pessoais. O último deles foi Al Kuwaiti, que foi desmascarado, rastreado pelo mundo e que finalmente conduziu seus perseguidores a um complexo na cidade de Abbottabad.

O Pregador posicionou Jamma diante de si e recitou a mensagem em árabe. Jamma a traduziu mentalmente para o somali e seguiu repetindo até que estivesse perfeita, palavra por palavra. Ele levou consigo um guarda-costas paquistanês e partiu.

Ele pegou a mesma picape que tinha trazido de Kismayo dois dias antes com a mensagem de Londres. Muito acima, olhos estrangeiros observavam a traseira ser carregada com recipientes plásticos de combustível extra.

Eles estavam observando o abrigo nos arredores de Tampa quando uma lona foi estendida sobre as garrafas de combustível, mas tratava-se de uma precaução normal. Dois homens foram vistos embarcando na cabine do veículo, mas nenhum deles era a figura envolta do Pregador nem do jovem magro com um boné vermelho. A picape partiu e virou na direção de Kismayo, para o sul. Quando sumiu de vista, o Global Hawk foi instruído a retomar a vigilância do complexo. Foi quando a picape parou; os homens nela removeram a lona e pintaram a cabine de preto. Assim disfarçado, o veículo deu meia-volta, contornou Marka pelo lado oeste e seguiu para o norte. Ao anoitecer, margeou o enclave de Mogadíscio e prosseguiu rumo a Puntland e seus numerosos refúgios de piratas.

Em estradas esburacadas e com sulcos formados pela passagem de veículos, muitas vezes dirigindo sobre desertos de pedras afiadas, com reabastecimentos e trocas de pneus, a viagem até Garacad levou dois dias.

— Sr. Gareth, sou eu.

Ali Abdi estava ao telefone em Garacad. Ele parecia animado. Gareth Evans estava cansado e tenso. O desgaste incessante de tentar negociar com pessoas isentas do mais simples conceito de pressa ou até mesmo da passagem de tempo era sempre exaustivo para um europeu. Era por isso que os melhores negociadores de reféns eram poucos e muito bem remunerados.

Evans também estava sob pressão constante de Harry Andersson, que telefonava diariamente e, às vezes, mais do que isso, procurando notícias do filho. O negociador tentara explicar que um indício de pressa, ou até mesmo de desespero, por parte de Londres, tornaria a situação dez vezes pior do que já estava. O multimilionário sueco era um homem de negócios e aquela metade dele aceitava a lógica. Mas também era um pai, por isso os telefonemas eram incessantes.

— Bom dia, amigo — saudou Evans, com tranquilidade.
— O que seu chefe tem a dizer neste agradável dia de verão?
— Creio que estejamos avançando na direção do acordo, Sr. Gareth. Gostaríamos de fechar agora por 7 milhões de dólares. — Em seguida, ele acrescentou: — Estou fazendo o melhor que posso.

Foi uma observação que, mesmo se ele estivesse sendo ouvido por um somali que falasse inglês a serviço de Al Afrit, não seria ofensivo. Evans percebeu que o negociador em Garacad estava tentando obter seu segundo suborno de 1 milhão de dólares. Mas ao norte e ao sul do Mediterrâneo, a palavra "pressa" possui dois significados distintos.

— Isso é muito bom, Sr. Abdi, mas não o ideal — comentou Evans. A proposta mínima anterior aceitável para Al Afrit tinha sido de 10 milhões de dólares. Evans havia oferecido 3. Ele sabia que Harry Andersson teria fechado por 10 na hora. Mas também sabia que aquilo dispararia uma floresta de alertas vermelhos na Somália, onde sabiam que entre quatro e cinco milhões seriam mais ou menos apropriados. Um colapso repentino dos europeus indicaria pânico e, provavelmente, elevaria o preço de volta para 15. — Escute, Sr. Abdi, passei quase a noite inteira no telefone com Estocolmo, e meus chefes concordaram com extrema relutância em liberar 4 milhões de dólares para a conta de seu chefe dentro de uma hora, e o *Malmö* levanta âncora uma hora depois. É uma oferta muito boa, Sr. Abdi. Acho que nós dois sabemos disso, e seu chefe certamente deve perceber.

— Apresentarei imediatamente a nova proposta a ele, Sr. Gareth.

Quando a linha ficou silenciosa, Gareth Evans refletiu sobre a história de acordos bem-sucedidos com piratas somalis. Os não iniciados sempre ficavam impressionados que o dinheiro fosse depositado em uma conta antes que o navio fosse libertado. O que poderia impedir os piratas de tomar o dinheiro e não libertar os reféns?

Mas ali estava a estranheza. De 180 acordos redigidos e trocados via fax ou e-mail entre negociadores, todos devidamente assinados por ambas as partes, somente em três casos os somalis quebraram a palavra.

Basicamente em toda Puntland, os piratas tinham a noção de que praticavam pirataria por dinheiro. Não tinham necessidade ou vontade de ter navios, cargas ou prisioneiros. Quebrar acordo após acordo teria arruinado a indústria deles. Eles poderiam ser impudentes e cruéis, mas o interesse próprio era o interesse próprio e supremo.

Normalmente. Aquilo não era normal. Dos três casos, dois foram com Al Afrit. Ele era notório, assim como seu clã. Era do Sacad, um subclã da tribo Habar Gidir. Farrah Aidid, o brutal senhor da guerra, cujos roubos de suprimentos de auxílio às vítimas da fome tinham trazido os americanos à Somália em 1993, e que derrubara o Blackhawk e massacrara os Rangers dos Estados Unidos, arrastando seus corpos pelas ruas, era sacad.

Falando secretamente em telefones via satélite, Ali Abdi e Gareth Evans concordaram que fechariam em 5 milhões de dólares somente se o velho monstro no forte de lama concordasse e não suspeitasse de que seu próprio negociador tinha sido comprado. Cinco milhões era, de todo modo, um valor perfeitamente aceitável para ambos os lados. O suborno adicional de 2 milhões de dólares de Harry Andersson para Abdi era apenas para dividir a demora em um décimo do previsto, caso possível.

A bordo do *Malmö*, sob o sol escaldante, as coisas começavam a cheirar mal. A comida europeia tinha chegado ao fim, ou comida ou apodrecida quando os congeladores foram desligados para economizar combustível. Os guardas somalis trouxeram bodes vivos a bordo e os abatiam no convés.

O capitão Eklund teria ordenado que lavassem o convés, mas as bombas elétricas utilizavam combustível, por isso ele mandou a tripulação mergulhar baldes no mar e usar esfregões.

Havia misericórdia no fato de que o mar ao redor era repleto de peixes, atraídos pelas vísceras dos bodes atiradas ao mar. Tanto os europeus quanto os filipinos apreciavam peixe fresco, mas estava ficando monótono.

Os lavatórios foram equipados com água salgada quando os chuveiros elétricos desligaram, e água doce era ouro líquido, somente para beber e, mesmo assim, ficava intragável com tabletes purificadores. O capitão Eklund estava satisfeito por não ter havido nenhuma doença grave até o momento; apenas diarreias ocasionais.

Mas ele não tinha certeza do quanto aquilo duraria. Os somalis muitas vezes sequer se davam ao trabalho de levantar os traseiros sobre a amurada quando precisavam defecar. Os filipinos, furiosos, precisavam varrer tudo para dentro dos embornais no calor enervante.

O capitão Eklund sequer podia mais falar com Estocolmo. Seu telefone via satélite tinha sido desligado por ordem daquele a quem ele chamava de "o pequeno canalha de terno". Ali Abdi não queria nenhuma interferência de amadores nas delicadas negociações com o escritório de Chauncey Reynolds.

O capitão sueco estava ruminando tais pensamentos quando seu segundo homem, um ucraniano, gritou avisando que uma lancha se aproximava. De binóculo, ele conseguiu ver o barco e a pequena figura aprumada na proa vestindo um terno de safári. Ele deu boas-vindas à visita. Ele seria capaz de perguntar mais uma vez como estava o cadete da Marinha Mercante chamado Carlsson. Em toda aquela paisagem, ele era o único que sabia quem o rapaz realmente era.

O que ele não sabia era que o adolescente tinha sido espancado. Tudo que Abdi lhe dizia era que Ove Carlsson estava bem e detido nos confins da fortaleza somente como um depósito para assegurar o bom comportamento da tripulação que permanecia a bordo. O capitão Eklund implorara em vão pelo seu retorno.

Enquanto Abdi estava no *Malmö*, uma picape empoeirada entrou no pátio da fortaleza atrás da aldeia. Ela continha um paquistanês grande e musculoso que não falava inglês nem somali, e um outro homem.

O paquistanês permaneceu na picape. O outro foi levado à presença de Al Afrit, que reconheceu um homem do clã Harti Darod, ou seja, de Kismayo. O senhor da guerra sacad não gostava dos Hartis e, para dizer a verdade, de ninguém do sul.

Apesar de tecnicamente ser muçulmano, Al Afrit quase nunca ia à mesquita e raramente fazia qualquer oração. Em sua mente, os sulistas eram todos da al Shabaab e insanos. Eles torturavam por Alá, e ele, por prazer.

O visitante se apresentou como Jamma e fez as reverências apropriadas a um xeique. Ele disse que vinha como emissário pessoal de um xeique de Marka com uma proposta somente para os ouvidos do xeique de Garacad.

Al Afrit nunca tinha ouvido falar de qualquer pregador jihadista chamado Abu Azzam. Ele possuía um computador que somente os mais jovens entre seu povo realmente compreendiam, mas, mesmo que dominasse totalmente o uso, jamais sonharia em assistir ao site jihadista. Mas escutou com um interesse crescente.

Jamma ficou de pé diante dele e recitou a mensagem que havia memorizado. Ela começava com as habituais saudações pródigas e depois seguia para o cerne da mensagem. Quando ficou em silêncio, o velho sacad o encarou durante vários minutos.

— Ele quer matá-lo? Cortar a garganta dele? Diante da câmera? E depois transmitir para o mundo?

— Sim, xeique.

— E me pagar 1 milhão de dólares? Em dinheiro?

— Sim, xeique.

Al Afrit pensou a respeito. Matar o infiel branco era algo que ele compreendia. Mas mostrar ao Ocidente o que tinha feito seria loucura. Eles, os infiéis, os *kuffar*, viriam em busca de vingança, e tinham muitas armas. Ele, Al Afrit, tomava seus navios e seu dinheiro, mas não era louco o bastante para iniciar uma guerra sangrenta entre ele e todo o mundo *kuffar*.

Por fim, tomou uma decisão — que foi adiar a decisão. Ordenou que os hóspedes fossem levados a quartos onde pudessem descansar, e lhes ofereceu comida e água. Quando Jamma se foi, Al Afrit ordenou que nenhum dos homens ficasse com as chaves de ignição do veículo, nem com qualquer arma que pudessem estar portando, muito menos qualquer tipo de telefone. Pessoalmente, ele usava uma *jambiya* curva em uma cinta na cintura, mas não gostava de nenhuma arma perto de si.

Ali Abdi retornou do *Malmö* uma hora depois, mas, como estivera fora, não viu a picape chegar do sul, tampouco os dois visitantes, um dos quais portando uma proposta bizarra.

Ele sabia os horários dos telefonemas pré-agendados com Gareth Evans, mas, como Londres ficava três fusos horários a oeste do Chifre da África, eles ocorriam no meio da manhã em Garacad. Portanto, no dia seguinte, não havia motivos para deixar seu quarto mais cedo.

Abdi não estava presente quando Al Afrit instruiu demoradamente um de seus mais confiáveis membros do clã, um selvagem cego de um olho chamado Yusuf, logo após o amanhecer, nem viu a picape com o teto da cabine preto partir do portão do pátio uma hora depois.

Ele tinha ouvido vagamente falar de um fanático jihadista que pregava mensagens de morte e ódio na web, mas não ouvira sobre o descrédito absoluto do homem nem de seus protestos on-line alegando que havia sido vilmente difamado em uma trama *kuffar*. Mas, como Al Afrit, embora por diferentes razões, ele detestava salafistas, jihadistas e todos os outros maníacos extremistas, e observava os mandamentos islâmicos o mínimo com que conseguisse se safar.

Ficou surpreso e satisfeito por encontrar seu chefe com um humor razoavelmente agradável quando compareceu à reunião matinal. Tanto que sugeriu reduzirem a exigência de 7 para 6 milhões de dólares e provavelmente assegurar o acordo. E o chefe do clã concordou.

Quando falou com Gareth Evans, ele exalava satisfação. Estava muito tentado a dizer "estamos quase lá", mas percebeu que a frase só poderia significar que os dois estariam em conluio por um preço combinado. Privadamente, pensou, mais uma semana, talvez apenas cinco dias, e o monstro deixará o *Malmö* zarpar.

Com o segundo milhão de dólares prestes a ser acrescentado a suas economias, ele sentia o chamado de uma aposentadoria confortável em um ambiente civilizado.

O Rastreador começava a se preocupar. Em termos de pescaria, ele lançara na água um anzol com uma isca pesada e aguardava a mordida de um monstro. Mas a boia permanecia imóvel na superfície. Ela sequer afundava e subia de volta.

Do escritório na embaixada, ele recebia uma transmissão segundo a segundo do abrigo nos arredores de Tampa, onde um suboficial superior da Força Aérea estava sentado em silêncio, manche de controle na mão, "pilotando" um Global Hawk muito acima de um complexo em Marka. Ele via o que o sargento via: um agrupamento silencioso de três casas dentro de uma parede em uma rua estreita e abarrotada com um mercado de frutas em uma extremidade.

Mas o complexo não apresentava nenhum sinal de vida. Ninguém partia, ninguém entrava. O Hawk não somente via mas também ouvia o que ocorria no complexo. Ele escutaria o mais sutil sussurro eletrônico que viesse do complexo; captaria algumas sílabas do ciberespaço caso fossem emitidas, fosse no computador ou no celular. A Agência de Segurança Nacional em Fort Meade, com seus satélites no espaço interior, faria o mesmo.

Mas toda aquela tecnologia estava sendo derrotada. Ele não tinha visto a picape dirigida por Jamma mudar de configuração com a cabine de teto preto, depois dar meia-volta e seguir para o norte em vez de para o sul. Ele não sabia que ela estava retornando. Não tinha como saber que a isca havia sido mordida e que um acordo fora fechado entre um sacad sádico em Garacad e um paquistanês desesperado em Marka. Segundo a filosofia incomum de Donald Rumsfeld, ele estava diante de um desconhecido desconhecido.

Ele só podia suspeitar, e suspeitava de que estava perdendo, logrado por bárbaros mais astutos que ele. O telefone seguro tocou.

Era o primeiro-sargento Orde, de Tampa.

— Coronel, senhor, há uma picape se aproximando do alvo.

O Rastreador retomou o estudo do monitor. O complexo ocupava o centro da tela, cerca de um quarto do espaço. Havia uma picape no portão. Ela tinha o teto preto. Ele não a reconheceu.

Uma figura em um *dishdasha* branco saiu da casa ao lado do quadrado, atravessou o espaço de areia e abriu o portão. A picape entrou. O portão foi fechado. Três figuras minúsculas saíram da picape e entraram na casa principal. O Pregador tinha visitas.

O Pregador recebeu o trio em seu escritório. O guarda-costas foi dispensado. Opala apresentou o emissário do norte. O sacad, Yusuf, o encarou com seu olho bom. Ele também havia memorizado suas instruções. Com um gesto, o Pregador indicou que ele poderia começar. Os termos de Al Afrit eram concisos e claros.

Ele estava disposto a trocar o preso sueco por 1 milhão de dólares, em dinheiro. Seu empregado, Yusuf, deveria ver e contar o dinheiro e alertar o mestre de que realmente o vira.

Quanto ao resto, Al Afrit não entraria em terras da al Shabaab. Uma troca seria feita na fronteira. Yusuf conhecia o local da troca e guiaria os veículos transportando o dinheiro e os guardas até lá. A delegação do norte os encontraria e traria o prisioneiro.

— E onde fica esse ponto de encontro? — perguntou o Pregador.

Yusuf simplesmente o encarou e balançou a cabeça.

O Pregador tinha visto membros de tribos como aquele nos territórios da fronteira do Paquistão, entre os pachtos. Ele poderia arrancar todas as unhas, os dedos das mãos e os dos pés do homem, mas ele morreria antes de abrir a boca. Concordou e sorriu. Sabia que não existia uma fronteira real entre o norte e o sul em nenhum mapa. Mas mapas eram para os *kuffar*. Os homens das tribos tinham os mapas em suas cabeças. Eles sabiam exatamente onde, uma geração atrás, um clã havia combatido outro clã pela posse de um camelo e homens tinham morrido. O ponto marcava o local onde a disputa se iniciara. Eles sabiam que, se um homem do clã errado atravessasse tal linha, ele morreria. Não precisavam de nenhum mapa de homem branco.

Ele também sabia que poderiam ser emboscados pelo dinheiro. Mas com qual objetivo? O chefe do clã de Garacad receberia o dinheiro de qualquer maneira, e que utilidade teria o garoto sueco para ele? Somente ele, o Pregador, sabia o verdadeiro e impressionante valor do cadete da Marinha Mercante de Estocolmo porque seu bom amigo em Londres lhe havia informado. E aquela quantia imensa restauraria todas as suas fortunas, inclusive entre os supostamente fiéis da al Shabaab Norte ou sul, o dinheiro não somente falava, ele gritava.

Alguém bateu à porta.

* * *

Havia um novo veículo no complexo, um pequeno sedã dessa vez. A 27 mil metros, o Hawk girava e girava, observando e escutando. Em Tampa e em Londres, americanos observavam.

O carro não entrou no pátio. Uma grande maleta executiva foi entregue e teve o recebimento assinado. A figura de branco seguiu para a estrutura principal.

— Siga o carro — ordenou o Rastreador. Os contornos do complexo deslizaram para fora da tela, conforme o conjunto de câmeras no alto da estratosfera seguia o carro. Ele não viajou muito, cerca de 1 quilômetro. Depois parou diante de um pequeno prédio de escritórios.

— Aproxime. Me deixe dar uma olhada no prédio.

O prédio de escritórios chegou mais perto e mais perto. O sol em Marka estava a pino, portanto não havia sombras. Elas poderiam surgir, longas e negras, quando o sol se pusesse no deserto ao oeste. Verde-claro e verde-escuro; um logotipo e uma palavra começando com um D em alfabeto romano. Dahabshiil. O dinheiro tinha chegado e fora entregue. O escrutínio aéreo retornou ao complexo do Pregador.

Maço após maço de notas de 100 dólares foram retirados da maleta e colocados sobre a longa mesa polida. O Pregador poderia estar a muitos quilômetros de suas origens em Rawalpindi, mas gostava da mobília tradicional.

Yusuf já havia anunciado que precisava contar o resgate. Jamma continuava a interpretar do árabe para o somali, a única língua de Yusuf. Opala, que tinha trazido a maleta executiva, também permaneceu no local, no papel de segundo secretário privado. Ao ver Yusuf atrapalhando-se com os volumes, Opala perguntou em somali:

— Posso ajudá-lo?

— Cão etíope — resmungou o sacad. — Vou terminar a tarefa.

Ele demorou duas horas. Depois grunhiu:

— Preciso dar um telefonema.

Jamma traduziu. O Pregador assentiu. Yusuf retirou um celular de sua túnica e tentou fazer uma ligação. Dentro da estrutura de paredes espessas, ele não conseguiu obter sinal. Foi escoltado até o pátio aberto.

— Há um sujeito no pátio falando em um celular — disse o primeiro-sargento Orde, em Tampa.

— Intercepte-o, preciso saber — ordenou o Rastreador.

A chamada vibrou em uma fortaleza de tijolos em Garacad e foi atendida. A conversa foi extremamente breve. Quatro palavras de Marka e uma resposta de três. Depois a conexão foi cortada.

— E então? — perguntou o Rastreador.

— Foi em somali.

— Pergunte à NSA.

Quase 1.800 quilômetros ao norte, em Maryland, um somali americano retirou o fone dos ouvidos.

— Um homem disse: "Os dólares já chegaram." O outro respondeu: "Amanhã à noite."

Tampa telefonou para o Rastreador em Londres.

— Conseguimos interceptar as duas mensagens — disse o pessoal de interceptação de comunicações a ele. — Mas estavam usando uma rede de telefones celulares local chamada Hormud. Sabemos onde o primeiro homem estava... Em Marka. Não sabemos quem respondeu nem de onde.

Não se preocupem, pensou o Rastreador. Eu sei.

CAPÍTULO QUATORZE

— Coronel, senhor, eles estão em movimento.

O Rastreador estava cochilando em sua mesa diante da tela na embaixada de Londres que lhe mostrava o que o *drone* sobre Marka podia ver. A voz vinha do telefone viva voz conectado ao abrigo de controle nos arredores de Tampa. Pertencia ao primeiro-sargento Orde, de volta ao trabalho.

O Rastreador despertou com um sobressalto e conferiu o relógio. Três da manhã no horário de Londres, seis em Marka, a escuridão que precedia o amanhecer.

O Global Hawk fora substituído por outro com tanques cheios e horas de autonomia antes de também ficar sem combustível. Na costa somali, havia o mais tênue brilho rosado sobre o horizonte oriental. O Oceano Índico permanecia escuro, assim como o fim de noite sobre os becos de Marka.

No entanto, luzes foram acesas no complexo do Pregador, e pequenas bolhas vermelhas se moviam por lá — as fontes de calor captadas pelos sensores corporais da aeronave, cujas câmeras permaneciam em modo infravermelho, possibilitando que enxergassem no escuro o que ocorria quase 10 quilômetros abaixo.

Enquanto o Rastreador observava, o nível da luz do dia aumentava com o sol; as bolhas vermelhas se tornaram formas escuras em movimento pelo pátio muito abaixo. Trinta minutos depois, uma porta de garagem foi aberta e um veículo saiu.

Não era uma picape empoeirada e amassada, o transporte genérico para pessoas e cargas na Somália. Era um belo Toyota Land Cruiser com janelas negras, o veículo preferido da al Qaeda desde a primeira aparição de Bin Laden no Afeganistão. O Rastreador sabia que poderia transportar dez pessoas.

Os observadores, 6.500 quilômetros distantes entre si em Londres e na Flórida, observaram somente oito formas escuras entrarem no veículo. Não estavam próximos o suficiente para ver que na frente havia dois guarda-costas paquistaneses, um dirigindo, o outro fortemente armado no assento do passageiro.

Atrás deles estava sentado o Pregador, disforme em vestes somalis com a cabeça coberta, Jamma, seu secretário somali, e Opala. Mais atrás estavam os outros dois guardas paquistaneses, formando os únicos quatro em quem o Pregador realmente confiava. Ele tinha trazido todos eles dos tempos que passara no grupo assassino Khorasan. Também na parte de trás estava Yusuf, o sacad do norte.

Às sete horas, horário de Marka, outros empregados abriram o portão, e o Land Cruiser partiu. O Rastreador se deparou com um dilema. Seria aquilo uma pista falsa? Estaria o alvo ainda na casa, preparando-se para sair, enquanto o *drone* que agora deveria saber que estava sobre ele seguia para outro lugar?

— Senhor?

O homem com o manche de controle no abrigo em Tampa precisava saber.

— Siga a picape — ordenou o Rastreador.

Ele seguiu pelo labirinto de ruas e becos até os arredores da cidade, então saiu da rua e foi para debaixo da cobertura de um grande armazém com telhado de amianto. Uma vez lá, estava fora de vista.

Lutando para controlar o pânico, o Rastreador ordenou ao *drone* que retornasse à residência, mas o complexo e o pátio estavam envoltos em sombras e quietos. Nada se movia. O *drone* voltou para o armazém. Vinte minutos depois, o grande carro negro apareceu. Ele retornou lentamente para o complexo.

Em algum lugar lá embaixo, devia ter soado a buzina, pois um único empregado saiu da casa e abriu o portão. O Toyota entrou e parou. Ninguém desembarcou. Por quê?, perguntou-se o Rastreador. Foi quando ele compreendeu. Ninguém havia desembarcado porque não havia ninguém nele, exceto o motorista.

— Volte para o armazém, rápido — ordenou ao primeiro-sargento Orde. Como resposta, o controlador na Flórida simplesmente aumentou o escopo da câmera de um close-up para uma visão de ângulo aberto, capturando toda a cidade, mas em menos detalhe. Bem a tempo.

Do armazém, não uma, mas quatro picapes estavam saindo, uma após a outra. O Rastreador quase fora enganado pela troca básica.

— Siga o comboio — ordenou ele a Tampa. — Aonde quer que ele vá. Talvez eu tenha que sair, mas estarei com meu celular.

Em Garacad, Ali Abdi foi acordado pelo ronco de motores sob sua janela. Ele conferiu o relógio. Sete da manhã. Quatro horas até a conferência matutina regular com Londres. Ele espiou pela janela e viu duas picapes deixarem o pátio do forte.

Não importava. Ele era um homem muito satisfeito. Na noite anterior, havia conseguido a anuência final de Al Afrit para suas mediações. O pirata fecharia o acordo com Chauncey Reynolds e as seguradoras por um resgate de 5 milhões de dólares americanos pelo *Malmö*, incluindo a carga e a tripulação.

Apesar da única mosca na sopa, Abdi tinha certeza de que Gareth também ficaria feliz quando soubesse que duas horas após o banco dos piratas em Dubai confirmar o recebimento dos dólares o *Malmö* receberia permissão para zarpar. Àquela altura, um destróier ocidental certamente estaria em águas internacionais para escoltar o navio em segurança. Vários clãs rivais já tinham enviado esquifes para espreitar ao redor do navio mercante sueco caso este estivesse malprotegido e pudesse ser capturado novamente.

Abdi pensou no futuro. A segunda de suas propinas de 1 milhão de dólares estaria assegurada. Gareth Evans não o enganaria, temendo que eles precisassem negociar novamente. Mas somente ele, Abdi, poderia saber que estava se aposentando e emigrando para uma adorável *villa* na Tunísia, onde poderia viver em paz e com segurança, a quilômetros do caos e da matança de sua terra natal. Ele conferiu de novo o relógio e virou na cama para uma longa soneca.

O Rastreador permanecia no escritório, considerando a limitada gama de opções. Ele sabia muito, mas não havia como saber tudo.

Ele tinha um agente infiltrado no campo inimigo, provavelmente viajando a poucos metros do Pregador em uma das quatro picapes que avançavam pelo deserto quase 10 quilômetros abaixo do Global Hawk. Mas não podia se comunicar com seu homem, e o contrário também era impossível. O radiotransmissor de Opala permanecia enterrado debaixo de uma cabana na praia nos arredores de Kismayo. Teria sido suicídio tentar trazer qualquer coisa consigo para Marka, exceto o item aparentemente inofensivo que lhe fora dado entre as árvores de casuarina.

O Rastreador presumiu que haveria um encontro em algum lugar e uma troca de dinheiro pelo prisioneiro sueco. Ele não tinha problemas de consciência em relação ao que fizera, raciocinando que o cadete de Estocolmo correria mais perigo nas mãos do homem, apelidado de "demônio" pelos membros de seu próprio clã, que nas mãos do Pregador, que o manteria vivo e saudável por causa do dinheiro.

Após a troca, o Pregador presumivelmente retornaria a Marka, onde era intocável. A única chance de destruí-lo tinha sido atraí-lo até o deserto somali, para aqueles espaços totalmente abertos onde não havia civis que pudessem ser feridos.

Mas mísseis estavam proibidos de qualquer maneira. Raposa Cinzenta deixara aquilo claro na noite anterior. Enquanto o sol que agora brilhava sobre a Somália trazia os primeiros raios de luz para Londres, ele avaliou as opções. Apesar de todas as suas súplicas, elas não eram generosas.

A Equipe Seis dos Seals estava na base em Little Neck, Virgínia, e não havia tempo para trazê-la para o outro lado do mundo. Os Night Stalkers, com seus helicópteros de longo alcance, estavam em Fort Campbell, Kentucky. Além disso, ele suspeitava de que helicópteros seriam barulhentos demais. O Rastreador estivera na selva e no deserto e sabia que, à noite, a selva é uma barulheira infernal de sapos e insetos, enquanto o deserto é assustadoramente silencioso e as criaturas que nele habitam possuem a audição de raposas com orelhas dos morcegos que compartilham a areia com elas. O ruído dos rotores de helicópteros, carregados pela brisa noturna, pode ser ouvido a quilômetros de distância.

Havia uma unidade de que ele ouvira falar, mas nunca tinha visto em ação ou sequer conhecido. No entanto, conhecia sua reputação e especialidade. Eles não eram americanos. Havia duas unidades americanas que, por reputação, poderiam se igualar a eles; mas os Seals e os Delta Boys estavam do outro lado do Atlântico.

Ele foi despertado dos pensamentos pelo primeiro-sargento Orde.

— Coronel, eles parecem estar se separando.

O Rastreador voltou para a tela, e, mais uma vez, o pânico incipiente foi como um soco no estômago. Lá embaixo, no solo do deserto, as quatro picapes estavam enfileiradas, mas muito espaçadas. Havia 400 metros entre cada uma.

Aquela era a precaução do Pregador para assegurar que os americanos não se atreveriam a usar um míssil, por medo de errar a picape onde estivesse viajando. Ele não deveria saber que estava seguro por causa do jovem etíope atrás dele. Mas agora eles não estavam afastados em fila; estavam todos seguindo em direções diferentes.

O comboio estava ao norte do enclave protegido por soldados de Mogadíscio, seguindo para o noroeste rumo ao vale de Shebele. Para atravessar o rio, havia meia dúzia de pontes utilizáveis entre a Etiópia e o mar. Agora, os quatro veículos estavam se separando, como que seguindo para pontes diferentes. O único *drone* do Rastreador não tinha como seguir todos.

Mesmo na amplitude máxima, o *drone* só conseguia observar dois, mas nesse ponto eles se tornariam pequenos demais para serem vistos. De Tampa, a voz do controlador soava urgente.

— Qual deles, senhor?

* * *

Gareth Evans chegou ao escritório pouco depois das oito horas. Advogados raramente acordam cedo e ele sempre era o primeiro a aparecer no escritório. O vigia noturno já estava habituado a sair da guarita atrás do balcão da recepção para destrancar as portas de vidro e receber o negociador — isso quando ele não passava a noite em sua cama no escritório no andar superior.

Ele havia trazido sua garrafa térmica com café do hotel próximo onde Chauncey Reynolds o hospedara durante as negociações. Mais tarde, a querida Sra. Bulstrode apareceria, iria até a delicatéssen para lhe trazer um café da manhã de verdade e retornaria antes que ele esfriasse. Evans não tinha ideia de que cada etapa de suas negociações era fielmente relatada ao Serviço Secreto de Inteligência.

Uma luz vermelha pulsante às oito e meia lhe informou que Abdi estava na linha. Gareth Evans jamais gostou de se permitir uma descarga de otimismo; havia ficado desapontado antes. Mas achava que ele e o intermediário somali estavam perto do acordo de 5 milhões de dólares pelo resgate, valor para o qual tinha plena autorização. A transferência do dinheiro não era problema dele; outros cuidariam daquilo. E Evans sabia que havia uma fragata inglesa não muito distante da costa para escoltar o *Malmö* até a segurança quando chegasse a hora.

— Sim, Sr. Abdi, é Gareth Evans aqui. O senhor tem novidades para mim? Está ligando mais cedo do que de costume.

— Realmente tenho novidades, Sr. Gareth. E novidades muito boas. As melhores. Meu chefe concordou em fechar o acordo em apenas 5 milhões de dólares.

— Isso é excelente, amigo. — Ele tentou não deixar a empolgação transparecer em sua voz. Aquela era a liberação mais rápida que tinha conseguido. — Creio que eu possa conseguir com que façam a transferência ainda hoje. Toda a tripulação está bem?

— Sim, muito bem. Há... como vocês ingleses dizem... uma vespa na sopa, mas nada importante.

— Creio que seja uma mosca. Um problema. Mas não importa, uma vespa serve. Qual o tamanho da vespa, Sr. Abdi?

— O garoto sueco, o cadete...

Evans congelou. Ele ergueu a mão para fazer a Sra. Bulstrode parar onde estava, café da manhã nas mãos.

— O senhor quer dizer Ove Carlsson. Qual é o problema, Sr. Abdi?

— Ele não poderá partir, Sr. Gareth. Meu chefe... receio... não teve nada a ver comigo... ele recebeu uma oferta...

— O que aconteceu com o Sr. Carlsson? — A voz de Evans tinha perdido todo o bom humor.

— Receio que ele tenha sido vendido para a al Shabaab no sul. Mas não se preocupe, Sr. Gareth. Ele era apenas um cadete.

Gareth Evans desligou o telefone, inclinou-se para a frente e enterrou o rosto nas mãos. A Sra. Bulstrode serviu o café da manhã e partiu.

O agente Opala se sentou entre Jamma e a porta. O Pregador estava na extremidade oposta. A picape, que não possuía a suspensão do Land Cruiser, sacudia, balançava e estremecia a cada pedra e buraco. Eles estavam viajando fazia cinco horas; era quase meio-dia, e o calor estava sufocante. Qualquer ar-condicionado que o veículo um dia possuíra tinha entrado para a história havia muito tempo.

O Pregador e Jamma cochilavam. Se não fosse pelos solavancos, Opala poderia ter caído em um sono espasmódico e perdido.

O Pregador despertou, inclinou-se para a frente, bateu no ombro do motorista e disse algo. Ele falou em urdu, mas o significado ficou claro apenas instantes depois: eles vinham viajando em fila indiana desde quando deixaram Marka, e o veículo deles era o segundo dos quatro. Logo após a batida no ombro, o motorista deixou a trilha do veículo à frente e pegou outra.

Opala olhou para fora e para trás. As picapes três e quatro estavam fazendo o mesmo. A disposição dos assentos era diferente do Land Cruiser. Havia apenas o motorista na frente, com o Pregador, Jamma e ele próprio no assento traseiro. Os três guarda-costas e Yusuf estavam na traseira aberta.

Vistas de cima, todas as quatro picapes eram parecidas entre si e com oitenta por cento das outras na Somália. Quanto aos outros três veículos no comboio, todos eram locais, alugados em Marka. Opala sabia sobre os *drones*; eles tinham sido abordados profundamente no treinamento na escola de agentes da Mossad. Ele começou a ter ânsias de vômito.

Jamma olhou para ele, alarmado.

— Você está bem?

— São os solavancos — disse ele.

O Pregador olhou para Opala.

— Se vai vomitar, viaje do lado de fora — sugeriu.

Opala abriu a porta do veículo e inclinou o tronco para fora. O vento do deserto soprou seu cabelo contra o rosto. Ele estendeu a mão para a caçamba aberta da picape e um paquistanês forte a agarrou. Depois de um segundo desgovernado, balançando sobre um pneu girando, Opala foi puxado para a traseira. Jamma se inclinou sobre o assento e fechou a porta por dentro.

Opala esboçou um sorriso pálido para os três guarda-costas paquistaneses e o caolho Yusuf. Todos o ignoraram. Do interior de seu *dishdasha*, ele pegou o que lhe tinha sido dado sob as casuarinas e já havia usado uma vez. Ele o colocou.

— Qual deles vamos seguir, senhor? — A pergunta se tornava muito urgente. Conforme o Global Hawk ampliava sua abertura, o deserto se afastava cada vez mais, com os quatro carros na periferia da imagem. O Rastreador captou uma perturbação em uma das picapes.

— O que aquele cara está fazendo? — perguntou. — Caminhonete Número Dois.

— Ele parece ter saído para respirar — respondeu o primeiro-sargento Orde. — Ele está colocando algo. Um boné, senhor. Vermelho.

— Feche na picape dois — ordenou o Rastreador. — Ignore as outras. São iscas. Siga a Caminhonete Dois.

A câmera se moveu, posicionando a Caminhonete Dois no centro da tela, depois se aproximou. Os cinco homens na traseira aumentaram e aumentaram. Um deles usava um boné vermelho. Muito levemente, os observadores identificaram a insígnia de Nova York.

— Deus o abençoe, Opala — murmurou o Rastreador.

O Rastreador contatou seu colega, o adido de Defesa, quando o homem retornou de sua corrida de 8 quilômetros através das vias no campo em torno de Ickenham, onde morava. Eram oito da manhã. O adido era um coronel do 82º Regimento Aéreo, os Screaming Eagles. A pergunta do Rastreador foi curta e simples:

— Claro que o conheço. Ele é um cara legal.

— Você tem o número particular dele?

O adido rolou a tela de seu BlackBerry e ditou um número. Segundos depois, o Rastreador falava com o homem que procurava, um general de divisão inglês, e solicitou uma reunião.

— No meu escritório, nove horas.

— Estarei lá — declarou o Rastreador.

O escritório do diretor das Forças Especiais do Exército britânico fica no quartel de Albany, rua Albany, no elegante distrito residencial de Regent's Park. Um muro de 3,3 metros de altura protege o aglomerado de estruturas da rua, e os portões duplos são guardados por vigias e raramente abertos para estranhos.

O Rastreador estava à paisana e chegou de táxi, que foi dispensado. O vigia estudou seu passe da embaixada, o qual informava sua patente no Exército, deu um telefonema e depois o conduziu para o interior. Outro soldado o levou até o prédio principal, subindo dois andares até o escritório do diretor das Forças Especiais nos fundos.

Os dois homens tinham aproximadamente a mesma idade, e havia outras semelhanças. Ambos pareciam durões e em forma. O inglês estava dois postos acima de tenente-coronel, e, embora estivesse usando uma camisa de manga curta, o paletó pendurado em um cabide na parede ostentava as divisas de lapela vermelhas do Estado-Maior geral. Os dois homens tinham o ar indefinível daqueles que viram combates intensos, na verdade muitos.

Will Chamney começou na Guarda e depois foi transferido para o Regimento de Serviço Especial Aéreo. Ele sobreviveu ao extenuante curso de seleção e passou três anos como comandante da Tropa 16, no Esquadrão D — os paraquedistas.

No Regimento, como é simplesmente chamado, um oficial ou "Rupert" não pode optar por retornar para uma segunda temporada; ele precisa ser convidado. Chamney retornou como comandante de esquadrão bem a tempo de participar da libertação de Kosovo e, mais tarde, da situação em Serra Leoa.

Ele estava com a equipe da SAS que, com os Paras, resgatou um grupo de soldados irlandeses capturados vivos por uma turba de rebeldes mutiladores em sua base no coração da selva. Os West Side Boyz, como os insurgentes movidos a drogas se autodenominavam, causaram mais de cem perdas em menos de uma hora antes de desaparecerem no mato. Em sua terceira temporada na base da SAS, em Hereford, ele comandou o regimento no posto de coronel.

Na ocasião da reunião, ele controlava as quatro unidades declaradas das Forças Especiais: a SBS, o Serviço Especial de Botes, o Regimento Especial de Reconhecimento e o Grupo de Apoio das Forças Especiais. Devido à extrema flexibilidade de destacamento de oficiais nas Forças Especiais, ele tinha, entre as três missões em Hereford, comandado unidades de ataque aéreo (paraquedistas) no Reino Unido e em Helmand, no Afeganistão.

Ele já havia ouvido falar do Rastreador, sabia que ele estava na cidade e por qual motivo. Apesar de a TOSA estar no comando, destruir o Pregador era uma operação conjunta. O homem provocara quatro assassinatos em solo britânico.

— Em que posso ajudá-lo? — perguntou ele, após o aperto de mãos e os cumprimentos habituais. O Rastreador explicou com certo grau de detalhe. Ele queria pedir um favor, e a permissão de segurança não era um problema. Chamney ouviu em silêncio. Quando falou, foi direto ao cerne da questão: — Quanto tempo você tem?

— Suspeito que até a madrugada de amanhã, e há três fusos entre aqui e a Somália. Agora é pouco mais de meio-dia lá. Ou o eliminamos esta noite ou o perderemos de novo, provavelmente para sempre.

— Vocês o estão rastreando por *drone*?

— Enquanto falamos, um Global Hawk está exatamente sobre ele. Quando o Pregador parar, acredito que vá ser durante a noite toda. Eles têm 12 horas de escuridão lá. Das seis às seis.

— E um míssil está fora de cogitação?

— Absolutamente. Viajando com ele, em sua comitiva, está um agente israelense. Ele precisa sair de lá vivo. Caso seja eliminado, a Mossad ficará insatisfeita. Para colocar a questão de maneira leve.

— Não me surpreende. E você não quer aborrecer aquele pessoal. Então o que deseja de nós?

— Pathfinders.

O general Chamney ergueu lentamente uma sobrancelha.

— HALO?

— Creio que seja a única coisa que possa funcionar. Você possui algum Pathfinder neste momento dentro daquele local?

Provavelmente, a unidade menos conhecida e menos ouvida nas forças armadas inglesas, os Pathfinders, com apenas 36 operantes com divisas, também é a menor. Eles são escolhidos principalmente do Regimento de Paraquedistas, já rigorosamente treinados, e depois são treinados novamente até quase a destruição.

Eles operam em seis equipes de seis. Mesmo com a unidade de suporte, não são mais de sessenta, e ninguém jamais os vê. Eles podem operar quilômetros adiante das forças convencionais — na invasão ao Iraque de 2003, estavam 96 quilômetros à frente das unidades americanas avançadas.

Quando em terra, eles usam Land Rovers mais leves e re forçados, camuflados em tons de rosa da cor do deserto, e são chamados de "rosados". Uma unidade de combate é formada por apenas dois rosados, três homens por veículo. A especialidade deles é cair de paraquedas, de alta altitude, baixa abertura, por isso a sigla HALO.

Ou podem entrar em uma zona de guerra por HAHO (alta altitude, alta abertura)*, abrindo os paraquedas logo após deixarem a aeronave e "voando" com o velame, quilômetro após quilômetro, adentrando no território inimigo; silenciosos, invisíveis, aterrissando como um pardal.

O general Chamney virou um monitor de computador para si e digitou durante vários segundos no teclado. Depois analisou a tela.

— Por acaso, temos uma unidade em Thumrait. Curso de familiarização com o deserto.

O Rastreador conhecia Thumrait, uma base da Força Aérea no deserto de Omã. Ela havia figurado como escala na primeira invasão do Iraque de Saddam Hussein em 1990/91. Ele fez um cálculo mental. Em um C-130 Hercules, a aeronave preferida das Forças Especiais, seriam cerca de quatro horas até Djibuti. Uma gigantesca base da Força Aérea americana.

— De que tipo de autoridade você precisa para emprestá-los ao Tio Sam?

— Alta — respondeu Chamney. — Muito alta. Imagino, na melhor das hipóteses, o primeiro-ministro. Se ele aprovar, está aprovado. Mas todo o resto encaminharia para algum superior.

— E quem seria a melhor pessoa para convencer o primeiro-ministro?

— Seu presidente.

---

* HALO: *high altitude, low opening*; HAHO: *high altitude, high opening* (*N. do T.*).

— E se ele conseguisse convencer o primeiro-ministro?

— Então a ordem desceria pela cadeia de comando. Para o secretário da Defesa, para o chefe do Estado-Maior da Defesa, para o chefe do Estado-Maior, para o diretor de Operações Militares, depois para mim. E farei o necessário.

— Isso poderia levar o dia todo. Eu não tenho o dia todo.

Chamney pensou por alguns instantes.

— Escute, os garotos estão voltando para casa de todo modo. Via Bahrein e Chipre. Eu poderia desviá-los via Djibuti para Chipre. — Ele olhou para o relógio. — São cerca de uma da tarde na Somália. Se eles decolarem em duas horas, podem aterrissar em Djibuti ao anoitecer. Você pode providenciar para que sejam recebidos e reabastecidos?

— Certamente.

— Por conta da casa?

— Por nossa conta.

— Você pode estar lá para instruí-los? Imagens e alvos?

— Pessoalmente. Tenho um Grumman da companhia em Northolt.

O general Chamney sorriu.

— É a única maneira de voar.

Ambos os homens passaram muitas horas em assentos duros como pedra nos fundos de aviões de transporte turbulentos. O Rastreador se levantou.

— Preciso partir. Tenho muitas ligações a fazer.

— Vou desviar o Hercules — disse Chamney. — E não deixarei o escritório. Boa sorte.

O Rastreador estava de volta à embaixada trinta minutos mais tarde. Ele correu para o escritório e estudou o monitor, exibindo as imagens sendo gravadas em Tampa. A picape do Pregador seguia sacudindo e avançando sobre o deserto marrom-ocre. Os cinco homens ainda estavam sentados na caçamba, um deles com um boné vermelho. Ele conferiu o relógio. Onze da manhã em Londres, duas da tarde na Somália, mas apenas seis da manhã em Washington. Que se dane o sono de beleza de Raposa Cinzenta. Ele fez o telefonema. Uma voz sonolenta atendeu no sétimo toque.

— Você quer o quê? — gritou ele, quando os eventos da manhã em Londres foram explicados.

— Por favor, apenas peça ao presidente para pedir esse pequeno favor ao primeiro-ministro inglês. E autorize nossa base em Djibuti a colaborar ao máximo.

— Vou ter que acordar o almirante — disse Raposa Cinzenta. Ele estava se referindo ao oficial comandante do J-Soc.

— Ele é um marinheiro, já foi acordado antes. Logo serão sete horas para vocês. O comandante acorda cedo para seu regime de exercícios. Ele vai atender o telefone. Apenas peça a ele para falar com seu amigo em Londres e obter o favor. É para isso que servem os amigos.

O Rastreador tinha mais telefonemas a dar. Ele disse para o piloto do Grumman em Northolt elaborar um plano de voo para Djibuti. Da área de carros no porão da embaixada sob a praça Grosvenor, exigiu um carro para Northolt em trinta minutos.

Seu último telefonema foi para Tampa, Flórida. Apesar de não ser nenhum mestre em eletrônica, ele sabia o que queria e que poderia ser feito. Da cabine do Grumman, o Rastreador queria uma conexão com o abrigo que estava controlando o Global Hawk sobre o deserto somali. Ele não obteria imagem, mas necessitaria de atualizações constantes sobre a passagem daquela picape sobre o deserto e seu destino final.

Do centro de comunicações na base em Djibuti, o Rastreador queria comunicação direta, som e imagem, com o abrigo em Tampa. E queria cooperação completa de Djibuti consigo mesmo e com os paraquedistas ingleses prestes a chegar. Graças à influência do J-Soc sobre todas as forças armadas dos Estados Unidos, ele conseguiu tudo.

O presidente dos Estados Unidos recebeu o telefonema do comandante do J-Soc ao sair do banho após sua sessão de ginástica matutina.

— Por que precisamos deles? — perguntou após ouvir o pedido.

— O alvo foi designado pelo senhor na primavera. Na época foi designado simplesmente como o Pregador. Ele inspirou oito assassinatos em solo americano, além do massacre dos funcionários da CIA no ônibus. Agora sabemos quem ele é e onde está. Mas provavelmente vai desaparecer ao amanhecer.

— Me lembro dele, almirante. Mas faltam quase 24 horas para o amanhecer. Não temos como enviar nosso próprio pessoal até lá a tempo?

— Não está amanhecendo na Somália, senhor presidente. Já está quase anoitecendo. Por acaso, a equipe inglesa está no local. Estavam em uma missão de treinamento nas proximidades.

— Não podemos usar um míssil?

— Há um agente de uma agência aliada na comitiva dele.

— Então isso é próximo e pessoal?

— É a única maneira, senhor. É o que diz nosso homem no local.

O presidente hesitou. Como político, ele sabia que favores criavam uma marca e que marcas podem posteriormente ser cobradas.

— Muito bem — concluiu. — Darei o telefonema.

O primeiro-ministro inglês estava em seu escritório na Downing Street. Era uma da tarde. Ele tinha o hábito de almoçar uma salada leve antes de atravessar a Praça do Parlamento até a Câmara dos Comuns. Depois disso, estaria fora de alcance. Seu secretário particular recebeu o telefonema da telefonista da Downing, colocou a mão sobre o fone e disse:

— É o presidente dos Estados Unidos.

Os dois homens se conheciam bem e se relacionavam em nível pessoal, o que não é vital, porém extremamente útil. Ambos tinham mulheres com estilo e famílias jovens. Houve a habitual troca de saudações e perguntas sobre os entes queridos. Operadores invisíveis em Londres e em Washington gravavam cada palavra.

— David, preciso lhe pedir um favor.

— Peça.

O presidente americano não precisou de mais do que cinco frases. Era um pedido estranho e pegou o primeiro-ministro de surpresa. O telefonema estava em viva voz; o secretário do Gabinete e o servidor civil olharam de soslaio para o chefe. Burocratas odeiam surpresas. Havia possíveis consequências a serem consideradas. Soltar Pathfinders em um país estrangeiro poderia ser considerado um ato de guerra. Mas quem governava o deserto selvagem somali? Ninguém digno de nome. Ele balançou um dedo admonitório.

— Precisarei conferir com nosso pessoal. Telefonarei de volta para você em vinte minutos. Palavra de escoteiro.

— Isso poderia ser muito perigoso, primeiro-ministro — advertiu o secretário do Gabinete. Ele não queria dizer perigoso para os homens envolvidos, mas sim para repercussões internacionais.

— Contate para mim, nesta ordem, o chefe do Estado-Maior da Defesa e o chefe dos Seis.

O soldado profissional atendeu primeiro.

— Sim, estou a par do problema e sei da solicitação — murmurou ele. — Will Chamney me disse há uma hora.

Ele simplesmente presumia que o primeiro-ministro sabia quem era o diretor das Forças Especiais.

— Bem, podemos fazer isso?

— É claro que podemos. Desde que eles obtenham instruções absolutamente exatas antes de partir. Isso fica a cargo do pessoal dos Estados Unidos. Mas, se eles têm um *drone* no ar, devem ser capazes de ver o alvo claro como o dia.

— Onde os Pathfinders estão agora?

— Sobre o Iêmen. A duas horas da base americana em Djibuti. É onde pousarão e reabastecerão. Então serão plenamente instruídos. Se o jovem oficial encarregado ficar satisfeito, ele informará Will no quartel de Albany e pedirá o sinal verde. Isso só pode vir do senhor, primeiro-ministro.

— Posso dá-lo a você na próxima hora. Quero dizer, posso lhe dar a decisão política. A técnica fica a cargo de vocês, profissionais. Devo dar mais dois telefonemas, depois volto a entrar em contato.

O homem que atendeu do SIS, ou MI6, ou simplesmente "Seis", não foi o chefe, mas sim Adrian Herbert.

— O chefe está fora do país, primeiro-ministro. Mas tenho lidado com esse caso com nossos amigos já há alguns meses. Como posso ajudar?

— Você sabe o que os americanos estão pedindo? Querem emprestada uma unidade dos nossos Pathfinders.

— Sim — respondeu Herbert. — Eu sei.

— Como?

— Escutamos muita coisa, primeiro-ministro.

— Vocês sabiam que os americanos não podem usar um míssil porque há um agente ocidental na comitiva do miserável?

— Sim.

— É um dos nossos?

— Não.

— Algo mais que eu deva saber?

— Ao anoitecer, provavelmente haverá também a poucos metros um oficial da Marinha Mercante sueca, um refém.

— Como diabos você sabe disso?

— É o que fazemos, primeiro-ministro — murmurou Herbert. Mentalmente, ele fez uma anotação para solicitar um bônus para a Sra. Bulstrode.

— Isso pode ser feito? Realizar a extração dos dois homens? Eliminar o alvo?

— Essa é uma questão militar. Deixamos esse tipo de coisa a cargo deles.

O primeiro-ministro inglês não era um político sem um bom olho para benefícios. Se Pathfinders ingleses conseguissem retirar o oficial sueco de lá, os suecos ficariam bastante gratos. A gratidão poderia ir até o rei Carl Gustaf, que poderia mencioná-la à rainha Elizabeth. Não haveria nenhum mal, nenhum mesmo.

— Vou dar o sinal verde, sujeito ao cancelamento pelo julgamento militar da viabilidade — disse ele ao chefe do Estado-Maior da Defesa dez minutos mais tarde. Depois telefonou de volta para o Salão Oval. — Se os militarem disserem que pode ser feito, os Pathfinders serão seus.

— Obrigado, não me esquecerei disso — respondeu o homem na Casa Branca.

* * *

Enquanto os telefones eram desligados em Londres e em Washington, o Grumman, um bimotor a jato, entrava no espaço aéreo egípcio. Faltava cobrir o Egito e o Sudão, depois reduzir a altitude na direção de Djibuti.

Lá fora, a 11 mil metros, o céu continuava azul, mas o sol era uma bola vermelha brilhante acima do horizonte ocidental. Na Somália, ele estava prestes a se pôr. Através dos fones de ouvido do Rastreador, chegou uma voz de Tampa.

— Eles pararam, coronel. A picape parou em um vilarejo minúsculo a quilômetros de qualquer lugar, em uma reta entre a costa e a fronteira com a Etiópia. É apenas um aglomerado de uma dúzia ou talvez vinte casas de tijolos com algumas árvores raquíticas e uma criação de bodes. Sequer temos um nome para a aldeia.

— Tem certeza de que não estão seguindo viagem?

— Parece que não. Eles estão desembarcando e se alongando. Estou aproximando bastante o zoom. Vejo um do grupo-alvo conversando com um par de aldeões. E o cara com o boné vermelho. Ele está tirando o boné. Espere, há outros dois veículos se aproximando do norte. E o sol está prestes a se pôr.

— Mantenha o GPS fixo na aldeia. Antes de mudar para o infravermelho, consiga para mim uma série de imagens de escalas variadas antes do anoitecer e de todos os ângulos possíveis. Em seguida, transmita para a sala de comunicações na base em Djibuti.

— Positivo, senhor. Será feito.

O copiloto saiu da cabine de comando.

— Coronel, acabamos de receber uma ligação do Controle em Djibuti. Um C-130 Hercules com divisas da RAF acaba de aterrissar vindo de Omã.

— Diga a Djibuti para cuidar bem deles e reabastecer o Hercules. Diga aos ingleses que estarei lá em breve. A propósito, quanto tempo até a aterrissagem?

— Acabamos de passar sobre o Cairo, senhor. Cerca de noventa minutos até a pista de pouso.

E, lá fora, o sol se pôs. Em poucos minutos, o sul do Sudão, o leste da Etiópia e toda a Somália foram envolvidos por uma noite sem lua.

CAPÍTULO QUINZE

Desertos podem ser quentes como uma fornalha durante o dia e congelantes à noite, mas Djibuti fica no quente golfo de Aden e permanece agradável. O Rastreador foi recebido ao pé da escada do Grumman por um coronel da Força Aérea dos Estados Unidos, enviado pelo comandante da base para dar as boas-vindas ao comando. Ele usava roupas camufladas leves para deserto, e o Rastreador ficou surpreso com o quanto a noite estava agradável, enquanto seguia o coronel até o outro lado da pista em direção às duas salas no prédio de operações que fora reservado para ele.

O comandante da base havia recebido informações muito limitadas do quartel-general da Força Aérea nos Estados Unidos, apenas tinha sido dito que se tratava de uma operação secreta do J-Soc e que ele deveria oferecer cooperação total ao oficial da TOSA a quem conheceria somente como coronel Jamie Jackson. Era o nome que o Rastreador escolhera para usar, porque ele tinha todos os documentos para sustentá-lo.

Eles passaram pelo C-130 Hercules da Força Aérea inglesa. Ele tinha os aneletes padrão na cauda, mas nenhuma outra divisa. O Rastreador sabia que ele vinha do 47º Esquadrão da Ala das Forças Especiais. Havia um lampejo de luz na cabine de comando onde a tripulação optara por permanecer a bordo e preparar chá de verdade em vez da versão americana da bebida.

Eles caminharam sob a asa, passaram por um hangar agitado com a tripulação de solo e entraram no prédio de operações. Parte da instrução de "cooperação total" incluía dar as boas-vindas aos seis paraquedistas ingleses de aparência desalinhada que estavam reunidos no interior, olhando para uma série de fotografias na parede.

Um sargento americano bastante aliviado, cujas divisas no ombro indicavam que ele era um especialista em comunicações, virou-se e bateu continência. O Rastreador retribuiu a saudação.

A primeira coisa que o Rastreador reparou nos seis ingleses foi que eles usavam camuflagem de deserto, mas sem indicação de posto ou divisas. Estavam profundamente bronzeados nos rostos e nas mãos, com a barba por fazer em torno das mandíbulas e o cabelo desgrenhado, exceto por um que era careca como uma bola de bilhar.

Um deles, o Rastreador sabia, devia ser o oficial júnior no comando da unidade. Ele achou melhor ir direto ao assunto em questão.

— Senhores, sou o tenente-coronel Jamie Jackson dos Fuzileiros Navais dos Estados Unidos. Seu governo, por intermédio do primeiro-ministro, fez a gentileza de me permitir pegar vocês e seus serviços emprestados para esta noite. Qual de vocês está no comando?

Se pensava que a menção ao primeiro-ministro incitaria qualquer submissão, tinha a unidade errada. Um dos seis deu um passo à frente. Quando ele falou, o Rastreador reconheceu o tipo de voz que derivava de anos em um colégio interno particular, o que os ingleses, com seu talento para dizer o contrário, chamam de escola pública.

— Sou eu, coronel. Sou um capitão, meu nome é David. Em nossa unidade, jamais usamos sobrenomes, postos ou batemos continência. Exceto para a rainha, é claro.

O Rastreador reconheceu que jamais seria páreo para uma rainha de cabelos brancos, então apenas disse:

— Certo, desde que vocês possam fazer o que for necessário esta noite. E meu nome é Jamie. Poderia fazer as apresentações, David?

Entre os outros cinco, havia dois sargentos, dois cabos e um soldado de cavalaria, apesar de os postos dos Pathfinders jamais serem mencionados. Cada um possuía uma especialidade. Pete era um dos sargentos e o médico, com habilidades muito além dos primeiros socorros. Barry era o outro sargento, especialista em todo tipo de armamento. Ele parecia o produto de uma união amorosa entre um rinoceronte e um tanque de guerra. Era enorme e extremamente rígido. Os cabos eram Dai, o mago galês, que estava a cargo das comunicações e carregaria todos os itens de magia que permitiriam aos Pathfinders, uma vez em solo, manter-se em contato com Djibuti e Tampa, e a conexão por vídeo que possibilitaria ver o que o *drone* estava vendo. O careca era Curly, um mecânico de automóveis de nível quase genial.

O mais jovem, em idade e em posto, era Tim, que havia começado na Corporação de Logística e fora treinado em todo tipo de explosivos, além de desmantelamento de bombas.

O Rastreador se voltou para o sargento americano.

— Explique para nós — pediu ele, gesticulando para a tela na parede.

Havia uma grande tela exibindo exatamente o que o controlador do *drone* na Base da Força Aérea de MacDill nos arredores de Tampa estava vendo. Ele entregou ao Rastreador um fone de ouvido conectado a um microfone.

— Aqui é a base do coronel Jackson em Djibuti — disse ele. — Falo com Tampa?

No voo até lá, ele mantivera contato constante com Tampa, e o interlocutor tinha sido o primeiro-sargento Orde. Mas a mudança havia alterado oito fusos para o oeste. A voz era feminina, um sotaque profundo e arrastado do sul, melaço de cana-de-açúcar.

— Tampa aqui, senhor. Especialista Jane Allbright no manche de comando.

— O que temos, Jane?

— Logo antes do pôr do sol, o veículo-alvo chegou a uma minúscula aldeia no meio do nada. Contamos os ocupantes que desembarcaram. Cinco da caçamba aberta, incluindo um usando um boné vermelho. E três da cabine dianteira.

"O líder do grupo foi recebido por uma espécie de chefe da aldeia, depois a luz esvaneceu e as formas humanas se tornaram bolhas de calor na visão infravermelha.

"Mas pouco antes de ficar totalmente escuro, outras duas picapes com caçambas abertas chegaram do norte. Delas, saltaram oito pessoas, uma das quais estava sendo arrastada por outras duas. O prisioneiro parecia ter cabelos louros. A escuridão chegou em segundos, e um dos homens do sul se juntou ao grupo do norte. O prisioneiro louro permaneceu com o grupo do norte.

"A julgar pelos sinais vermelhos de calor, eles foram abrigados em duas das residências, uma em cada lado do complexo, onde os três veículos estão estacionados. O calor dos motores dissipou e estão agora na escuridão. Ninguém parece ter saído de nenhuma das casas. Os únicos sinais de calor remanescentes são os de uma criação de bodes em um lado da praça aberta e alguns menores, errantes, que acreditamos ser cachorros."

O Rastreador agradeceu a ela e foi até a parede onde ficava a tela. A aldeia, em tempo real, estava sendo estudada por um Global Hawk que acabara de iniciar seu turno. Esse RQ-4 teria 35 horas de autonomia, mais do que o suficiente, e com seu radar de abertura sintética e câmera infravermelha eletro-óptica veria qualquer coisa se movendo lá embaixo.

O Rastreador passou alguns minutos observando as bolhas vermelhas dos vira-latas, circulando entre os quadrados escuros das casas.

— Vocês têm algo para os cães que podem chamar a atenção, David?

— Atiramos neles.

— Barulhento demais.

— Não erramos.

— Um ganido e o restante se dispersará, latindo. — Ele se virou para o primeiro-sargento. — Poderia enviar alguém para o centro médico? Peça o anestésico ingerível mais forte e de ação mais rápida que tiverem. E, do comissário, peça alguns pacotes de filé cru.

O sargento pegou o telefone. Os Pathfinders trocaram olhares. O Rastreador foi até as fotografias, a última tirada sob a luz natural do dia.

O vilarejo era tão incrustado de areia do deserto que, construído de arenito da mesma cor, praticamente tinha desaparecido. Havia algumas árvores raquíticas ao redor, e no centro da praça, sua fonte de vida, um fosso.

As sombras eram longas e negras, projetadas do oeste para o leste pelo sol que morria. As três picapes permaneciam claras, estacionadas lado a lado próximas ao fosso. Havia figuras ao redor delas, mas não 16. Algumas deviam ter ido para o interior das casas. Havia oito fotografias de ângulos diferentes, mas todas contavam a mesma história. O mais útil foi descobrir de qual ângulo o ataque deveria partir — do sul.

A casa na qual o grupo de Marka entrara ficava naquele lado, e havia um beco que conduzia daquela casa para o deserto. O Rastreador passou para o mapa em grande escala preso à parede ao lado das fotos. Alguém havia marcado com uma pequena cruz vermelha o ponto no deserto em que eles desceriam. Ele reuniu os seis Pathfinders ao seu redor e passou trinta minutos apontando o que deduzira. Eles viram a maior parte por conta própria antes de o Rastreador chegar.

Mas ele percebeu que todos precisariam comprimir em três horas o tipo de absorção de detalhes que poderia levar dias de estudo. Ele olhou para o relógio. Eram nove da noite. O horário de decolagem não poderia ser adiado para depois da meia-noite.

— Aconselho que nós pousemos 5 cliques ao sul do alvo e marquemos o resto. — Ele conhecia o suficiente para usar o jargão do Exército britânico: "clique" para quilômetro e "marcar" para marcha acelerada.

O capitão ergueu uma sobrancelha.

— Você disse "nós", Jamie.

— Isso mesmo. Não voei até aqui apenas para instruir vocês. A liderança é sua, mas saltarei com vocês.

— Não costumamos saltar com passageiros. A menos, é claro, que o passageiro faça um salto duplo, atado ao Barry, aqui.

O Rastreador olhou para o gigante, elevando-se sobre ele. Não lhe agradava a ideia de mergulhar 8 quilômetros na escuridão congelante preso ao mastodonte humano.

— David, não sou um passageiro. Sou um fuzileiro naval dos Estados Unidos. Estive em combates no Iraque e no Afeganistão. Fiz mergulho de profundidade e queda livre. Pode me colocar onde quiser na fila, mas saltarei com meu próprio paraquedas. Estamos entendidos?

— Entendido.

— A que altitude pretende saltar do avião?

— A 7.500 metros.

Fazia sentido. Naquela altitude, os quatro propulsores turbo Allison seriam praticamente inaudíveis e, para qualquer ouvinte atento, ainda soariam como um avião comercial. Metade daquela altitude poderia despertar suspeitas. Ele só tinha saltado de 4.500 metros, e havia diferença. A 4.500, não há necessidade de roupas térmicas ou de um cilindro de oxigênio; já a 7.500 é necessário.

— Bem, tudo certo, então — concluiu ele.

David pediu ao mais jovem, Tim, que fosse ao Hercules lá fora e retornasse com diversos itens adicionais. Eles sempre transportavam equipamentos extras, e, como estavam retornando para casa após duas semanas em Omã, a fuselagem da aeronave estava carregada de coisas que, do contrário, poderiam permanecer em solo. Alguns minutos depois, Tim retornou com três outros homens uniformizados em macacões; um deles carregava um BT80 extra, o paraquedas de fabricação francesa que os Pathfinders insistiam em usar. Da mesma maneira que todas as forças especiais inglesas, eles tinham o privilégio de escolher o próprio equipamento em espectro mundial.

Desse modo, além do paraquedas francês, eles escolheram o fuzil de assalto americano M4, a pistola belga Browning de 13 tiros e a faca de combate inglesa SAS, a K-bar.

Daí, o homem encarregado das comunicações levaria o rádio portátil americano 152 tacsat (satélite tático) e o sensor óptico de *video downlink* inglês Firestorm.

Faltavam duas horas para a decolagem. Na sala de operações, os sete homens colocaram, item a item, o equipamento que os deixaria, como cavaleiros medievais em armaduras, quase incapazes de se mover sem auxílio.

Um par de coturnos foi encontrado para o Rastreador. Felizmente, ele era de tamanho médio, e o restante das roupas serviu sem problemas. Então chegou a vez da mochila Bergen, que abrigaria os óculos de visão noturna, água, munição, pistola e mais.

Eles foram auxiliados nessa parte, principalmente o Rastreador, pelos três novos homens, os ASs, ou auxiliares de salto. Eles, assim como escudeiros da antiguidade, escoltariam os Pathfinders até a beira da rampa, presos a linhas de baraço para o caso de escorregarem, e os auxiliariam em seus saltos no vazio.

Em corridas de teste, eles colocaram tanto o BT80 quanto a Bergen, um nas costas, a outra no peito, e apertaram as correias de ambos até doerem. Em seguida as carabinas, cano apontado para baixo, luvas, cilindros de oxigênio e capacetes. O Rastreador ficou surpreso ao perceber o quanto o capacete dos Pathfinders era parecido com o que ele usava em sua motocicleta, exceto que o deles tinha uma máscara de oxigênio de borracha preta pendendo sob a proteção e o visor era mais parecido com o usado em mergulhos. Em seguida, eles tiraram novamente as roupas.

Eram dez e meia. A decolagem não poderia ser depois da meia-noite, pois havia quase exatamente 800 quilômetros a cobrir entre Djibuti e o ponto no deserto somali que pretendiam atacar. Duas horas de tempo de voo, o Rastreador havia calculado, e duas horas de marcha acelerada até o alvo. Invadir às quatro da manhã deveria pegar os inimigos no ponto mais profundo do sono e no ponto mais lento de reação. Ele passou aos seis companheiros as últimas instruções para a missão.

— Esse homem é o alvo — disse e entregou um retrato do tamanho de um cartão-postal.

Todos estudaram o rosto, memorizando-o, cientes de que em seis horas ele poderia surgir sob o brilho de seus óculos de visão noturna no interior de um barraco somali fedorento. O rosto olhando de volta do cartão-postal era o de Tony Suarez, presumivelmente desfrutando o sol californiano 11 fusos ao oeste. Mas era o melhor que conseguiriam.

— Ele é um alvo muito valioso da al Qaeda, um assassino experiente com um ódio passional de nossos países.

O Rastreador se voltou para as fotografias na parede.

— Ele chegou de Marka, no sul, território da al Shabaab, em uma única picape. Essa. Ele estava acompanhado por sete homens, incluindo um guia que partiu para se reunir com o próprio grupo, sobre o qual falarei depois. Isso deixa sete homens no grupo do alvo. Mas um não resistirá. Dentro do grupo desse maldito há um agente estrangeiro trabalhando para nós. Ele terá essa aparência.

Ele apresentou outra foto, maior, uma ampliação do rosto de Opala no complexo de Marka, olhando para o céu, diretamente para a lente do Hawk. Estava usando o boné vermelho.

— Com sorte, ele ouvirá os tiros e procurará abrigo e, assim esperamos, pensará em colocar o boné vermelho que vocês estão vendo aqui. Ele não nos enfrentará. Não atirem nele sob nenhuma circunstância. Isso deixa seis no total, e eles resistirão.

Os Pathfinders olharam para o rosto negro etíope e o memorizaram.

— E quanto ao outro grupo, chefe? — perguntou Curly, o mecânico de cabeça raspada.

— Certo. O *drone* observou nosso alvo e seu grupo se aquartelou nessa casa, no lado sul da praça da aldeia. Do lado oposto da praça, está o grupo que eles vieram encontrar. São piratas do norte. Todos são do clã sacad. Eles trouxeram um refém, um jovem cadete da Marinha Mercante sueca. Esse é ele.

O Rastreador apresentou sua última foto. Ele a tinha conseguido de Adrian Herbert do SIS, que a obtivera da Sra. Bulstrode. A foto havia sido extraída de sua ficha de inscrição para a obtenção da identidade da Marinha Mercante, entregue pelo pai, Harry Andersson. A foto exibia um belo garoto louro em uniforme da companhia, olhando inocentemente para a câmera.

— O que ele está fazendo lá? — perguntou David.

— Ele é a isca que atraiu o alvo para esse local. O alvo quer comprar o garoto e trouxe consigo 1 milhão de dólares para efetuar a transação. Eles podem já ter feito a troca, e nesse caso o garoto estará na casa do alvo, e o milhão de dólares, do outro lado da praça. Ou a troca pode estar marcada para a manhã, antes da partida. Mas não importa, fiquem todos atentos para uma cabeça loura e não atirem no rapaz.

— O que o alvo quer com um cadete sueco? — Era Barry, o gigante. O Rastreador formulou cuidadosamente a resposta. Não havia necessidade de mentir, bastava observar a regra da necessidade de saber.

— Os sacads do norte, que o capturaram no mar há algumas semanas, foram informados de que o alvo pretende decapitá-lo diante de uma câmera. Um presente para nós no Ocidente. — A sala ficou muito silenciosa.

— E os piratas, eles também resistirão? — David, o capitão, novamente.

— Absolutamente. Mas deduzo que, quando forem despertados pelos tiros, eles estarão sonolentos sob os efeitos posteriores a uma barriga cheia de *khat*. Sabemos que a planta os deixa chapados ou violentos. Se conseguirmos atingir uma longa saraivada de tiros através das janelas deles, eles não presumirão que alguns paraquedistas chegaram do Ocidente, mas sim que estão sob ataque dos parceiros de negócios que estão tentando pegar o garoto de graça ou o dinheiro de volta. Eu gostaria que eles atacassem, atravessando a praça aberta.

— Quantos são, chefe? Os piratas?

— Contamos oito desembarcando dessas duas picapes pouco antes do anoitecer.

— Então são 14 inimigos no total?

— Sim, e eu gostaria de metade deles mortos antes que estejam na vertical. E nada de prisioneiros.

Os seis ingleses se reuniram em torno das imagens, das fotografias e dos mapas. Houve uma conferência sussurrada. O Rastreador ouviu expressões como "carga moldada" e "frag". Ele sabia o suficiente para entender que a primeira se referia a um dispositivo para explodir uma forte tranca de porta, e a segunda era uma granada de alta fragmentação. Dedos bateram sobre vários pontos da fotografia ampliada da aldeia nos últimos instantes antes do anoitecer. Depois de dez minutos, eles se dispersaram e o jovem capitão se virou com um sorriso.

— Tudo certo — disse. — Vamos nos equipar.

O Rastreador percebeu que eles concordaram em prosseguir com uma operação que tinha sido solicitada pelo presidente dos Estados Unidos e autorizada por seu próprio primeiro-ministro.

— Excelente — foi tudo o que pôde pensar em dizer.

Eles deixaram a sala de operações e foram para fora do prédio, onde o ar permanecia agradável. Enquanto estudavam a missão, os três ASs se mantiveram ocupados. Banhadas pela luz que vinha da porta aberta do hangar, havia sete pilhas enfileiradas de "kits". Essa era a linha em que iriam marchar para o interior da barriga do Hercules e a ordem (no sentido inverso) na qual se lançariam na noite a 7.500 metros de altitude.

Assistidos pelos ASs, eles começaram a vestir o equipamento. O AS sênior, um sargento veterano conhecido apenas como Jonah, dedicou atenção especial ao Rastreador.

O Rastreador, que tinha chegado no uniforme tropical de coronel dos Fuzileiros Navais dos Estados Unidos, o qual vestira dentro do Grumman, foi instruído a colocar a veste de salto reserva camuflada para deserto que os outros seis já vestiam. Depois veio o peso, fardo a fardo. Jonah içou os 30 quilos de paraquedas nas costas dele e afivelou a rede de correias largas de lona que o mantém no lugar. Quando estavam fixas, apertou-as até o Rastreador sentir como se estivesse sendo esmagado. Duas delas contornavam cada virilha.

— Apenas mantenha as bolas livres delas, senhor — murmurou Jonah. — Um saltador com seus bens dentro dessas correias achará a vida muito sem graça quando o paraquedas se abrir com um solavanco.

— Farei isso com certeza — respondeu ele, apalpando-se nas partes de baixo para se assegurar de que nada estava preso atrás das correias nas virilhas.

Em seguida, veio a mochila Bergen, pendurada no peito. Ela pesava 40 quilos e o puxava para uma posição inclinada para a frente. As correias dela também foram apertadas em níveis de esmagar o peito. Mas o Rastreador tinha aprendido na escola de paraquedismo dos Fuzileiros Navais que havia um motivo para tudo aquilo.

Com a Bergen na frente, o paraquedista precisaria mergulhar de peito. Quando o paraquedas finalmente se abrisse, ele estaria atrás e bem acima do saltador. Um saltador que estivesse de costas poderia passar direto pelo paraquedas durante a abertura, o qual se envolveria em torno dele como uma mortalha enquanto ele morreria no solo abaixo.

O peso da Bergen era composto essencialmente de comida, água e munição — sendo esta última pentes adicionais para o fuzil e granadas. Mas também havia no interior da mochila a pistola pessoal do saltador e os óculos de visão noturna. Estava fora de cogitação usá-los durante o salto; seriam arrancados pela corrente de ar.

Jonah fixou o cilindro de oxigênio e a rede de mangueiras que levariam o gás vital até a máscara sobre seu rosto.

Finalmente, o Rastreador recebeu o capacete e o visor apertado que protegeria os olhos de serem arrancados pela corrente de ar de 240 quilômetros por hora que ele experimentaria no mergulho. Então eles tiraram as Bergens até a hora de saltar.

Os sete homens foram transformados em extraterrestres do departamento de efeitos especiais. Eles não caminhavam; bamboleavam lenta e cautelosamente. Com um aceno de cabeça do capitão David, eles atravessaram a base de concreto até a traseira aberta do Hercules que aguardava de portas abertas e rampa abaixada.

O capitão havia determinado a sequência dos saltos. O primeiro seria Barry, o gigante, simplesmente porque era o mais experiente dentre eles. Depois viria o Rastreador e, logo depois dele, o capitão. Dos quatro restantes, o último homem seria o outro sargento, Curly, também um veterano, pois não teria ninguém para vigiar sua retaguarda.

Um a um, os sete paraquedistas, auxiliados pelos três ASs, subiram a rampa aos tropeços e adentraram na fuselagem do C-130. Onze e quarenta. Sentaram-se em uma fileira de assentos de lona vermelha ao longo de um lado da fuselagem, enquanto os ASs continuavam a executar os diversos testes. Jonah cuidou pessoalmente do capitão e do Rastreador.

Ele notou que agora estava muito mais escuro no interior do avião somente com a luz refletida dos arcos acima das portas do hangar, e soube quando a rampa fechou que eles estariam sentados em absoluta escuridão. O Rastreador também reparou nas caixas contendo outros equipamentos da unidade amarrados para a viagem de volta ao lar, na Inglaterra, e duas figuras sombrias mais à frente, próximas à parede entre o espaço de carga e a cabine de comando. Eram os dois dobradores de paraquedas que viajavam com a unidade para onde quer que ela fosse, dobrando e redobrando os paraquedas. O Rastreador esperava que o sujeito que havia dobrado o que ele usava agora soubesse exatamente o que estava fazendo.

Existe um velho ditado entre os paraquedistas: jamais brigue com seu dobrador.

Jonah estendeu o braço sobre ele e dobrou para cima a parte superior de sua mochila de paraquedas a fim de conferir se os dois fios de algodão vermelho estavam presentes e corretos. Lacres intactos. O sargento veterano da RAF afivelou sua máscara de oxigênio ao suprimento do avião e assentiu com um gesto de cabeça. O Rastreador conferiu se sua máscara estava confortável e bem apertada para impedir o escapamento de ar, e respirou fundo.

Uma descarga de oxigênio quase puro. Eles respirariam aquilo durante todo o percurso até a altitude determinada para eliminar os últimos vestígios de nitrogênio do sangue, o que evitaria a narcose (formação de bolhas de nitrogênio no sangue) quando mergulhassem de volta através das zonas de pressões diferentes. Jonah desligou o fornecimento de oxigênio e foi até o capitão para fazer o mesmo por ele.

De fora, veio um zunido agudo quando os quatro Allisons ligaram o motor de partida e, em seguida, despertaram ruidosamente. Jonah deu um passo à frente e afivelou a correia de segurança atravessando os joelhos do Rastreador. A última coisa que fez por ele foi conectar a máscara de oxigênio ao suprimento de bordo do C-130.

O barulho do motor aumentou para um rugido, enquanto a rampa subia escondendo as últimas luzes da base da Força Aérea de Djibuti, até se fechar com uma pancada metálica quando a vedação de ar foi ativada. Agora estava totalmente escuro no interior da fuselagem. Jonah quebrou bastões de luz Cyalume para ajudar a si mesmo e aos dobradores a assumir seus assentos, de costas para a parede, enquanto o Hercules começava a se mover.

Os homens sentados, recostados nas mochilas dos paraquedas, Bergens de quarenta quilos no colo, pareciam adormecidos em um pesadelo de ruídos estrondosos, mais o zunido hidráulico enquanto a tripulação testava os flaps, e o grito dos injetores de combustível.

Eles não conseguiam enxergar, apenas sentiam, enquanto o burro de carga com quatro motores se voltou para a pista principal, fez uma pausa, inclinou-se e saltou para a frente. Apesar do volume enganoso, o Hercules acelerou rapidamente, inclinou o nariz para cima e deixou o asfalto depois de 500 metros. Então subiu acentuadamente.

O avião comercial mais sem frescuras não pode se comparar à traseira de um C-130. Sem isolamento acústico, sem calefação, sem pressurização e certamente sem serviço de bordo. O Rastreador sabia que não ficaria mais silencioso, porém ficaria intensamente frio à medida que o ar se tornasse rarefeito. A traseira também não era à prova de vazamentos. Apesar da máscara de fornecimento de oxigênio sobre o rosto, o lugar àquela altura fedia a combustível de avião e óleo.

Ao lado dele, o capitão desafivelou o capacete, retirou-o e puxou um par de fones de ouvido sobre a cabeça. Havia um par adicional pendendo do mesmo conector, e ele o ofereceu ao Rastreador. Jonah, mais à frente contra a parede dianteira, já estava com os fones. Ele precisava ouvir a cabine de comando para saber quando deveria começar a se preparar para a hora P; P de paraquedas, a hora de saltar. O Rastreador e o capitão podiam ouvir os comentários da cabine, a voz do líder do esquadrão britânico, um veterano do Esquadrão 47 que pilotara e aterrissara seu "pássaro" em algumas das mais acidentadas e perigosas pistas na Terra.

— Chegando a 3.00 — disse ele. Em seguida: — Hora P menos cem. — Uma hora e quarenta minutos para o salto. Mais tarde, ouviram: — Nivelando a 7.500.

Oitenta minutos tinham se passado.

Os fones ajudavam a abafar o rugido do motor, e a temperatura tinha caído a quase zero. Jonah desafivelou o cinto e se aproximou, segurando-se em um corrimão que se estendia ao longo da lateral da fuselagem. Não havia possibilidade de conversa; tudo era através de sinais manuais.

Diante dos rostos de cada um dos sete, ele executou sua mímica. Mão direita erguida, indicador e polegar formando um O. Como mergulhadores. Estão ok? Os Pathfinders responderam com o mesmo gesto. Depois, mão erguida, punho cerrado, um sopro com os lábios para abrir os dedos, então cinco dedos erguidos. Velocidade do vento no ponto de aterrissagem estimada em 5 nós. Finalmente, punho erguido com cinco dedos esticados, quatro vezes. Vinte minutos para a hora P.

Antes de Jonah terminar sua odisseia, David agarrou seu braço e enfiou na sua mão um pacote plano. Jonah balançou a cabeça e sorriu. Ele pegou o pacote e desapareceu na área da cabine de comando. Quando retornou, ainda sorria na escuridão e retomou seu assento.

Dez minutos depois, ele voltou a se comunicar. Dessa vez, dez dedos erguidos diante de cada um dos sete homens. Sete movimentos de cabeça afirmativos. Todos os sete se levantaram com suas Bergens, viraram-se e colocaram as mochilas sobre os assentos. Em seguida, ergueram os fardos de 40 quilos até o peito e apertaram as correias.

Jonah seguiu para a frente a fim de ajudar o Rastreador, depois apertou as correias até o americano pensar que seu peito estava sendo esmagado. Mas a velocidade durante o salto seria de 240 quilômetros por hora e nada poderia se mover um centímetro sequer. Em seguida, foi feita a mudança do oxigênio de bordo para o do cilindro pessoal.

Nesse momento, o Rastreador ouviu um novo barulho. Sobre o rugido dos motores, o sistema de som da aeronave tocava música, altíssima. O Rastreador percebeu o que David tinha dado a Jonah para ser entregue à cabine de comando. Um CD. A fuselagem cavernosa do C-130 estava sendo afogada no clamor estrondoso de "A Cavalgada das Valquírias", de

Wagner. O início de seu canto pessoal era o sinal: três minutos para a hora P.

Os sete homens estavam de pé ao longo do estibordo da fuselagem quando o estalo metálico de um lacre sendo rompido indicou que a rampa estava baixando. Jonah e os dois ASs assistentes prenderam suas linhas de baraço para se assegurar de que não escorregariam para fora.

Conforme a rampa inclinava, revelando uma abertura do tamanho de uma porta de celeiro para o céu, uma rajada gelada de vento entrou rugindo, acompanhada pelo fedor de combustível de avião e de óleo queimado.

O Rastreador, em segundo na fila, atrás de Barry, o gigante, olhou além do primeiro saltador para o vazio. Nada lá fora, apenas a escuridão rodopiando, congelante, o barulho estrondoso e dentro da fuselagem os metais furiosos das Valquírias em sua cavalgada insana rumo ao Valhalla.

Houve uma última checagem. O Rastreador viu a boca de Jonah abrir, mas não ouviu uma palavra sequer. Mais atrás na fila, Curly, o último, conferia o equipamento de Tim, o soldado paraquedista que estava a sua frente, para se assegurar de que o paraquedas e o oxigênio do parceiro não estivessem emaranhados. Finalmente ele gritou:

— Sete ok.

Jonah deve ter ouvido, pois ele fez um movimento afirmativo com a cabeça para Tim, que fez o mesmo para Pete, o médico, à sua frente. A checagem mútua avançou fila abaixo. O Rastreador sentiu o tapa no ombro e fez o mesmo com Barry.

Jonah estava na frente do gigante, olhando para ele. Ele balançou a cabeça quando o Rastreador fez a última conferência e deu um passo para o lado. Não restava mais nada a fazer. Depois de todos os empurrões e puxões e grunhidos, os sete paraquedistas só poderiam se arremessar na noite 8 quilômetros acima do deserto somali.

Barry deu um passo à frente, baixou o tronco em um mergulho e sumiu. O motivo para a fila estar tão espremida era porque uma separação muito esparsa no ar poderia ser desastrosa. Um intervalo de três segundos na escuridão e dois saltadores poderiam ficar tão distantes entre si que nunca se veriam ou se encontrariam novamente. Conforme instruído, o Rastreador saltou um segundo após os calcanhares de Barry desaparecerem.

As sensações foram imediatas. Em meio segundo, o barulho foi embora; o rugido dos quatro Allisons do C-130, Wagner — tudo tinha desaparecido, para ser substituído pelo silêncio da noite, quebrado somente por um sibilar suave e cada vez mais alto do vento conforme seu corpo em queda acelerava além dos 160 quilômetros por hora.

Ele sentiu a corrente de ar do Hercules que se afastava tentar inverter sua posição, jogando seus calcanhares sobre a cabeça, e depois para as costas, e resistiu. Apesar de não haver lua, as estrelas do deserto, nítidas e brilhantes, frias e constantes, imaculadas por qualquer poluição em um raio de 3.200 quilômetros, proporcionavam uma iluminação fraca ao céu.

Olhando para baixo, ele via uma forma escura muito distante. O Rastreador sabia que logo atrás de seu ombro estava o capitão dos paraquedistas, David, com os outros quatro enfileirados mais alto no céu.

David apareceu ao lado dele, braços colados ao corpo, adotando a posição de flecha para aumentar a velocidade e se aproximar de Barry. O Rastreador fez o mesmo. Lentamente, a grande forma negra à frente se avizinhou. Barry estava na posição de estrela do mar, punhos enluvados cerrados, braços e pernas parcialmente estendidos para desacelerar a queda para 190 quilômetros por hora. Quando os outros nivelaram com ele, o Rastreador e o capitão adotaram a mesma posição.

Eles caíram em uma formação grosseira de escalão, unidos um a um pelos outros quatro. O Rastreador viu o capitão conferir o altímetro de pulso, ajustado para a pressão ambiente do ar acima do deserto.

Apesar de o Rastreador não conseguir ver, o altímetro informava que a tropa estava passando dos 4.500 metros. Eles abririam os paraquedas a 1.500 metros. Como primeiro saltador, cabia a Barry o trabalho de abrir primeiro e, utilizando a experiência e a luz fraca das estrelas, tentar escolher a zona de pouso mais lisa e sem rochas que fosse possível. A preocupação do Rastreador era permanecer com o capitão dos paraquedistas e fazer o que ele fizesse.

Mesmo de 7.500 metros, a queda livre durou apenas noventa segundos. Barry estava agora um pouco abaixo dos outros seis, examinando o solo que se aproximava rapidamente dele. Os outros se moveram suavemente até a formação de linha alternada, sem nunca perder contato visual entre si.

O Rastreador estendeu a mão até a mochila do paraquedas para se assegurar de que tinha contato com o mecanismo de liberação. Pathfinders não usam o equipamento com anel em D para abrir o paraquedas. Eles podem optar pela liberação aneroide acionada por pressão, mas coisas mecânicas podem falhar e falham. Caindo a 190 quilômetros por hora não é a hora para descobrir que o mecanismo não funcionou.

Era isso o que o Rastreador tentava alcançar. É um pedaço de pano em forma de paraquedas preso a um cordão guardado em um bolso de fácil acesso no alto. Quando lançado na corrente de ar, ele puxa todo o BT80 da mochila e o libera.

Abaixo dele, o Rastreador viu Barry atingir a marca de 1.500 metros e o clarão do velame, cinza na escuridão ao redor. Pelo canto do olho, viu David jogar o drogue de liberação no ar e depois desaparecer para cima.

O Rastreador fez o mesmo e quase instantaneamente sentiu o puxão do paraquedas enorme levando-o para trás e para cima — pelo menos, foi o que pareceu. Na verdade, o paraquedas estava apenas desacelerando sua queda. A sensação era de estar dirigindo um carro em alta velocidade e colidir contra uma parede e o air bag inflar. Mas isso durou apenas três segundos; logo estava flutuando.

O BT80 não é nada parecido com os paraquedas abobadados que paraquedistas usam em exercícios militares. Ele é um retângulo colossal de seda em forma de colchão, uma asa voadora que, em uma abertura de grande altitude, permite que o paraquedista flutue quilômetro após quilômetro atrás das linhas inimigas sem ser visto por radares ou olhos humanos.

Os Pathfinders gostavam dele por esse e por outro motivo. Ele abre em silêncio, diferentemente da chicotada de outros, o que pode alertar um vigia no solo.

A 250 metros, o capitão dos paraquedistas liberou sua Bergen, que caiu em sua corda de segurança até pender a 4 metros abaixo dele. O Rastreador fez o mesmo. Alguns metros acima deles, os quatro restantes também.

O fuzileiro naval americano viu o solo, agora claro sob a luz das estrelas, aproximando-se rapidamente em sua direção, ouviu o plop da Bergen atingindo a areia e executou a manobra final de frenagem. Estendeu os braços para cima, agarrando as duas alças que controlavam o velame, e as puxou para baixo. O paraquedas se expandiu e desacelerou, permitindo que ele atingisse o chão numa corrida rápida. Em seguida, o paraquedas perdeu a forma, dobrou-se e caiu no chão como um emaranhado de seda e cordões de nylon. O Rastreador desafivelou as correias do peito e das pernas e o restante da mochila do paraquedas caiu na areia. Ela tinha servido ao seu propósito. Ao seu redor, seis Pathfinders faziam o mesmo.

Ele conferiu o relógio. Quatro minutos após as duas da manhã. Bom planejamento de horário. Mas arrumar tudo e formar a fila para a marcha levou tempo.

Os sete paraquedas precisaram ser recolhidos, junto dos capacetes e das máscaras de oxigênio que não teriam mais utilidade, além dos cilindros de oxigênio. Tudo foi empilhado, e três Pathfinders cobriram os equipamentos com rochas.

Das Bergens, saíram as pistolas e os óculos de visão noturna, os NVGs, na sigla em inglês. A luz das estrelas bastava para que não fossem necessários durante a marcha, mas eles certamente proporcionariam uma vantagem incomparável ao atacar a aldeia, transformando a noite escura como breu em um dia verde e aquoso.

Dai, o mago tecnológico galês, estava debruçado sobre seu equipamento. Graças à tecnologia moderna, a tarefa deles era mais simples do que seria antes do *drone*.

Em algum lugar muito acima deles havia um Global Hawk RQ-4 operado pelo J-Soc a partir da Base da Força Aérea de McDill, em Tampa. Ele estava olhando para eles do alto, e também para a aldeia, e podia ver ambos. Também podia detectar quaisquer criaturas vivas a partir do calor corporal, que eram exibidas como bolhas claras de luz na paisagem.

O quartel-general do J-Soc transmitia uma reprodução de tudo que Tampa via para a sala de comunicações em Djibuti com som e imagem. Dai estava configurando e testando sua conexão direta de rádio com Djibuti, a qual poderia lhe informar exatamente onde ele estava, onde a aldeia se localizava, a linha de marcha entre os dois e se havia qualquer atividade na área alvo.

Após uma conversa sussurrada com Djibuti, Dai se reportou ao restante. Os dois controladores conseguiam vê-los como sete bolhas claras no deserto. A aldeia estava imóvel, aparentemente em sono profundo. Não havia seres humanos fora do aglomerado de casa, dentro das quais eles não podiam ser detectados. Mas todas as riquezas da aldeia, um rebanho de bodes, quatro jumentos e dois camelos, estavam em um curral ou amarradas em campo aberto e eram vistas com clareza.

Havia algumas bolhas menores que se moviam pelo vilarejo — os cães. A distância era de 4,8 quilômetros, e a linha ideal de marcha indicada na bússola era de zero-dois-zero.

O capitão dos paraquedistas tinha sua própria bússola Silva e um sistema SOPHIE de geração de imagem térmica. Apesar das reconfirmações de Tampa, ele o ligou e correu seu raio em um círculo ao redor do grupo. Eles congelaram quando uma pequena bolha surgiu sobre um espinhaço ao longo da margem da bacia arenosa escolhida por Barry como um bom ponto de aterrissagem.

Pequeno demais para um ser humano, mas grande o suficiente para uma cabeça vigiando. Então ele emitiu um uivo baixo e desapareceu. Um chacal do deserto. Às duas e vinte e dois, eles partiram em fila indiana rumo ao norte.

CAPÍTULO DEZESSEIS

Eles marcharam em fila indiana dispersa com Curly como batedor líder para avisar ao primeiro sinal de oposição. Não houve nenhuma. David, o capitão, era o segundo. Ele movia seu sistema gerador de imagens de um lado para o outro, mas nenhuma outra criatura de sangue quente apareceu.

Dai usava o equipamento de comunicação em sua mochila no topo da Bergen atrás da cabeça, e um plugue em um ouvido para ouvir qualquer comunicação de Tampa via Djibuti, que os estavam observando da estratosfera. Às três e cinquenta, ele avançou até alcançar David e sussurrou:

— Oitocentos metros, chefe.

Eles avançaram os 800 metros seguintes agachados, cada homem curvado pelos quarenta quilos nas costas. Enquanto marchavam, muito acima deles, nuvens surgiram no céu, reduzindo a luminosidade.

O capitão parou e fez um gesto suave para baixo com o braço. O restante afundou sobre a areia. David pegou um telescópio monocular de visão noturna e observou adiante.

Foi quando ele viu a primeira das casas cuboides da aldeia. A bússola Silva os conduzira ao limite do alvo.

Ele guardou o monóculo e colocou os óculos. Os outros seis o seguiram. Para cada homem, a visão mudou da luz das estrelas, reduzindo lentamente, para um túnel mais brilhante, porém de um verde quase aquoso. Tudo que os óculos de visão noturna fazem é capturar todo cintilar de luz ambiente e concentrá-los em um túnel voltado para a frente. Quem o usa perde a noção espacial e deve virar a cabeça para ver qualquer coisa à esquerda ou à direita.

Com o alvo em vista, os homens não tinham necessidade das Bergens, mas precisavam muito da munição e das granadas no interior delas. Eles colocaram as mochilas no chão, retiraram as alças dos ombros e encheram todos os bolsos de seus casacos com artilharia. Os fuzis M4 e as pistolas já estavam totalmente carregados.

David e o Rastreador se arrastaram juntos para a frente. Olhavam exatamente para o que uma das imagens anguladas obtidas pelo Global Hawk congelara para eles em Djibuti. Havia um beco que ia do centro da aldeia até o deserto onde eles estavam acocorados. Em algum ponto mais adiante, no lado esquerdo, ficava a casa maior identificada como a do líder, agora tomada pelo grupo do Pregador.

Um pequeno vira-lata correu até lá, parou e farejou. Outro se juntou a ele. Ambos eram esquálidos, provavelmente raivosos, acostumados a revirar o lixo, comendo excrementos ou, em dias de banquete, as vísceras de um bode morto. Farejaram novamente, suspeitando haver algo, mas ainda não assustados o bastante para latir e disparar um alarme para os outros cães.

O Rastreador pegou algo de um bolso e o jogou como um arremessador de beisebol na direção dos cães. O objeto caiu com um leve *put* na areia do beco. Os dois cachorros pularam e cheiraram antes de latir. Filé de carne crua. Eles se aproximaram, tornaram a cheirar, e o cão líder engoliu o naco inteiro. Outro seguiu o amigo. O segundo presente desapareceu.

O Rastreador lançou uma série de nacos de carne até a entrada do beco. Mais cães apareceram, nove no total, viram os líderes engolindo os presentes e fizeram o mesmo. Havia vinte pedaços de carne, mais de dois para cada um. Cada vira-lata comeu pelo menos um. Depois, eles farejaram ao redor em busca de mais.

Os primeiros a comer começaram a cambalear. Em seguida, as pernas fraquejaram e eles caíram de lado, chutando sem forças. Finalmente pararam de se mover. Os sete restantes fizeram o mesmo. Depois de dez minutos do primeiro arremesso, todos estavam inconscientes.

David se ergueu até ficar acocorado e gesticulou para avançarem, rifle em posição. Dedo no gatilho. Cinco o seguiram. Barry ficou para vigiar o exterior das casas. Um jumento zurrou do interior da vila. Nada se moveu. Os inimigos diante deles ou dormiam ou aguardavam para uma emboscada. O Rastreador acreditava que se tratava da primeira opção. Os homens de Marka também eram forasteiros e os cães teriam latido para eles. Ele estava certo.

O grupo de ataque entrou no beco e se aproximou da casa à esquerda. Era a terceira, de frente para a praça. Os homens mascarados detectaram uma porta no beco, velhas placas espessas de vigas de madeira, trazidas algum dia de outro lugar, pois somente arbustos atrofiados de Camel Thorn cresciam nas redondezas. A porta de madeira possuía dois puxadores redondos, mas nenhuma tranca com fechadura. David a testou com a ponta dos dedos. Ela não se moveu. Travada por dentro, rústica, porém eficaz. Seria necessário um aríete. Ele chamou Tim, o homem das munições, apontou para a porta e recuou.

Tim segurava o que parecia ser uma pequena coroa de flores. Ele a encaixou na fresta entre as metades da direita e da esquerda da porta dupla. Caso a porta fosse de metal, ímãs ou massa teriam servido. Sendo de madeira, ele usou tachinhas. Não houve marteladas, apenas a pressão de seu polegar. Quando a coroa foi fixada, ele colocou o pavio curto e acenou para que os outros se afastassem.

Tim recuou 5 metros e se agachou. Como se tratava de uma carga moldada, não haveria força explosiva para o exterior. A fúria do plástico PETN seria toda para a frente, cortando a madeira como uma serra elétrica em uma fração de segundo.

Quando a explosão ocorreu, o Rastreador ficou surpreso com o baixo volume do barulho: um estampido abafado como um graveto sendo quebrado. Em seguida, os quatro primeiros atravessaram a porta que balançava sem resistência ao toque, sua barra interna estilhaçada e quebrada. Tim e Dai permaneceram do lado de fora, cobrindo a praça com as três picapes, os jumentos amarrados e os bodes nos currais.

O capitão paraquedista foi o primeiro a entrar, com o Rastreador em seu encalço. Havia três homens se levantando do chão, meio adormecidos. A noite até então silenciosa foi rasgada por dois fuzis M4 em modo automático. Todos os três eram do grupo de Marka. Eram os guarda-costas do Pregador. Estavam mortos antes de se levantar. Gritos vieram de um quarto no interior da casa, atrás de outra porta.

O capitão parou por um momento para se assegurar de que os três estavam realmente mortos; Pete e Curly vieram do beco; o Rastreador chutou a porta interna e entrou. Ele rezava para que Opala, onde quer que estivesse, tivesse reagido à primeira saraivada mergulhando no chão, preferivelmente sob uma cama.

Havia dois homens no quarto. Diferentemente dos companheiros na sala, eles estavam usando duas das camas da família, tábuas rústicas com cobertores de pelos de camelo. Eles estavam de pé, mas sem visão na escuridão absoluta. O corpulento, o quarto guarda-costas, estivera talvez cochilando, mas não dormindo profundamente; óbvio que ele era o vigia noturno e deveria estar acordado. Ele estava de pé, com uma pistola, e disparou.

O projétil passou ao lado da cabeça do Rastreador, mas o que realmente feriu foi o clarão de luz da boca da arma, amplificada muitas vezes pelos óculos de visão noturna. Era como um holofote no rosto. Ele disparou às cegas, mas em modo automático, varrendo da direita para a esquerda. A saraivada de balas atingiu os dois homens, o quarto paquistanês e o outro, que se soube depois ser Jamma, o secretário particular.

Lá fora, na entrada da praça, conforme combinado, Tim e Dai investigaram a casa do outro lado da praça, que abrigava os homens do clã Sacad vindos de Garacad. Os paraquedistas dispararam longas saraivadas através de cada janela. Não havia vidro nelas, apenas cobertores pregados. Eles sabiam que os tiros atingiriam acima da altura das camas, por isso colocaram pentes novos e aguardaram pela reação. Não demorou.

Na casa do chefe da aldeia, houve um leve farfalhar e um indício de movimento. O Rastreador girou na direção do som. Uma terceira cama, escondida em um canto. Alguém estava debaixo dela, um boné de beisebol despontando.

— Fique aí — gritou ele. — Não se mova. Não saia.

O farfalhar cessou, o boné se recolheu. O Rastreador se voltou para os três homens atrás dele.

— Limpo aqui dentro. Vão ajudar com a gangue do norte.

Lá fora, os seis de Garacad, convencidos de que haviam sido traídos pelos de Marka, atravessaram a praça em carga, Kalashnikovs baixas, desviando entre os jumentos que zurravam e davam coices e os três veículos estacionados.

Mas eles estavam na escuridão. As nuvens agora cobriam as estrelas. Tim e Dai escolheram um para cada e os alvejaram. Os clarões dos disparos foram o bastante para os outros quatro. Eles ergueram os canos das armas russas. Tim e Dai mergulharam com os rostos no chão, rapidamente. Atrás deles, Pete, Curly e o capitão entraram no beco, viram os clarões dos disparos das Kalashnikovs e também se deitaram.

De bruços, os cinco paraquedistas derrubaram mais dois dos homens que corriam. O quinto, percebendo que sua munição tinha acabado, parou para colocar um pente novo. Ele estava claramente visível ao lado do curral de bodes, e dois disparos de M4 arrancaram sua cabeça.

O último estava agachado atrás de uma das picapes, fora de vista. Os disparos cessaram. Tentando encontrar um alvo na escuridão, ele colocou a cabeça na frente do bloco do motor. Ele não sabia que os inimigos usavam óculos de visão noturna; sua cabeça era como uma bola de futebol americano verde. Outro disparo explodiu seu cérebro.

Então tudo ficou em silêncio. Não houve mais reação da casa com os piratas, mas faltavam dois para os paraquedistas. Eles precisavam de oito e tinham eliminado seis. Prepararam-se para atacar e correr o risco de sofrer perdas, mas não havia necessidade. Por trás da aldeia, eles ouviram mais disparos, três no total, com intervalos de um segundo.

Vendo que a aldeia estava desperta, Barry tinha abandonado a vigília inútil fora do beco e corrido para trás. Com os óculos de visão noturna, ele viu três figuras que saíram correndo dos fundos da casa dos piratas. Dois vestiam túnicas, o terceiro, tropeçando e implorando, sendo empurrado pelos somalis, tinha uma cabeleira loura.

Barry nem sequer desafiou os corredores. Levantou-se do arbusto de Camel Thorn quando eles estavam a 20 metros de distância e disparou. O que carregava a Kalashnikov, Yusuf, caiu primeiro; o homem mais velho, mais tarde identificado como Al Afrit, o demônio, levou dois tiros espaçados no peito.

O paraquedista gigante caminhou na direção de suas presas. O jovem louro estava entre eles, deitado de lado, em posição fetal, chorando baixinho.

— Está tudo bem, filho — declarou o sargento veterano. — Está terminado. Hora de levar você para casa.

Ele tentou colocar o adolescente de pé, mas as pernas do jovem fraquejaram. Então pegou o garoto como se fosse uma boneca, colocou-o sobre o ombro e começou a caminhar rapidamente de volta para a aldeia.

O Rastreador olhou através de seus óculos para o quarto onde o último do grupo de Marka tinha morrido. Todos, menos um. Havia uma porta em um dos lados, não uma porta, mas um lençol pendurado cobrindo a abertura.

Ele passou por ela num mergulho para o chão, permanecendo abaixo da provável linha de fogo de um atirador no quarto. No interior, saltou para um lado da porta e ergueu o M4. Nenhum tiro foi disparado.

Ele olhou ao redor do quarto, o último da casa, o quarto do chefe da aldeia. Havia uma cama, mas estava vazia, o cobertor jogado para um lado.

Havia uma lareira e um punhado de brasas ainda incandescentes, dolorosamente brancas através dos óculos, uma grande poltrona de madeira e, sentado nela, um velho. Eles olharam um para o outro durante alguns instantes. O homem falou, com muita calma:

— Pode atirar em mim. Sou velho e minha hora chegou.

Ele falou em somali, mas, com seu conhecimento de árabe, o Rastreador conseguia entender o básico. Ele respondeu em árabe:

— Não quero atirar em você, xeique. Não é você quem procuro.

O velho olhou para ele sem medo. O que viu, claro, foi um monstro camuflado com olhos de sapo.

— Você é dos *kuffar*, mas fala a língua do Corão Sagrado.

— É verdade, e procuro um homem. Um homem muito mau. Ele matou muitas pessoas. Também muçulmanos, mulheres e até mesmo crianças.

— Eu o vi?

— Você o viu, xeique. Ele esteve aqui. Ele tem — o velho jamais teria visto âmbar — olhos da cor de mel fresco.

— Ah. — O homem balançou a mão com desdém, como alguém que dispensa algo de que não gosta. — Ele foi embora com as roupas das mulheres.

Por um segundo, o Rastreador sentiu uma pontada de frustração. Ele havia escapado, envolto em uma burca, escondido no deserto, impossível de encontrar. Então ele percebeu que o homem estava olhando para cima, e compreendeu.

Quando as mulheres da aldeia lavavam as roupas na água do poço, elas não ousavam pendurá-las para secar na praça por causa dos bodes, que podiam se banquetear nos arbustos de Camel Thorn e estraçalhar as roupas. Por isso, erguiam estruturas nos telhados planos.

O Rastreador saiu pela porta do outro lado do quarto. Havia uma escada que subia pela lateral da casa. Ele encostou o M4 contra a parede e sacou a pistola. Os coturnos com sola de borracha não faziam nenhum barulho ao subir os degraus de alvenaria. Ele emergiu no telhado e olhou ao redor. Havia seis varais para secar roupas.

À meia-luz, ele examinou todos. Para as mulheres, *jalabib*, para os homens, *macawis* de algodão, pendurados sobre estruturas de gravetos para secar. Um parecia mais alto e mais estreito. Tinha um longo *salwar kamiz* paquistanês, uma cabeça, uma barba cerrada, e se movia. Em seguida, três coisas aconteceram tão rapidamente que quase custaram a vida do Rastreador.

A lua finalmente surgiu por detrás das nuvens. Estava cheia e deslumbrantemente branca. Ela destruiu a visão noturna em um segundo, cegando-o através dos óculos de visão noturna.

O homem a sua frente estava se aproximando, e o Rastreador arrancou os óculos e ergueu a Browning de 13 tiros. O agressor tinha o braço direito erguido e havia algo nele que reluzia.

Ele puxou o gatilho da Browning. O cão caiu em uma câmara vazia. Uma falha no disparo, e, ao puxar o gatilho pela segunda vez, outra falha. Muito raro, mas possível. Sabia que tinha um pente cheio na arma, mas nada na câmara.

Com a mão esquerda livre, o Rastreador pegou um sarongue de algodão, enrolou-o em uma bola e o atirou contra a lâmina que descia. O aço atingiu o tecido esvoaçante, mas o material enrolou em torno do metal de modo que, quando a lâmina atingiu seu ombro, ela havia perdido o fio. Com a mão direita, ele jogou a Browning no chão e, da bainha na coxa direita, sacou a faca de combate dos Fuzileiros Navais dos Estados Unidos, uma das únicas coisas que o Rastreador ainda tinha e que trouxera de Londres.

O homem barbado não usava uma *jambiya*, a faca curta e curva porém essencialmente ornamental do Iêmen, mas sim uma *billao* — uma faca grande e afiada como uma navalha usada somente por somalis. Dois cortes de uma *billao* decepariam um braço; uma estocada e a ponta fina atravessaria o torso até as costas.

O atacante mudou a empunhadura, girando o pulso de modo que a lâmina permanecesse baixa para um golpe ascendente, como um lutador de rua a seguraria. O Rastreador tinha recuperado a visão. Ele reparou que o homem diante de si estava descalço, o que lhe proporcionaria uma boa fixação no telhado de tijolos. Mas suas solas de borracha fariam o mesmo.

O próximo ataque da *billao* veio rápido e de baixo do seu flanco esquerdo, subindo para as entranhas, mas era justamente onde esperava. Sua mão esquerda desceu sobre o pulso que subia, bloqueando-o, a ponta de aço a 7 centímetros de seu corpo. O Rastreador sentiu seu punho direito também ser agarrado.

O Pregador era 12 anos mais novo e endurecido por uma vida de ascetismo nas montanhas. Em uma disputa de força bruta, ele poderia vencer. A ponta da *billao* avançou 2 centímetros na direção do diafragma do Rastreador. Ele se lembrou do instrutor no curso de paraquedismo em Fort Bragg, um combatente experiente além de dar aulas de queda livre.

— A leste de Suez e ao sul de Trípoli, eles não são bons lutadores de rua — explicara ele certa vez, enquanto tomavam algumas cervejas no clube de sargentos. — Eles contam com suas facas. Ignoram as bolas e a ponte.

Ele se referia à ponte do nariz. O Rastreador recuou a cabeça e a moveu com força para a frente. Sentiu sua própria dor no topo da testa e soube que ficaria com um galo; mas sentiu o estalo quando o septo do outro homem se despedaçou.

O mesmo aconteceu com a força da mão que segurava seu pulso. Ele a soltou, recuou e atacou. A lâmina da faca penetrou sem dificuldade entre a quinta e a sexta costela do lado direito. A poucos centímetros de seu rosto, o Rastreador viu os olhos cor de âmbar cheios de ódio, a lenta expressão de descrença quando o aço penetrou no coração, a luz da vida se apagando.

Ele viu o âmbar desvanecer em negro sob a lua e sentiu o peso cair contra sua faca. O Rastreador pensou no pai na cama na UTI e se inclinou para a frente até que seus lábios ficassem bem acima da barba negra e cheia. E sussurrou:

— *Semper Fi*, Pregador.

Os Pathfinders formaram um círculo defensivo para aguardar a hora que faltava até o amanhecer, mas os observadores em Tampa também puderam tranquilizá-los de que não havia nenhuma intervenção hostil rumando em sua direção. O deserto era a província exclusiva dos chacais.

Todas as Bergens foram recuperadas do deserto, inclusive a mochila médica de Pete. Ele tratou o cadete resgatado, Ove Carlsson. O rapaz estava infectado com parasitas das semanas que passara no calabouço em Garacad, subnutrido e traumatizado. Pete tratou o que pôde, aplicando inclusive uma dose de morfina. O cadete caiu em um sono profundo, o primeiro em semanas, sobre uma cama diante da fogueira atiçada.

Curly examinou todas as três picapes na praça, utilizando uma lanterna. Uma tinha diversas perfurações causadas por tiros de M4s e Kalashnikovs e, claramente, jamais voltaria a funcionar. As outras duas ficaram em condições de viajar quando ele terminou seu trabalho, e continham latões cheios de gasolina, o suficiente para várias centenas de quilômetros.

Quando o dia começou a amanhecer, David falou com Djibuti e garantiu a eles que a patrulha poderia utilizar as duas picapes para viajar para o oeste até a fronteira com a Etiópia.

Do outro lado, ficava a pista de pouso no deserto que eles designaram como o melhor ponto de extração, se conseguissem chegar lá. Curly estimou 320 quilômetros ou dez horas de viagem, contando com paradas para reabastecer, algumas trocas de pneu e presumindo que não haveria qualquer ação hostil. Asseguraram a eles que o C-130 Hercules, já de volta a Djibuti, os estaria esperando.

O agente Opala, o etíope negro como carvão, estava imensamente aliviado por estar livre de seu disfarce cada vez mais perigoso. Os paraquedistas abriram seus pacotes de suprimentos e tomaram um café da manhã razoável, cujo ponto alto e central foi uma fogueira resplandecente na grelha e várias canecas de café forte, doce e leitoso.

Os corpos foram arrastados para a praça e deixados para que os aldeões os enterrassem. Um grande maço de dinheiro somali foi encontrado com o corpo do Pregador e doado ao chefe da aldeia como compensação por toda a perturbação que lhe fora causada.

Uma maleta contendo 1 milhão de dólares em dinheiro foi encontrada debaixo da cama da qual o Pregador tinha fugido para o telhado. O capitão dos paraquedistas argumentou que, como eles tinham abandonado meio milhão de dólares de paraquedas e mochilas para eles no deserto e que retornar na direção errada para procurá-los não seria boa ideia, seria possível reembolsar o regimento através da pilhagem? Argumento aceito.

Ao amanhecer, eles montaram uma cama na traseira aberta de um dos veículos para o ainda adormecido Ove Carlsson, levantaram as sete Bergens para o outro, despediram-se do chefe da aldeia e partiram.

A estimativa de Curly foi bastante precisa. Oito horas após terem saído da minúscula aldeia, eles chegaram à fronteira com a Etiópia. Tampa os avisou quando eles a cruzaram e informou a orientação para a pista de pouso. Não era um lugar admirável. Nada de pista de concreto, e sim 1.000 metros de cascalho totalmente plano e duro como rocha. Sem torre de comando, sem hangares; apenas uma biruta tremulando irregularmente na brisa de um dia sufocante prestes a morrer.

Em uma extremidade ficava a parte reconfortante de um C-130 Hercules com a pintura do 47º Esquadrão da Força Aérea Real. Foi a primeira coisa que eles viram a 1.600 metros de distância sobre as areias de Ogaden. Conforme eles se aproximavam, a rampa traseira desceu e Jonah saiu trotando para cumprimentá-los, junto de seus dois assistentes e os dois dobradores. Não haveria trabalho para eles: os sete paraquedas, de 50 mil libras cada, estavam perdidos.

Ao lado do Hercules, havia uma surpresa: um Beech King Air branco com a pintura do Programa Mundial de Alimentos das Nações Unidas. Dois homens profundamente bronzeados, trajando camuflagem de deserto, estavam ao lado da aeronave. Cada soldado usava nos ombros platinas ostentando uma estrela de seis pontas.

Enquanto o comboio de duas picapes parava, Opala, que viajava na traseira da primeira, saltou do veículo e correu na direção deles. Ambos o abraçaram fervorosamente. Curioso, o Rastreador caminhou até eles.

O major israelense não se apresentou como Benny, mas ele sabia exatamente quem o americano era.

— Apenas uma breve pergunta — disse o Rastreador. — Depois direi adeus. Como conseguem fazer um etíope trabalhar para vocês?

O major pareceu surpreso, como se fosse óbvio.

— Ele é falasha — respondeu ele. — É tão judeu quanto eu.

O Rastreador recordou vagamente a história da pequena tribo de judeus etíopes que, uma geração atrás, fora integralmente expulsa da Etiópia e das garras de seu ditador brutal. Ele se virou para o jovem agente e bateu continência.

— Bem, obrigado, Opala. *Todah rabah*... e *mazel tov*.

O Beech decolou primeiro, apenas com combustível suficiente para chegar a Eilat. O Hercules partiu em seguida, deixando as duas picapes para o próximo grupo de nômades do deserto que porventura pudesse passar por ali.

Sentado em um abrigo sob a Base da Força Aérea de MacDill, em Tampa, o primeiro-sargento Orde os observou partir. Ele também viu um comboio de quatro veículos, bem para o leste, rumando para a fronteira. Um grupo de perseguição da al Shabaab, mas era tarde demais.

Em Djibuti, Ove Carlsson foi levado ao hospital de ponta da base americana até o jato executivo do pai chegar com o magnata a bordo para pegá-lo. O Rastreador se despediu dos seis Pathfinders antes de embarcar no próprio Grumman rumo a Londres e Andrews, Washington. A tripulação da Força Aérea Real tinha dormido durante o dia. Estavam prontos para voar quando o reabastecimento foi concluído.

— Se eu tiver que fazer algo tão insano outra vez, posso pedir a vocês para vir comigo? — perguntou ele.

— Sem problema, companheiro — respondeu Tim.

O coronel dos Estados Unidos não se lembrava da última vez que tinha sido chamado de "companheiro" por um soldado raso e descobriu que gostava bastante daquilo. O Grumman decolou logo após a meia-noite. Ele dormiu até cruzar a costa da Líbia e voou à frente do sol nascente para Londres. Era outono. Haveria folhas vermelhas e douradas no norte da Virgínia, e ele ficaria ternamente feliz de vê-las outra vez.

EPÍLOGO

Quando a notícia da morte do chefe do clã chegou a Garacad, os homens da tribo Sacad no *Malmö* simplesmente partiram para a costa. O capitão Eklund aproveitou a oportunidade, para ele sem explicação, içou a âncora e rumou para o mar aberto. Dois esquifes de guerra de um clã rival tentaram interceptá-lo, mas recuaram quando um helicóptero de um destróier britânico no horizonte, usando um megafone, os fez repensar. O destróier escoltou o *Malmö* até a segurança do porto de Djibuti, onde o navio poderia reabastecer e seguir viagem, mas em um comboio.

Abdi também soube da morte do chefe pirata e informou Gareth Evans. A notícia do resgate do rapaz já tinha sido recebida; a notícia da fuga do *Malmö* veio depois. Evans suspendeu imediatamente o pagamento dos 5 milhões de dólares, em cima da hora.

Abdi já havia recebido sua segunda gratificação de 1 milhão. Ele se aposentou em uma agradável *villa* na costa da Tunísia. Seis meses depois, alguns ladrões a invadiram, e, quando ele os perturbou, foi morto.

Mustafá Dardari foi libertado de sua residência temporária em Caithness. Ele foi levado de volta, de olhos vendados, e deixado nas ruas de Londres, onde se deparou com duas coisas. Uma foi uma educada recusa oficial de acreditar que ele não estava em sua casa o tempo todo, porque ele não tinha como provar o contrário. Sua explicação para o que lhe havia acontecido foi considerada bastante absurda. A outra coisa foi uma ordem de extradição.

Os Pathfinders retornaram para sua base em Colchester e retomaram suas carreiras.

Ove Carlsson se recuperou completamente e estudou para um mestrado em administração de empresas. Ele ingressou na empresa do pai, mas jamais retornou ao mar.

Ariel ficou famoso em seu mundo minúsculo e, para a maioria das pessoas, incompreensível, quando inventou um firewall que nem mesmo ele conseguia penetrar. Seu sistema foi amplamente adotado por bancos, provedores de defesa e departamentos governamentais. Seguindo o conselho do Rastreador, ele contratou um administrador astuto e honesto que lhe assegurou contratos de *royalties* que o deixaram financeiramente confortável.

Seus pais puderam se mudar para uma casa maior em suas próprias terras, mas ele ainda morava com eles e detestava sair.

O coronel Christopher "Kit" Carson, também conhecido como James Jackson ou Rastreador, terminou de cumprir seu tempo de serviço, aposentou-se dos Fuzileiros, casou-se com uma viúva muito charmosa e fundou uma companhia de segurança pessoal para os extremamente ricos que viajavam para o exterior, o que lhe proporcionou uma vida confortável, mas ele nunca mais voltou para a Somália.

Este livro foi composto na tipologia Adobe Garamond Pro,
em corpo 12/15,7, e impresso em papel off-set 90g/m^2
no Sistema Cameron da Divisão Gráfica
da Distribuidora Record.